新潮文庫

新潮社版

11405

文字渦

文字渦

旧説では、阿語の「阿」は、「ふもと」の意であるとされていた。しかもただの「ふもと」ではなく、驪山《りざん》の阿を指すとする。紀元前二〇〇年代の終わり、秦の始皇帝がこの地に自分のための陵墓を築いた。人類の建築史においてピラミッド以来の規模を誇ったこの墓は、項羽の手であっけなく焼き払われてのち、急速な忘却に見舞われた。

一九七四年になってようやく、近隣の農夫が地中から素焼きの像を掘り出して、陵墓が実在したこと、周囲に多くの陪葬坑《ばいそうこう》が設けられていたことが思い出された。実に二千年の長きに渡り、土中に埋もれっぱなしだったということになる。

陵墓を囲むように配置された陪葬坑には陶俑を収めた。「俑」は人型の像を意味する。坑の中には、等身大か、それよりもやや大きめの写実的な人形たちが整然と並べられていた。今にも呑んだ息を吐き出しそうな俑はゆうに一万体を超え、ちょっとした町ほどの規模を誇った。

この陶俑づくりのために驪山の麓へ集められた陶工たちの中にその人物はある。

名は伝わらない。

あるいは単に「俑」といった。人の「俑」が人型をした「俑」をつくるということになり、若干ややこしい。もっとも前後は逆であり、俑をよくするために、俑と呼び名がついたのである。陶俑を専門とする職人だったが、本当のところ、趣味が嵩じたにすぎない。

幼い頃から、庭の土を捏ねては磨きをかけた。近在の子供が夢中になって泥団子を磨く傍ら、小さな泥人形をひたすら磨いていたという。団子に点々式のものではなくて、ひどく写実的なものをつくるのである。竹串の先で衣紋の曲面を撫で、豚の毛を器用に使って眉を引く。放っておくといつまでも泥で遊んでいるが、人ばかりをつくり、食器などには興味を見せない。皿や壺もつくるのだが、どれも小さな泥人形たちに見合う尺でつくった。祭器なども小さく小さくつくり上げ、表面に精緻な模様を彫りこむ。人形をつくり、人形の持つ道具を揃え、人形たちを庭先へと、踏み段の傍らへ窓の桟へ草叢《くさむら》へと、次々並べた。沈黙して行きすぎる敗戦の将に続く軍隊が枕頭に現れることもあれば、市場の賑わいが井戸の傍らに出現することもあった。泥製だから、すぐに崩れた。乾いては崩れ、雨が降っては崩れてまた土に還っていったが、俑としては気にしなかった。その頃にはもう別の人形たちに取りかかっていて、過去の作にこだわらなかった。

土の人形たちの滅びは、命ある物の滅びとはやはり様式が異なっており、土の山へと崩れ、土埃《つちぼこり》となって吹き散らされていく俑の姿は、ふと目を止めた住人たちの背筋を寒くした。

そんなことを続ける俑に粘土が与えられたのは、他にしようもなかったからだ。周囲が見かねたこともあったし、他の仕事ができるとも思えなかった。

粘土は腰を入れて練る必要があり、湿度の管理も必要だから、泥よりもずっと手間がかかる素材だったが、幸い、粘土練りも俑の性に奇妙に合った。土の粒の大きさを揃え空気を抜くこの作業を、これまたずっとやっている。引き延ばしては折りたたみ、折りたたんでは引き延ばし、手指のつけ根の丘《きゅう》を使って押し込んでいく。俑の捏ねた粘土は、できたての餅のように艶光りした。これを小さな団子にわけて、上でなにやら手を動かすと、小さな人形たちが現れる。俑の家はたちまち、焼成された人形たちに取り囲まれ、地面には踏み砕かれた人形や小さな調度の破片が敷き詰められた。

何千という人形たちが俑の指先から生み出されたが、全てに火が入れられたわけではない。誰かが俑の作業をじっと観察していたら、完成と同時に粘土の山に戻されて、また取り出されてはつくり出される一群の人形たちがいることに気づいただろう。失敗作なのかも知れなかったが、それにしては頻度が高く、作り直される人形たちの容姿はどれも似ていた。まるで血を引くようにして。

俑自身にも上手く言うことはできなかったが、焼き物となった人形は、正真正銘の人形という気配を帯びた。焼く前の粘土人形はそれと比べて、人間に近い存在だった。その人間を、窯に入れて焼くと真の人形になる。ということは、と俑は思った。自分は粘土で人間をつくり、火葬して人形にしているということになる。何かが違う気がしたが、どこが変なのかは追求せずに、俑はひたすら粘土を捏ね続けていた。

長じてからは、日用品や祭祀用の人形やら器やらも注文に応じてつくりだしたが、そちらはやはりあくまで生活のための仕事で、暇さえあれば粘土をつまみ、ひねって、気ままに造形しては練り潰している。好事家なども集まり出して、裏表のない輪であるとか、中空の真球だとか、ちょっと不思議な依頼をしていくようにもなった。そうした仕事を好んだものの、奇妙な仕事というものは、少ないからこそ妙なのだ。

俑は自分の生まれた国が秦に降伏したことさえ気づかなかったが、秦から徴用を命じられた村人たちは、一斉に俑の顔を思い浮かべた。布告に陶工の求めが含まれていたのでそうなった。俑自身にはこれといって意見がない。

はるか東の土地から陶俑づくりに駆りだされてきて、以来、命じられるままに働いている。仕事の中身が変わらぬ以上、俑としては感慨がない。こちらの粘土の方が扱いやすくて助かる、とは思った。従わなければ殺されるということだったが、反抗する方法自体が俑には思い浮かばない。周囲の者は食事が不味い、住まいが非道い、こう簡単に殺されてはたまらんとこぼしていたが、俑はそうも思わない。肉体的な負担ははるかに増えたし、体の痛みに眠られぬ夜も続いたが、ひたすら粘土を捏ねて延ばしていればよいという点で満足だった。俑に可能な反抗は粘土で形づくることができるものに限られており、粘土の形で反抗の意を表す方法はわからなかった。

作業場には粘土が山をなしており、俑は最初、誰かが粘土で山自体を造作したのではないかと疑った。それから、もしかすると都もまた、粘土でつくりあげられたのかも知れないと思った。

人々の姿を陶器に写す。兵馬や馬厩《うまや》だけではなく、市井の人々の生活も俑に写せというのが命令である。帝国の栄華を永遠に残すためには、軍の精鋭だけではなく、都市全体が必要だということらしい。民の姿を土に写して、埋める。

都市の様子を粘土に写すという点では、俑の独り遊びと規模が異なるだけである。俑はようやく同志を見出したような気分になって、発想の傾きに親しみを覚えもしたが、相手は皇帝ということだから、語りあえるわけでもなかった。なるほどこれが、市井の者と皇帝たるものの気宇の違いかと感心したにとどまる。

嬴《えい》に呼ばれて、専属の陶工として働きだすまで、俑は陪葬坑に収めるための陶俑をつくり続けた。

俑も実寸、等身大ということになると、一度各部を制作してから、つなぎあわせて焼成するという工程が要る。胴部、腕部、脚部、頭部等々と分けて作成していく。もっとも、俑のいちいちにも、人それぞれの姿にあわせた個性があって大きさがあり、表情があって服装があり格好があるわけだから、腕を腕だけ、胴を胴だけあらかじめ大量につくっておくというわけにもいかない。分業しなければ手に負えないことは明白だったが、まるで勝手に作業をすすめることはできなかった。

俑はまずその腕を買われて、彡部へと編入された。それは何かと訊ねると、元は髪を担当した部であるということだったが、今は細かな装飾や紋様を扱う部署であると言われた。主に頭部をやってもらうことになるだろうということであり、やはり人間で細かなところは首から上であるからな、と役人はもっともらしいことを言ったが、俑の方では、秦人は奇妙なことを言うものだとしか思わなかった。物体としての細部を言うなら、人間の体のどこをとっても同じような細やかさがあるはずであり、人皮で包まれている以上、顔だけが特別に細工が入り組んでいるわけではない。その人皮にしてみたところで、馬皮や牛皮と比べてどれだけ繊細な皮かと言われると、首を傾げざるをえない。

事実を写せという命令なのだが、短く期日を切られてもいた。モデルを使うにも一万体の陶俑をつくるためには一万人のモデルが必要となる道理であって、自然、職人同士で互いの姿を写しあっている。農夫や工人ならば構わなかったが、将軍や高官の像となると、顔つきや姿勢がどこか異なり、仲間同士ではしっくりせずにどうにも困った。

もっともこれは、地方地方の顔の特徴というものだったかも知れない。秦人の顔は、俑にとっては西の果ての山地の造作である。ひょっとすると、西戎《せいじゅう》とさえ近しく映る。当然、要人には生まれついての秦人が多い。異国の生まれである自分たちの姿形を、貴人とされる人々の元とするわけにもいかず、これは仕方がないので直接モデルを頼んでみると、ほとんどの者は喜んで作業場までやってきた。直接に言葉を交わすことが許されないような相手であっても、表情から嬉しがっている様子は知れた。絵や鏡ではなく俑ともなると、自分自身を前にしているという印象が格段に強まる。勿論、俑の背
この時代、自分の背中を遠くから見たことのある人間はいなかった。勿論、俑の背中は自分の背中とは異なるのだが、それでも画中の平坦な背中とはわけが違った。合わせ鏡を用いても、自分の後ろ姿を見るのは難しい。離れてとなると尚更だ。人々は理由をつけては俑のモデルになりたがり、モデルになった人々は理由をつけて、そのあとも作業場をうろうろしていた。
正直なところ、邪魔である。姿勢を提案してきたりもするし、自分はそんな顔ではないと言い出したりする。実際よりも豪華な服を着せろと求め、背を伸ばしてやってくれと何かを握らせてくることもある。
多様な顔形の雛形は必要だったが、陶俑自体に名が刻まれるわけではない。臣民一人一人の記録を残そうという事業ではなく、集団としての人の姿を、地上の帝権をそのまま不朽とすることが目的である。素の人体に名前が刻まれていない以上、俑に名前を刻むことはできない。黥面《げいめん》や文身《ぶんしん》をして、実際に名が刻んであるというなら話は別だが。そう断ると、提案者たちは曖昧な笑みを浮かべてみせるか、馬鹿にされたと信じて騒いだ。もっとも、と俑はあくまで冷静で、たとえ入れ墨で名前が書いてあっ

たとしても、その名は陶俑の肌に刻むのではなく、彩色の段階で描き加えることになるだろう。

結局のところ、モデルはあくまでモデルであって、単なる参考資料なのであり、その人自身ではありえないのに、そんな単純な事柄さえも理解してもらうのは難しかった。

たとえ名前を刻んだところで、将来この陶俑を見る者たちが、その名に何を思うというのか、俑には全くわからなかった。モデルに比べて、多少眉が細かったり、余分な肉がついていたからといって何だというのか。たとえ今は似ていなくとも、肉の体は滅びて消えてしまう以上、陶俑こそが真の姿とされるはずだった。陶俑を眺め、こういう姿の者がいたのだなと考えるのがせいぜいで、そこで想像されるのは、モデル当人たちではないはずだったし、注目を集めるのは集団としての俑であり、個々人の、その人物のみが持ち、年月とともに蓄えてきた細部ではないはずだった。細部は必要であり不可欠だったが、目的ではありえなかった。皇帝の統治が個々人を際立たせるためのものではないのと同じことだった。

一体の俑、陶工を模した俑の足元から発見されたその竹簡は当初、部首別に編集されるはずだった辞書か、編集時の資料の一部なのではないかと考えられた。漢字の自由すぎる繁殖を恐れた康熙《こうき》帝の命じた『康熙字典』の成立が十八世紀。不完全ながらも部首の考え方を導入した『説文解字』の成立でも西暦一〇〇年ということだから、もしこの発見が真実ならば、漢字史に大きな書き換えを迫る資料となる。

封泥《ふうでい》を施された竹簡には、未知の漢字を多く含んだ文字のリストが記されていた。リストとするのは、明らかに文章とは見えないからだ。竹簡中、一つの文字は一度きりしか現れない。長さ一尺の竹片一枚に二十文字。小篆をもって乱暴に書き殴られている。百五十枚を編んで一巻とし、一巻で三千文字を収録する。これが十巻、計三万文字が記された竹簡が、俑の足元から発見された。現在、中国で日常的に用いられる漢字の数が数千、『説文解字』の収録文字数が約一万、『康熙字典』全体で約五万というのと比べて、規模の大きさが知れる。

この竹簡が注目されたのは、ただひたすらに文字が並んでいたせいである。解字も訓義もなにもなく、四角く文字がひたすら続く。その上、収録された文字の全てが「人」の形を含むのである。記されている文字数が既に通常の辞書の規模を超えるものである上に、この十巻が辞書におけるただの「人部」にすぎないのかも知れないということになるから、議論が過熱するのも無理はなかった。

ある者は、甲骨文字が金文を経たのち、秦に入って大篆、小篆と整備されてくる過程における文字の渾沌状態を示す資料だと考えたし、またある者は、漢字を超える筆記体系の試みがなされたのではないかと期待を込めた。両者の説が説得力に欠けていたのは、この竹簡に記された文字は、整然として手慣れた形の小篆の枠内にあったからである。甲骨文や金文の持つ野性や野蛮さ放縦さ、実直にして素朴な力がそこには欠けていた。

小篆における「人」の形は、一見「人」のようには見えない。小鳥がすまして左上の空を見上げるとでもいう態になっている。甲骨文における人字は、腕を垂れて背中を丸めた、あるいは中腰になって背筋を伸ばす人の側身である。金文に到ると腕がやや持ち上がり、大篆では一気につぶれて、跪《ひざまず》く人の姿になった。小篆ではこれが整理され、手足がのびて立位体前屈の形となり、頭は縮んで、まるで小鳥の嘴《くちばし》のように、こぢんまりとしたものになる。

俑には秦の文字がよくわからない。この地で使われている文字は、俑の見知った文字とは違い、なんというかこう、度を超して簡潔にすぎるのである。ただの線の入り組みであり、線でしかない。馬という字を見ても馬とはわからず、羊という字は全然羊のようではなかった。岩も川も空も冷たさも皆似たような、同じ太さの線からできており、具象抽象を問わず軽重がなく均質だった。神事に限らず、日常の出来事を記すこともできるというから、俑の知る文字とは根本からして発想の違う別物だった。俑にとっての文字とは、一文字一文字が神性を帯び、奇瑞を記し、凶兆を知り、天を動かすためのものである。個人のためにつくられたものではなくて、集団に与えられた恩寵だった。ゆえにそれを土に刻んで、竹簡に記し、不思議な力が得られるのである。天との交信に必要な道具であって決めごとであり、日用できるものではなかった。あくまでも晴れ着であって、清廉《せいれん》に保つ必要があり、為政者のよくするものである。

やがて小篆と呼ばれるようになる秦の文字が、この先もずっと残っていくものだと俑には全く思えなかったし、そもそも文字だとも考えなかった。神聖を欠いて卑俗な符丁にすぎない。馬のように見えない馬の字などは事物と一時の結びつきしかもちようがなく、符丁の意味はすぐに見失われて、ただの模様に成り果てるだろう。

そんな文字ならぬ文字を用いて自分たちの名を俑に残そうとする秦人の気持ちが俑には全く理解できない。自分に全く似たところのない文字で自分を表し、やや似るところはある俑を自分に似ていないと怒る理由がわからなかった。

もっとも、名前のことはよいとして、制作管理のための記号は必要だった。バラバラに作成される各部位が紛れることは避けねばならず、どの俑をどこにどうするという話をするにも、個体を指定する記号がなければ難しい。

人型をしているものに単調に数字を振ることは、誰もがみな躊躇った。数というのは足し引きのできるものであるから、二と三が並んでいたなら、間や隣に、五や一が勝手に生まれてしまいそうな気持ちになる。俑のつくる俑たちはそんな数字の秩序に従ってはおらず、天の道理に従うのである。

作業現場では便宜上、それぞれの俑は職業と渾名で呼ばれていた。「ヒゲの将軍」や、「背の高い魚売り」といったところだ。帳簿には服装や装飾品を含めたもっと細かな指定が記されていたが、いちいちを細かく覚えておくことは困難であり、呼び名としては使いにくかった。

俑たちの間に血縁関係がないことも、事態を変に入り組ませた。俑はただ俑なのであり、地上の秩序を部分的に土に写しただけの存在で、どの俑が誰々の息子で娘であるということはなかった。母親と父親、子供一人をモデルに俑をつくることがあったとして、できあがった俑もまた一家ということにはならない。三体の俑はほとんど同時に地上に現れ出たわけだから、父親の俑が子供の俑より年寄りということはないのである。

俑としての親子関係ということならば、繰り返し利用されるモチーフの伝播《でんぱ》を見るべきであり、初期の俑を眺めてみると、まだまだ手慣れない細工が目につく。日々俑をつくり続けるうちに、技術は当然向上し、二つの俑が並んでいれば、どちらが先につくられたのか歴然とすることもしばしばあった。老人の容姿を持つ俑が、他の青年の俑で試みられたモチーフを帯びることもあったし、モチーフの影響関係は一夫一婦制を守る必要さえ全くなかった。その意味で、俑たちは地上の暴君よりも無秩序であり放埒《ほうらつ》であり、淫蕩《いんとう》だった。三人以上の親を持つ人間は存在しないが、多人数から意匠を引き継ぐ俑は珍しくない。制作過程で互いに影響を及ぼしあうことも少なくなく、両者が親で、かつ子であるということも平気に起こった。

「それこそが、秦の文字を用いるところだ」と俑を呼び出した人物は言う。素直に、都、咸陽《かんよう》の宮殿に出向いたところ、あちらへ行けと示されたのだが、先には瓦をのせた宮殿が続くばかりで途方に暮れた。この時期、咸陽宮の対岸では、のちに阿房宮《あぼうきゅう》と呼ばれることになる巨大な宮殿が着々と増築を続けている。咸陽宮と阿房宮は渭水《いすい》を横切る回廊で繋がれており、この流れが俑の度肝を抜いた。宮殿の中にこの大きさの川が流れるのなら、全体はいかほどのものかと気が遠くなった。史上最大の木造建築物である構造物をさまようこと半日、ようやくその人物の前に出た頃には既に、宇宙における自分の位置などわからなかった。

どんな難題をふっかけられるか、宮殿のかくも深部まで足を踏み入れてしまった自分は果たして無事に現場に戻ることができるのかと震える俑にその人物は、「楽にせよ」とまずは命じた。「お前の腕は耳にしている」と言い、「嬴《えい》である」と続けたのはどうやら名乗りであるらしい。部屋には貴人と俑の姿しか見えなかったが、壁の向こうに武装した警備が充満していることは気配で知れた。俑を呼び出した理由というのは単純で、姿を粘土に写せという。普段と同じようにすれば良い。ただし、「実寸で写すことは禁じる」という点が違った。「こんなところで実寸の俑を作られては邪魔であるし、道具もない」と言うのだったが、部屋一つでも俑たちの寝泊まりする作業小屋の数倍の広がりがある。調度のいちいちも巨大にして剛健であり、陶俑を十や二十並べたところで手狭になるとは思えなかった。俑は素早く横目を走らせたものの、黙って頭を下げるにとどめた。

ここで小さな像をつくって持ち帰り、現場で実寸大に拡大せよという。

「何日かかる」と嬴が訊ねて、俑はつまった。

「それは何日ということでしても」と慎重に言葉を選ぶ。期日に間に合わずに殺されるのは御免だったし、必要な精度に達しなかったと斬首の憂き目にあうのも嫌だった。かといって、長い期限を設けて不興を買うのはもっと危ない。

秦の貴人にとって、俑などは土の俑ほどの価値も持たない。自分を人間とも思っていないとはっきりわかる相手と対面するのは、ただ跪いているだけであっても、体から血が流れでていくような気分になる。

「どの程度の厳密さを御希望かによります。通常の俑であれば、おおよその形をつくるのに一日、細工に二日。御髪の一本までということですと、かたどる間に本数が変わったりもいたしますから、写しとること自体が難事となります」

「なるほど」と、それまで平坦だった贏の声が生気を帯び、椅子から身を乗り出したらしい衣摺《きぬず》れの音が聞こえた。「そなたは」と呼び方も調子もわずかながら好意的なものに変化している。「学者だな。木偶《でく》のごとく肯首を繰り返すだけの、これまでの者たちとは違う。そのとおり。いかなる瞬間もその一瞬のみをとらえるわけにはいかず、変化は今こうしている間にも常に生ずる。水を泳ぐ魚の姿を頭の方から見ていけば、尻尾へと向かうに従い、歳をとっていくはずだ。その魚に充分な大きさがあったとしたなら、人間が記録するのは、頭部が稚魚で尾部が老魚の姿をした生き物となる。

一見奇妙な代物だが、あらゆる事物は時の流れから逃れられない。そういうことのわからぬ者は埋めるしかない」

そう物騒に締めくくった嬴の言葉を、俑の方では固まった姿勢のまま拝聴している。

「そなたに命ずるのは、真人の像である」と貴人は言い、

「真人」と俑が訊く。嬴は頷き、

「盧生《ろせい》の言うところの、完成した人間というものだ。水に入っても濡れず、火に入っても焼けず、天地と寿命を等しくする」

「仙人の像をつくれということでしょうか」という俑の問いかけを、

「違う」と遮る。「あくまでもこのわたしの像をつくるのだ。無論、時間の中で変化を続けるこのわたしの像をではない。当然、時間を超えた像となる。頭の先が一瞬前、足の先が一瞬後の姿を写すというような、時間に侵された像は必要ない。ほんの一瞬、そこにあったがゆえに、永遠に存在せざるをえなくなるようなものが望みだ」

「それには、時間を超えた時間がかかりましょう」

「ふん」と嬴は笑い捨て、「道士どものように口先だけで無限の時間と黄金を求めようとするならば、そなたも命を失うことになる。期限は次の満月としよう。それまでに真人の像をつくれなければ、これまでの二十一人と同じ運命をたどることになるだ

ろう」と具体的な数字を上げた。自分が典型的な使命達成寓話に巻き込まれたことを悟った俑は、

「しかし、時の中に不滅のものは御座いません」

「不滅を滅ぼす矛を用いて、滅を先に滅するのだ」と嬴は応えた。

陵墓建設が決まった初期には、陪葬坑に何を収めるべきなのかという議論があった。地上の帝権を写すと一口に言い、王族や官吏、後宮の女たちを並べるだけでは不足なのは明らかだ。統治者だけが存在する地は、統治者たちの間から農民や工人を生み出すことになるだけである。市井の者の姿を写すところまではまだよしとする。その生き様を写すとして、姿勢はいかにするべきなのか。それぞれに職を持つ以上、仕事の様子を再現するのが適当であるとの意見があり、いや、全ての俑は皇帝に拝謁する際の姿勢をとるべきであるともされた。犬や猫、鶏、幼児や乳児をどうするという議題が出され、兵器や馬車はどうなのかということが言われた。都市そのものも写すのか、それであるなら、「皇帝陵の一部分はまた再び、皇帝陵に当てられるべきではないのか、地上の帝権が陵墓の一部に写されるなら、陵墓に写された帝権もまた陵墓を建設するだろうから」と言われたりした。兵器を模すなら死体をも、その墓までも再現す

るのかと議論は続き、そういうことではないのだとして打ち切られた。

皇帝臨御の姿勢にこだわりすぎると、あまりにも堅苦しくなりすぎる。出御の直前、万民が姿勢を正し背を伸ばして待ち受けるところでよいのではないかとされた。その場面で犬や猫や子供があたりを走り回ることはなく、庶民の家まで再現する必要はない、といったところで決着を見た。皇帝の眼前に広がる地上はあくまでも整然として清澄である必要があり、槍は光り剣は磨き上げられたまま、血に塗れることは決してなく、実りは豊かに、海と山は無限の幸をもたらし、黎民《れいみん》は喜びを歌い上げる。そこには記されるべきことしか記されない。

俑の前に現れる嬴は見れば見るほど、とらえどころのない人物である。くるくると印象が変転してとどまらない。おおよその形をとって目を上げると、そこにいるのはもう別人である。簡単にすむはずだった作業は全然先へ進まなかった。別人のようにしか見えない嬴の姿を目に焼きつけ直して粘土に向かうと、今度は自分がつくっていたはずの俑もまた別の形に勝手に姿を変えた気がした。モデルと粘土の間で視線を往復させるうち、どちらがどちらかわからなくなることさえ起こった。二人きりの部屋の中、そんな俑の動きを、嬴は楽しむように観察している。

「これまでも、困惑した者はあったが、そこまで動揺する者ははじめてだ」と喜んでいる。

「泡の上を流れる油を見ているようです」と俑。

「その泡を割ればそなたの命はない」と嬴は笑い声のままで言う。「そなたには、わたしの真の姿が見えているというのはどうかな。写しとることができぬ人間であるというわたしの姿が」

どこまでが冗談なのか俑には不明だ。方向の知れぬ会話はどこで死の淵が不意に口をあけるかわからないから、話題を転じた。

「――先日、秦の文字を参考にせよと申されましたが――」

「俑を管理するのも文字を管理するのも同じことだ」と嬴は何かを払うように手を振る。「ただの符丁にすぎずとも、秩序に従うことが重要で、従うことではじめて意味が与えられることになる」

「『從』ですか」と俑は間を置き、「わたしの国では『从』とします」

「従うことを『從』とするのが、物事に従うということだ」と嬴。「『从』の字が『从』と異なる字であるとする根拠は何もないのと同じく、『從』であっていけない理由はない。定める者と、従う者があるだけで理由も因果もありはしない。理由はなくとも、文字を秩序の網で覆うことはできるし、人は法で縛られねばならぬ」

「しかしその秩序なるものは、人によって異なります。たとえばわたしの国では『非』や『身』は、『人』と同じ形を含みます。『異』は面をかぶってこちらを向いた人間の姿、『文』は体に入れ墨をして立つ人間の姿です。『北』の字は互いに背を向けている二人の人間からできています。横から見ても前から見ても、人は人に変わらないはず。人が含まれるかどうかで文字を分類する方が自然で、特定の形を人と定めることは——」と我に返って、「わたしの国ではしませんでした」

「もうその国はない」と嬴。「統治とは枠の構築だ。ある者が人の姿を書いたと主張して、他の者には鳥の頭にしか見えないということはよくある。人の姿を鳥と言い張る者には、それは人だと言わせねばならぬ。決めごとは不可欠で、文字はまっすぐ記されて、格子の中に整然と配置されるべきものなのだ」

そう言うと、傍らの机から筆をとりあげ、竹片に何かを記して俑へと向けた。「圀」とある。「意味がわかるか」と訊ねた。

静かに頭を下げてみせた俑へ、

「零だ」と嬴は面白くもなさそうに言う。

俑の傍らから発見された竹簡がしばらくの間、阿語の図鑑とみなされ、阿語の起源と目されたのは、この竹簡の文字たちと阿語生物群との間に、重複する多くの形が見られたからである。竹簡には、阿語生物群に見出された、「亻嬰」や「亻褱」たちによく似た形態を持つ字があった。もっとも、阿語生物群の名を高からしめた「⿱⿰木咸大」や「亻嵒」、「亻風」のような生物の姿はそこに見えない。

竹簡に現れるのはあくまで、「亽」、「仁」、「仨」、「伵」、「伍」、「亻六」といった素直な文字たちや、「仌」、「从」、「众」、「㐺」といった集積、「伏」、「件」、「件」、「傌」、「馬人」、「佯」などの単純な組み合わせであり、複雑さの程度もせいぜいが、「馬㐺」程度のものにすぎず、阿語生物群が時折見せる、数千画を持つ入り組みは見られない。竹簡に記された文字たちには確かに、現行の文字に比べて過剰なものが目立つが、観察を続けるうちに慣れてしまう程度のものとも言えた。たとえば、「傘」字は人を五人含んでいるが、それほど複雑な字とはされない。

過剰な部分はあるものの、甚だしく外れはしないというのが、現在のこの竹簡に記された文字群に対する評価であり、阿語生物群の起源をこの竹簡に求める研究者はほとんどいない。

古生物学的観点からは、かつて繁栄した阿語生物群がこの地に定着したこともまたありえないとされる。

それでもしかし、「僂」のような形態が偶然に似る可能性はとても低そうだという意見はもっともだ。議論は多く存在するが、最も妥当な推論はこうである。阿語生物群と竹簡における「僂」字が似通うのは、収斂進化のような力が働いたからである。阿語生物群は、激変する環境の下、構成要素をユニット化し、総当たり的に激しく組みかえていくことによって生存を試みた生物群である。竹簡に記された文字たちは、漢字が成立しようとする初期に、様々の部首が設定されてかき混ぜられて生まれたものではないかということになる。ユニット化と組み合わせが両者を生み、それゆえに起源を等しくしない二つのものが似通ったのだという理屈である。

結局のところ、この竹簡に記された文字たちは、阿語生物群とは異なり、誰かが記したものなのだ。当然、誰がという点が問題とされた。

ごく素朴に考えるなら、竹簡の傍らで発見された俑のモデルを、その人物とするのが妥当である。この竹簡を作成したという業績を保存するために、竹簡とともに埋められたのだと見る。

しかし、とここに反論があり、俑にとっての竹簡はまた、粘土で竹簡のようにつくられた陶器であるべきだとされる。俑には人の用いる竹簡などは不要なはずで、全てが粘土でつくられているところに意味があるのだ。そうでなければ、俑は丸裸の人間だけを模し、衣類や装飾品は実物であってもよかったということになる。そういう意味で、俑の傍らに竹簡が埋められているのはおかしい。

勿論、反論には常に反論がつきものだから、竹簡くらいは大目に見るべきだという意見もある。陪葬坑には青銅製の槍や剣も埋められている。徹底を言うなら、これらの物品も陶器でつくられているべきではないか。それはたしかに、竹製の竹簡と、陶器製の竹簡が出てくるならば、何かの意味があるともできる。しかし陵墓から出てくるのは竹製の竹簡ばかりで、陶製のものなどはない。特にこの竹簡を奇妙とする根拠はないのである。ただ、書かれている内容が偏っているにすぎない。

俑が嬴の正体に気がつくのはもう少し先のことであり、その体験をもとにして、独自の文字を記しはじめるのはその先の出来事になる。

真人の像をつくるという謎掛けに取り組む俑は、阿房宮の一室で、一人、文字を造りはじめた。それは秦の定めた文字の様式に正確に従い、規矩をはみ出すことは決してないが、異形と見える文字たちである。そこに現れるほとんどの文字は俑の手によってはじめて書かれたものになる。

もっとも俑にとっては、自分が竹簡に並べていくその文字によく似たものが、秦によって定められ、採用されている文字であろうとなかろうとどうでもよかった。俑にとっての「傌」の字は、馬の傍らに立つ人を意味していなかったし、馬に似た者も、人に似た馬も意味していなかった。「俑」字の「甬」も別段、足踏みをする人間を示すわけでも、音を表示しているわけでもなかった。俑の生まれ故郷では、「甬」は人の姿を写した字だから人部として考えることができたが、この地では、甬は人ではなかったし、俑もまた人ではなかった。俑の生み出していく文字たちは音価を持たず、それは俑がこれらの文字を発音されるものとして定めなかったからである。ただ、一体一体の俑を個別に指定するためだけに、いちいち文字をつくっていった。文字で一体一体の姿を現すと同時に、親子関係を記そうとした。

それらの文字は、真人の像をつくるために考えられたものである。傌は「馬」で示されるモチーフを持つ俑であることを示すし、俑は「甬」で示されるモチーフを持つ俑であることを示す。幾つかの基本となるモチーフを設定し、あとはその組み合わせを実行するだけのことにすぎない。秦が整備した文字を利用して、俑は秦が意図しなかった俑の名前を作成していき、俑の作り出す文字は種類の数だけならば、秦の文字をたちまち圧倒していった。整備されたことにより、扱いの簡単になった文字は溢れて、機械的に組み合わさり、血縁ではなく、部首によって繫がれた子孫を次々に生み出していった。

秦の作り出した小篆にとって一番危機的な時であったかも知れない。もしも俑が目指したことが、種類の拡大ではなく、単なる量の拡大だったら、小篆の意味は失われたかも知れないからだ。

この時代ではただの誤字としかされない文字でも、遥か後代には、「多く残された文字が正しい」とされることになるはずだった。一つの文字を消し去るには、必ずしもその文字を覆滅する必要はなく、出鱈目な資料を大量に作成するという方法もある。偽文字が本物の文字の十倍、百倍量存在すれば、真の文字の姿は多数決的に失われることになるはずだった。

俑のつくる文字たちは、多様な形を生み出すことに長けてはいたが、コピーを生み出し続けるという繁殖力には欠けていた。

嬴といい、羸といった。

羸といい、嬴という。

嬴といい、嬴という。

どれもが同じ嬴であったが、目を凝らせばどれもが異なる嬴だった。勿論、俑はそのことにやがて気がつく。影武者とはやや異なる。影武者だとして、その入れ替わりは一瞬にして行われる。ほんの瞬きする間に、二人だけしかいない部屋の中、平気な顔で入れかわる。どの嬴も皆よく似ていたが、誰もがどの嬴とも違う嬴だった。とらえどころがないのも当然で、それぞれが別の人物なのだが、あくまで同一人物なのだった。

規則が必要であると主張する嬴自身が未だ、自分を律しきることが叶わずにおり、文字の繁殖力の前に蹌踉《よろ》めき、揺らめいていた。嬴がかろうじて自分として固定することができていたのは、𣎆の部分だけであり、中身は自由に入れかわっていた。「嬴」字はカタツムリを意味するという。もしくは、ヤドカリであるともいわれる。そこには器だけがあり、中身がなかった。魂が体をかえて生き延びるのではなく、体が頻繁に魂を入れかえながら活動していた。

「すなわち」と俑。「真人の姿を一体の像へ写すことは叶いません」

この解答を受けた嬴は訊ねた。「それで全部ではあるまい」

「一体の像を造れとは命じられませんでした。先に、『実寸で写すことは禁じる』とされたのはそのためです」

その俑は、嬴の正体についに気がつくことがない。皇帝の命を受け、阿房宮の一室で、ひたすらに小さな俑を造り続けている。大陸の西端でローマがカルタゴと激しい戦いを繰り広げていたこの時期に、東の涯では強大な専制国家が成立していた。秦と号し、初代皇帝は「始皇帝」を名乗った。名を、嬴政《えいせい》。「嬴」は現在ではほぼ使われることのなくなった文字だが、意味は「満ちる」「あまる」。あるいはそのまま、皇帝家の姓を指した。字体に「女」が含まれるのは、この頃本格化した姓という制度が婚姻を基《もとい》とすることを表すともいう。

この「嬴」をやや変形し、さんずいを施すと「瀛《えい》」となり、水の満ちる大海となる。海上に蓬萊・方丈・瀛州の三神山あり、と『史記』の「封禅書」にいう。仙人が住むこの土地には不死の薬が存在し、禽獣は皆白色であり、宮城は金銀で築かれている。遠くはないが、風に吹き戻されて近づくことはかなわない。のちにこの「瀛州」は日本のことであるともされた。

俑は阿房宮の中にもうひとつの秦をつくりあげていく。俑のつくる秦の土地には当然、俑も登場するが、真人となるために人前に姿を見せることのなくなった嬴の姿は現れない。嬴は宮殿中に巡らせた甬道を人知れずさまよい続ける。嬴が現れることもないから、俑の俑は、嬴の正体に辿り着けない。ただ、もうひとつの秦で造作中の皇帝陵の傍らで、高々と積まれた粘土の山を見上げている。

もうひとつの秦の人々をよく観察してみると、我々の知る人類とは違った者たちであることがわかる。姿形はそっくりなのだが、来歴がすっかり異なっている。血縁というものは存在せず、ただ類似だけがあり、大人はあらかじめ大人、子供はあらかじめ子供として生まれてくる。幸も不幸もただ行われるだけである。サイコロを振り、カードを引くようにして、人々の暮らしは決められる。前もって意味があるわけではなく、意味は強引に見出されていく。起こりうることはあらかじめ知られ、しかもいつか必ず起こる。だから、もうひとつの秦においては、作り話の上手い者がもてはやされる。

俑のつくるもう一つの秦はやがて阿房宮の一室から溢れ出し、廊下に広がり、中庭を横断し、回廊を伝って拡大していく。渭水を曲げた遺水《やりみず》に達し、それを東の海と見立てる。海には童男童女三千人を乗せた徐福の船が浮かび、行く手には三山が姿を見せている。小振りな俑は誤って踏みつぶされ、雨に崩れる。皇帝なき秦の姿こそが真人の像であるというのが俑の答えで、存在しないものは滅びない。嬴はこの解答を受け入れた。

阿房宮が炎上し、その炎によってようやく真人の像が完成するのは、まだもう少し先の出来事である。

緑字

地球から最も遠くに位置する漢字は、結局、テキストファイルの中にみつかることになるのだが、森林朋昌《もりばやしともまさ》はまだそれに気づいていない。その文字「閊」は、冥王星と同一軌道上、太陽を挟んだ反対側、合の位置にひとつぽつりと浮かんでいる。そのファイルの中の冥王星は、惑星の地位を保っている。二〇〇六年、冥王星の属する区分は惑星から準惑星へと変更されたが、太陽と諸惑星の位置関係から考えて、ファイルの中の太陽系はそれ以前のものであるようだった。

ファイルはごく平凡なテキストのみからなっており、特に暗号化が施されている気配はなかった。というのは、明らかに構文らしきものが見て取れて、ところどころに、意味のとれる日本語がまとまった形で含まれていたからである。短いもので一文、長い場合はちょっとした短編程度の大きさを持つ文章が、命令形の英単語と数字からなる海に浮かんでいる格好である。英数字で書かれた機械の言葉がヒトの言葉を編み込んでいるようにも見えた。とりあえずの比率でいえば、九八％程度が機械の言葉となっているらしい。

ファイルサイズはテキストとしてはやたらと大きく、単純な字句検索をかけるだけでも指を宙に踊らせて待つ間が生まれる。平文での記録ではなく、データベース化を検討するべき規模と言えたが、まだ力押しできる程度とも言えた。タイピングする指が引っかかりを覚えるくらいの処理時間がいちいち思考を中断するせいで、構成比率の目星をつけるまでにも結構な時間が必要だった。五、六分ほど。とても全体を一望できる規模ではないから、つまみつまみにかじり読みして雰囲気をつかみ、何度か予備的な検索をかけてみた。単純に、ひらがな、カタカナ、漢字の続く部分はヒトの言葉、英数字の部分は機械の言葉とすることにして、比率を測ってみただけである。

一応、機械の言葉と見えた部分に、ヒト向けの文章が隠れていないかは確認してある。具体的には、アルファベットの連なりにスペースで区切られた領域がないかを探索してみた。みつかったのは、三単語程度が続く機械向けの命令文が大半であり、他には、命令文の海に溺れるように、ヒト向けの手紙というか、英文で記されたコメント文の断片らしきものが散見された。処理や変数の説明のように見えたが、書きかけだったり、発想のメモ程度のものが大半で、これはどうやら、沈んだ船から流れた荷物や、放棄された居住地跡に対応するものらしいということになり、検討はまたのちほどということになった。

無機質な英数字の海に浮かんだ、日本語のテキストでできた島々。全体の二%ほどということであり、大陸の姿は見あたらない。ダーツを投げる式であてずっぽうに調べるだけでは、どこまでいっても機械の言葉ばかりが現れてくる。それぞれに細部はあるのだろうが、肺で呼吸するものにとり、波はやはり波でしかない。

島は出鱈目に浮かぶのではなく、あちらこちらで頼りなげな諸島を形成している。諸島としてのまとまりはあるものの、脈絡を保ち、起承転結を持つ文章が連なるというわけでもなかった。島々を順に伝っていけば、整然とした文章が現れるのではという予想は外れた。どちらかというとそれは、上昇する海面に呑まれた大陸の残骸を連想させた。沈む世界にとりのこされた山稜や、爪先立ちするサンゴ礁にそれは似ていた。

それでも、個々の島、あるいは機械の言葉の波間に溺れるように顔を出している日本語たちのほとんどは、それ自体としてきちんと意味のとれる形をしていた。ヒトの言葉としての自然を保ち、激しい置換を施されたり、乱開発に見舞われた形跡はない。ただし並びが滅茶苦茶だから、どこから手をつけたものかは難しかった。

最初期に探索されたある諸島はまず内容ではなく、全体が漢字のみでできていることで注目された。幸い、これが漢訳の金光明最勝王経《こんこうみょうさいしょうおうきょう》をなしていることはすぐにわかった。続いて、そこから程遠くないとある諸島が、漢訳の華厳経であることが判明する。どちらも経典として一島をなすのではなく、複数の島に分散して記録される形である。その配置はバラバラであり、どこか近くで経典を積んだ船が沈んで、浜へと打ち上げられたような有様だった。経の素性が知れたのは、オリジナルのテキストがよく知られるものだったからにすぎない。これが埋蔵経典のような新発見のテキストだったなら、順調に再現が進んだかどうかはわからない。もっとも、これらの諸島では、島々の間でテキストに重複部が存在することが多く、その点も再構成の助けとなった。ファイル探検の第一紀はこうして幕を開けることになる。

漢字だけでできた諸島、ひらがなだけでできた諸島はむしろ例外であり、ほとんどの諸島は、現代日本語で成り立っている。たとえば、比較的大きな諸島に属するある島はこうだ。

人類史上、文字から放たれた最も強い光は、一九八六年、パリ、シャイヨ街五十番地にかつて存在した大邸宅の一室で観測された。その光は数カ月の間継続し、その後二度と地上で観測されることはなかった。

この諸島には他にこんな島が所属している。

――文字の発する光は、それ自体による発光と、受けた光の周波数を変調して発光し直す蛍光に分類される。文字自体による発光は、文字同士の複雑な相互作用によって生み出されるものであり、反応には比較的多くの文字を必要とする。これまでに知られた最も小さな発光文字系は五文字よりなるが、これは機能を優先して設計された意味を持たない文字列であり、むやみに画数の多い入り組んだ文字を利用したものである。平易な文字のみを利用した日常的な文章において、それ自体での発光が可能な小規模の文字列長は一五文字内外であるとされる。しかしその発光は不安定であり、環境の影響を強く受けることが知られている。周囲の文字や文章の置かれた環境によらない安定的な発光のために必要な文字列長は二〇〇から四〇〇文字だろうとされている。

他方、蛍光は部首レベルで実現できる性質であり、近年の文字加工技術を駆使することで工業的な量産が可能となった。光を当てると蛍光を発するというこの性質を用いることで――

と、ここで現れている「――」部は、省略を意味しているわけではなく、実際に「――」と記されている。開始もしくは終端記号、先の経典の例における重複部と同様に、糊代《のりしろ》のような役割を持つかもしれないのだが、この諸島に属する全ての島が同じ形式を持つわけではない。島をなす文字の中には、次の島、直前の島を示す情報が何も見当たらないことがほとんどである。島はあくまで素材であって、島々や諸島を統合し、連絡する作業は機械の言葉の担当ということらしい。この島につながりそうなものとしては、同一諸島内の、

――文章内部の文字同士の反応についての研究は急速に進展した。多くのテキストにおいて、漢字・ひらがな転換や、意味内容の変化が起こっていることは知られていたが、その客観的な測定は困難だった。緑色の蛍光を持つ「イ」の発見により、人偏を持つ文字の生成消滅を映像として捉えることが可能となった。たとえばこの

「イ」を導入された系において、「伏」は緑色の蛍光を発するが、「犬」は光を発しない。「伏せ」が「ふせ」に変化すると蛍光は消滅し、「至福」から「雌伏」への変化は蛍光の有無によって観測できる。最初期に研究対象となったのは、「イ」を含む漢字だけが並んだリストであり、蛍光を持つ部首を文章の中に組み込むということの手法の有用性が示された。新たな蛍光部首探しは急速に――

が挙げられるが、これと同時に、また同じ諸島に属する、

――文章内部の文字同士の反応についての研究は急速に進展した。ついては、この蛍光部首はたちまちのうちに文章加工における不可欠のツールとなり、特化された部首をつくり出し、安定した大量生産を担う企業を生み出すことになる。部首作成は新たな産業と化し、書家の採用、古筆、墨跡の収集が活発化し、書道が第何次かの隆盛を迎えることに――

という島との関連も指摘されているから、事態は若干ややこしくなる。というのは、一つの島から複数の島への連絡を認めるならば、このファイルに収められている文章

は、頭から爪先までひと続きの文章を断ち切ってから、何かの意図をもってばらまいたものではなくて、あらかじめバラバラに、切り貼りされることを前提に作られているということになるからだ。すなわち、全てのページを並べ直して一冊の本を復元することはできない。島をジグソーパズルのピースのようなものと考えるなら、様々な絵を作り出すことができるかわりに、どんな絵を完成させてもパーツが余るようになっている。それとも、どうしてもどこか欠けたところができる。島々の連絡は、一つのはじまりがあって分岐しながら可能性を広げていく形でさえなく、合流し分岐し、各所で輪をなすような姿をしている。

光る文字に関する諸島は、ファイルの中では比較的解読しやすい領域である。そのわかりやすさは偶然ではなく、理由のあることが後に知られる。光る文字に関する諸島がファイルに導入されたのが、最近のことであるからしい。島々がファイルのどこに位置し、細分化され、かき混ぜられているのかは、諸島が海に導入された時期によって変化する。一般に、島はとけてほどけて流されていき、分解される運命にある。たとえば次に挙げる島は、光る文字に関する諸島から、文庫本にして一〇〇冊ほど離れた別の諸島中に紛れているのを見出された。

私の書くものは光輝に包まれており、私はカーテンを閉めるのでした、というのも自分のペンから出る輝かしい光線を外に漏らすようなどんな些細な裂け目をも私は怖れていたからで、私としては幕を突然一気に引き開けて世界を光明に浸したかったのです。これらの紙を散らかしておいたりすれば、シナまでも届くような光線を生じさせるようになっただろうし、すると夢中になった群衆がわが家に殺到してきたことでしょう。しかし私がいろいろと警戒してもその甲斐はなく、光線の矢が私から漏れ出して壁を貫いており、私は自分の裡に太陽を宿しているのであって私自身のこの凄まじい閃光を妨げることはできないのでした。一行一行が何千部にもなって反復されていましたし、私は燃え上る何数千ものペンの火先で書いているのでした。

この島と、自ら光る文字や、蛍光を発する部首の属する諸島との連絡は明白である。それ以前から、遠く離れた諸島の間で似たような文章が発見されることは知られていたが、その現象は単なる偶然、あるいは冗長性を確保してファイルの破損に備えるための措置と考えられていた。重要なデータにバックアップはつきものである。海に隔てられた二つの陸地で似たような動物種が発見されるのは、神がその地にバックアップをとったからだというわけだ。諸島においても同じ理屈が適用される。無論、地球における動植物の分布に関するこの理屈は大陸移動説によって置き換えられることになるのであり、同様にして大陸移動説、そうしてプレートテクトニクスがこのファイル内でも有効であることが知られるようになるのだが、それもまたもう少し先のできごとである。

初期においては、ひらがな、カタカナ、漢字の連続だけが、ヒトの言葉と判別された。ファイル中のテキストは、ヒトの言葉と機械の言葉に歴然として分かれているというのが当初の理解だったわけだが、当然というべきか、探検が進むにつれて多くの例外が次々と発見されていくことになる。次の例は絶海に見出された群島の模式図である。この群島は四つの島からなっており、ヒトの言葉と機械の言葉の融合が見られる例として有名になった。一かたまりが一つの島をなしており、それぞれの島は海峡で隔てられているものの、距離はほんのわずかなものであり、元は一体の島であったと考えられる。各島は数首の和歌からなっており、島ごとに首数は異なる。和歌には「【」「】」「／」といった記号による修飾が施されている。本来は一文字一文字の間にも様々な記号が入り込んでいるのだが、それではあまりに読みにくいからここでは図式的に簡略化したものを示してある。

【白雲】とみねの【桜】はみゆれ共／
　つきのひかりは隔さりけり
華の色に光さしそふ【春の夜】そ／
　この間の月は【見るへ】かりける
をはつせのはなの盛をみわたせは／
　【霞】にまかふみねのしら雲
さゝ【波や】なからの【山の】みねつゝき／
　見せはや人にはなのさかりを
【三芳野】の華の盛を今日みれは／
　こしのしらねにはるかせ吹
【さき】しよりちるまてみれは木の本に／
　はなも【日数も】つもりぬる哉

【池水】にみきはのさくら【ちり】しきて／
浪のはなこそさかり【成】けれ
【しら雲】とみねにはみえて桜華／
ちれはふもとの【雪】にそ有ける
【よし野】やまはなはなかはにちりにけり／
絶ゝのこるみねのしら雲
【やまさ】くら【惜心】のいくたひか／
ちるこの本にゆき帰らむ
【春雨】にちるはなみれはかきくらし／
みそれし【空】の心ちこそ【すれ】
【踏】はおしふまては行むかたもなし／
【心尽の山】桜哉
やまさくらちゝに心のくたくるは／
ちるはなことにそふにやあるらむ
【華の】ちるこのした陰はをのつから／

そめぬさくらの衣をそきる
はるをへてはなちらましやおく山の／
かせをさくらの心とおもはゝ
あらしふく【志賀の】【山辺】のさくら華／
ちれ雲井にさゝ波そたつ
はるかせにしかのやまこえはなちれは／
みねにそ【浦】の【波】はたちける
さくら咲ひらの山かせ吹まゝに／
はなに成行【志かの】うらなみ
【ちり懸】はなの錦はきたれとも／
【帰む事】そわすられにける
【あかなく】に【袖】につゝめはちるはなを／
うれしとおもふになりぬへきかな
さくらはなうき身にかふるためしあらは／
【いきて散を】はおしまさらまし

みよし【野】の山したか【せや】はらふらむ／
　こすゑにかへる花のしら雪
【一枝】は折てかへらむやまさくら／
【かせ】にのみやはちらしはつへき
ちるはなを身にかふはかり思へとも／
　かなはて【年の】老にけるかな
あか【なく】にちりぬるはなをおも【影】や／
　かせにしられぬ桜なるらむ

　これらの歌が、千載和歌集に収められた、第七十二歌から九十六歌であることはすぐにわかる。一番目の島、「白雲と〜」から「三芳野の〜」までの五首は、巻一、春歌上の末尾五首に対応し、以降の歌は巻二、春歌下の冒頭からのひと続きということになる。春歌の巻ということで、全ての歌に花、あるいは桜が詠みこまれている。奇妙であるのは、全二十巻、総計一二八八首を数える千載集のこの箇所だけが抜き出され、他の島々から遠く離れて配置されている点である。ファイル中、他に和歌集らしき部分は見当たらない。巻一の末尾と巻二の冒頭部というのも奇妙である。まるで和歌の大陸が沈み、千載集の一部のみが絶海に取り残されたような形である。歌として眺めた場合、表記のゆれが目につき、書き手の作為が予想される。目立つところでは、桜は「桜」「さくら」の表記を持ち、花は「花」「華」「はな」、波は「波」「浪」「なみ」と気ままである。脱落箇所も数箇所見える。千載集に従うならば、五首目の結句は「はるかせそ吹」となるべきだし、十六首目の四句は「ちれは雲井に」となるはずであり、誤字と思われる箇所も散見される。濁点が存在しないのは、かなを活字に起こす際の選択の結果だと思われる。変体仮名についての特殊な処理は、こうして抜き出したヒトの言葉の部分には存在しない。

千載集の部分よりなるこの群島の発見は、ファイル探検史における一つの画期をなすことになり、それまでは機械の言葉と見なされていた海洋部分のうち、波打ち際から近海にかけて探査の目が向けられるきっかけとなった。直接的に日本語としての文字の並びをもたなくとも、文章としての意味を持つ領域が存在するのではないかということであり、機械の言葉に沈む領域を含めれば、ヒトの言葉の占める部分はファイルの六〇％程度に及ぶのではないかとの推測もなされた。初期の研究は様々な奇説も生み出し、テキストを好きに読んでよいということになれば、それこそどのような読み方も許容されることになる。五十音さえ存在すれば、ひらがなを好きな順序に読み出して、文章をつくることが可能だからだ。各地から、宇宙人からのメッセージや、海に沈んだ大陸の遺構、未知の言葉で書かれた家計簿、海豚の詫び状などが報告されるようになったことは意外ではない。サルマナザーやゼカリア・シッチンの名が取り沙汰され、鳴り物入りの新発見は個別に再検討されていくことになる。ここまでがファイル解読史の第一紀とされ、第二紀では主に、機械の言葉の部分に目が向くこととなっていく。

島々に残された記録によると、光る部首の単離に最初に成功したその人物は、同種の文字を、五万字ほど収集する必要があったという。来る日も来る日も、ページをめくり続けて目的の文字を探し続けた。それまでにも光る文字の存在はよく知られていたが、その光が真に文字自身に備わる性質なのか、認知的なものなのかには議論があった。常に発光する部首は極めて稀で、ときどき光ったような気がするくらいのものがほとんどである。紙面の端で何かの文字が光ったような気がしてそちらに目をむけると、もう消えている。感動的な一文が光って見えるということさえ、滅多にあることではない。

一般に、固有名詞は微弱な光を放つといわれ、これは文字自体が光を放つ証拠とされると同時に、光は認知的なものであるという証拠ともされる。文章をざっと眺めて、固有名詞をみつける速度は、普通名詞をみつけるのに比べて有意に速い。これは固有名詞が微弱な光を放っているからである。しかし固有名詞の中でも特に、知人の名前、さらには自分の名前ということになると、発見の速度はさらに上昇する。ゆえに、文字の持つ光の強さは、誰が見ているのかに依存する。ついては、発光現象は、文字自体の持つ性質ではなく、認知的なものと考えるのが妥当であり、光は、共感覚のように生み出されるということになる。数字に色がついて見えるヒトが決して少なくないように、漢字文化圏には、特定の部首にだけ色がついて見えるヒトがいてもよいはずだ。あるいは光る文字は、もう少し高次の認知と結びついているものだともされ、たとえば、

「中村木村吉田清水山本高橋渡辺林加藤斎藤伊藤山田田中松本佐藤佐々木井上小林鈴木山口」

といった並びの中から、特定の苗字を発見する速度は、実際にその苗字を持つ者の方が速いだろうと考えられる。この説に従うのなら、光は単に、見慣れたものに付随する現象であるということになる。光るからみつけやすいのではなく、みつけたがゆえに光るのだ。発見によって灯る光のように。

光る部首の単離には、膨大な書体を集めることが必要だった。文字が光を発するかどうかは、文字自体や文字の記される素材にはよらなかったが、厳密な様式を要求することがのちにわかった。その厳密さは、分子や原子レベルの正確さではなく、数学的抽象に要求される種類の厳格さである。たとえ光る文字を一つ発見できたとしても、通常の複写機でコピーされた文字は光を失うか、著しく劣った性質しか示さない。多くの研究者が光る文字の複製に失敗する中、その人物はひたすらに文字を収集し続けていた。たまたま光ったように見えただけの文字を収集してはデータ化し、アウトラインフォント化して、ソフト上で微小な修正を加えては変異体を作り続けて、それらの文字が光を発するのを待った。

光る部首の発見には偶然も強く作用した。光る文字は当初、何で出力するかには依存しないと考えられていた。だから、その人物がディスプレイの上に並んだ変異体の群れを、まるで写経するように万年筆で書いてみたのも偶然だし、そのうちの一つの形がたまたま、紫外線を緑色の可視光へと変換する蛍光の条件を満たしたのも偶然である。その人物が文字群を書き写した紙を丸めてゴミ箱へと放る。その軌道が部屋の隅に設置されたブラックライトのスタンドの前を横切ったことも偶然だったし、スタンドが点灯したままだったのも偶然だった。丸められた紙はゴミ箱へとまっすぐ飛んだ。その人物は、腕を伸ばした姿勢のままで停止して、ごくゆっくりとした動きでゴミ箱へと近づいていった。息をとめ、反故を静かに拾い上げて机に戻る。顔を背け、手探りで皺を伸ばしてから、固く目を瞑って首を戻した。紙面にはそれぞれに人偏を備えた漢字が整然と並んでいたが、文字達がいたずらを見つけられたように、ごそごそと互いの位置関係を直したような気がして、その人物は目をこすった。しばし紙面を凝視してから立ち上がり、ブラックライトのスタンドを、コードを引きちぎるような勢いでとって帰った。紙面を斜めに照らす形でスタンドを据え、スイッチを何度も押すが、変化は特に見当たらない。がっくりと椅子に沈んで、スタンドからだらりと伸びる差し込みプラグをしばし眺めた。勢いをつけて体を起こし、プラグをコンセントへと差し込み直す。四角く整列した漢字の中、一つの文字が、緑色の光を微かに放っているのが見えた。より正確には「俑」字の中の人偏部分が光っており、光る杖を携えた人物が突然そこに現れたようにも見えた。蛍光を発するのに必要なのが、文字列ではなく部首だけであるというこの発見は巨大な衝撃をもたらすことになる。

光る文字の印刷には細心の注意が要求されるが、現在の印刷技術はその安定した出力を実現している。しかしまだまだ単価は高く、研究開発用の域を出ていないのだが、低価格化は着実に進行中である。近年のトレンドは、光る部首の設計それ自体よりも、「光る部首仮説」の検証に移りつつある。「光る部首仮説」は、「光る部首の形を完全に記述することのできた数式や文章は、それ自体が光を発する」とする仮説である。

文字は紙の上でしか光らない。意外なようでも、当然のことのようでもある。実際は、石の上でも光るし、ガラスの上でも、プラスチックの表面でも光る。要は印刷される必要があり、アナログデータでなければならない。つまり、ディスプレイの上では文字は光ることはないとされる。理由は、部首が光るためにはディスプレイの解像度以上の精密さが要請されるからだといわれたが、ディスプレイの解像度をいくら上げても、文字は光り出すことがなかった。それよりも精度が劣るはずのアナログプリンタによって出力された文字は光を発することから、アナログであることが本質であるらしい。ビットマップのデータは役に立たず、ベクターデータはかろうじての役に立つだけであり、まだ十全な記述とはみなされていない。ペンプロッタが見直され、毛筆を持つプリンタが専用に開発されることになる。
この種の蛍光が、自らによる発光と異なる点は、発光が物理的なものであり、認知的なものではないということである。現在のところ、自ら光を発する文字たちは、その言葉を知らないヒトの目には光って見えることはない。蛍光部首は観察者が漢字を知っていようがいまいが関係なく光って見える。部首は結局、場合によっては他の文字の部分に現れても不思議がないような単純な線であるにすぎない。部首が光るのであれば、アルファベットのどこかの部分も光る道理で、その推論は実際正しい。
しかし物理的に光を発するのであれば、何らかの方法でエネルギー保存則が成り立っている必要がありーー
そんな光る部首開発史をディスプレイ上で読みながら、森林は微笑んでいる。森林にとってこのファイルは、簡単なコードをその場の思いつきで書いて実行しながら探検していく、文字の海に他ならない。ディスプレイに開いたエディタに小さなコードを書いては実行しながら進んでいく。魔法の呪文を用いて海原を探索していくような

感覚であり、あるいはコードが船の推進機関である。エディタにはシンタックスハイライトの機能が備わり、コードの文法を自動的にチェックしてくれている。機械の言葉における予約語や変数名を自動的に色分けして表示する。今、森林の前に開いた小さな窓の中では機能によって色分けされた機械の言葉が並んでおり、世の中にはもしかして、シンタックスハイライトの力を借りなくても、文字がこうして色づけされて見える共感覚者がいるかも知れないなと思う。それはともかく、液晶ディスプレイの上に表示される文字たちは元々、光る文字、あるいは光る背景に浮かぶ暗闇である。そう考えてから、白紙の上に横たわる黒い文字たちも、光を反射する平面に開いた黒い穴であるには違いないと考え直した。そうではなくて、架空の光る文字の発見史を、こうして実際に光る文字で読んでいることが変に可笑しい。

ファイルにとりかかってから四十五分、森林のファイル探検は第二紀に突入しており、島の周囲に溢れる機械の言葉の解読へと移行している。最初の突破口となったのは、金光明最勝王経からなる諸島と、華厳経からなる諸島だった。この二つの経典は、ただの金光明最勝王経と華厳経ではなく、「紫紙《しし》金字金光明最勝王経《きんじこんこうみょうさいしょうおうきょう》」と「紺紙《こんし》銀字《ぎんじ》華厳経《けごんきょう》」なのだというのが森林の下した結論である。というのは、機械の言葉による指定が、文字データとその配置だけではなくて、文字を印刷する素材や、紙の色や質にまで及んでいることがわかったからだ。島の周囲に寄せては返す機械の言葉を慎重に読み進めると、金光明最勝王経は紫地の紙に金字で、華厳経は紺地の紙に銀字で出力するように指定されていることがわかった。ファイルにおける素材の指定は幾重かの層をなしており、その気になれば細かい指定を次々と追いかけていくことができるようになっていた。紫地の紙というだけでやめておくこともできたし、紫色の染料として何を用いるべきかまでを調べることができるようになっていた。

　機械の言葉は多重の層をなしており、その層は出力端末の程度に対応するためのものだった。古い規格のプリンタに与えてもそれなりの用をなし、高機能を持つプリンタに与えればその能力を発揮できるように作られていた。たとえば黒インクのみを持ち、小さな黒い点を並べて出力を行うプリンタに対してはそのように、文字のコードを与えてやれば自前のフォントで印刷するプリンタにはそのように、毛筆を備え、流れるように出力をするプリンタにはそのように、相手を見て指令を伝える。金泥や銀泥を出力できるプリンタや、箔を用いることのできるプリンタにもまた、そのようにして対応する。漆を出力したり、古墨を用いるプリンタに命令を与えることもできるようになっている。内部に蚕や蜘蛛を飼い、生物素材を用いる印刷にも対応したし、何段階かの工程を経て素材を自ら作成し、さらには、素材の採集、採掘に自ら出かけるプリンタにまで対応している。ファイルからの命令を受けたプリンタは、終わりの知れぬ旅へ出て、山を越え谷を渡って水銀を求め、自然銀を拾い上げ、海を渡って新たなフォントを手に入れることで経を出力し、書き写して国家鎮護を祈る。

このフォーマットは国宝級の作品の出力が可能なプリンタ向けのものであり、さらに拡張を施したものであるらしい。この時代には、国宝のデータを携帯端末にダウンロードし、適切な出力装置を持つ施設へ持ち込むことで、個人での国宝の出力が可能になっている。まだ、書画にしか対応していない規格だが、将来的には彫像や無形文化財の複製にも利用が見込まれている。複製としての精度は高いが、損傷や時代による古びを再現するためのものではなく、新品を出力するためのものであるから、一般に、真贋の鑑定に困難は伴わない。もっともこの技術の発展により、紙幣には特別に設計された分子によるマーキングが必要となった。

ファイル中、コメント文が途中で放棄されているように見えたのは、このフォーマットにおいて、コメントは、ヒトの言葉で島として配置してしまえばよいという考えが支配的になったからのようである。

そしてまた第二紀には、ヒトの言葉でできた島の中にも、機械向けの内容が記されているものがあることも判明してくる。紫の染料の作成方法を、銀の採掘方法を求めたプリンタが機械の言葉を読み進めていくと、別の諸島に記された、ヒトの言葉によって記されたお話にたどり着くことが時に起こった。そこには蓬莱の玉の枝や、火鼠の裘《かわごろも》の入手方法が記されており、プリンタは機械の言葉の支援を受けてなんとかその内容を理解しようと努めるのだった。

経典の島々は、国宝「紫紙金字金光明最勝王経」を再現するデータであり、重要文化財「紺紙銀字華厳経」を再現するデータであり、その素材の作成方法を示すデータだった。たとえばここで、金光明最勝王経は紫紙に金泥で記されたのち、猪の牙を用いて磨くことが指定されているが、そうした機能を持たないプリンタはその指示を無視しても構わないようにできている。プリンタは、自分の器量の許す範囲で島々を囲む海の命令に忠実に従い、経典を復元するということらしかった。

そうしてみると、千載集よりなる群島もまた、印刷時の指定を含むデータであることが予想され、森林は探索開始から一時間半にして、これらの歌が、俵屋宗達と本阿弥光悦の手になる「四季《しき》草花《そうか》下絵《したえ》千載集《せんざいしゅう》和歌《わか》巻《かん》」であることを突き止める。

　この作品は、鳥の子紙の料紙を横に継ぎ、四季の移り変わりを描いた和歌巻であり、四季の草花を配置した下絵を俵屋宗達が描き、その上に本阿弥光悦が和歌を記したものである。五色の料紙が季節に応じて用いられ、下絵はまず春の桜にはじまり、藤、つつじと変化して、萩、すすき、松へと移行していく。空には巨大な半月が浮かび、金泥で描かれた松の上を、銀泥でみな同じ姿につくられた千鳥の群れが飛び去っていき、冬と和歌巻は終わりを迎える。群島をなす文字列はこのひと続きの料紙の上に書かれた和歌と、文字の抜け、漢字とかなのひらきまで含めて同一のものであり、島の区分はおおよそ、和歌巻における春夏秋冬の別に対応している。和歌巻に記された歌は、太く細く濃く薄く長く連なり短く切れて、行頭は整わない。和歌自体が地より伸びる草木とも葦牙《あしかび》とも見え、雨の引く一線のようにも映る。

　実際のところ、本阿弥書くところの文字は、文字ではあるが絵でもある。連綿するかなは絵であるという事実を超えて、より直接的に絵をなしている。群島の模式図中、【】で示した文字は、この和歌巻で大きく太く、黒々と書かれた箇所である。連続する文字の中で、その機能を最大限に発現している文字だとも言える。ここで本阿弥光悦は、和歌巻へと四季を宿らせる作業において、四季それぞれの歌を必要としなかった。春の歌のひと塊を取り出して、その中からそれぞれの季節を代表する言葉を強調、発現させることで足りたからである。群島における桜の花は、はじまりの頃は漢字で書かれ強調されるが、その後はか細く控えめに、かなで書かれるようになる。それぞれの島における強調部を取り出して並べてみると、

【白雲】【桜】【春の夜】【見るへ】【霞】【波や】【山の】【三芳野】
【さき】【日数も】【池水】【ちり】【成】【しら雲】【雪】【よし野】【やまさ】【惜心】
【春雨】【空】【すれ】【踏】【心尽の山】
【華の】【志賀の】【山辺】【浦】【波】【志かの】【ちり懸】【帰む事】【あかなく】
【袖】
【いきて散を】【野】【せや】【一枝】【かせ】【年の】【なく】【影】

ということになり、その意図は明白である。千載集の四季の巻からそれぞれの代表歌を選ぶのではなく、あくまでも春の巻を切り出したことで、桜の樹が花をつけ、花を散らして、寒風に佇む姿を描きだすことが可能となった。花が散ることは樹の消滅を意味しておらず、花は常に存在している。

群島を巡る機械の言葉が、歌を構成する一つ一つの文字の大きさを形を位置を、そうしてまた色合いを指定していることは言うまでもない。

ファイル解読の第三紀は、森林朋昌が遅まきながら、このファイルを実際にプリントアウトしてみようとしたときにはじまる。本当に金泥や銀泥を出力できるようなプリンタがどこかにあるかはわからなかったが、このファイルはプリンタの器量に合わせて命令をするというではないかと、森林は単純に考えることにしてみた。それが、ファイルに記された小話の一つが示唆していたことであるにせよ。

しかし、錯綜《さくそう》したテキストファイルを与えられた、森林所有のプリンタは、錯綜したテキストをそのまま愚直に出力し、それは当然そうなるものだと、森林を変に感動させた。このファイルの従うフォーマットはやはり架空のものであり、ファイル中に記されているような印刷技術を実現するには、森林自身が、そのフォーマットとプリンタの橋渡しをする通訳となる必要がある道理だった。そんなものを実際につくり上げる気はなかったが、それでも予備的調査を行ってみた森林は、このファイルに取り組んでから何度目かの困惑にまた襲われることになる。

当たり前だがファイルには、出力のサイズを指定している箇所が存在した。「紫紙金字金光明最勝王経」にせよ、「四季草花下絵千載集和歌巻」にせよ、当然ながらオリジナルのサイズが存在する。実際に出力するときのサイズをどうするかはまた別の問題として。

ファイルの内容を出力が可能なフォーマットに変換する方法を模索する過程で森林が発見するのが「閇」字であり、これは、基点からおおよそ40AUの距離に12ポイントの大きさで印刷することが指示されていた。AUという単位に首を傾げた森林は最終的に、これが天文単位であることを、諸々の整合性に鑑み、納得する。1AUは、太陽と地球の平均距離を意味しており、40AUは冥王星のあたりを指す。この文字は一文字で大洋の真ん中に浮かんでおり、最寄りの島は、

谷神不死　是謂玄牝
玄牝之門　是謂天地根

鯀鯀若存　用之不勤

という文字よりなっている。

森林はファイルの探索を続け、太陽と内外惑星、それぞれの衛星の位置に印刷されるように指定されている文字たちを発見し、それらの相互配置からこのファイル内での日時を特定する。どの惑星も衛星もささやかな数文字からなっていて、基点からの距離と相互の位置関係以外に惑星や衛星らしいところはなかった。太陽系のその他の構成要素、小惑星帯や冥王星型天体の姿は見当たらなかったが、これは探査がまだいきとどかないだけかもしれない。「鬥」よりも遠くに印刷されることを指定された文章も発見できず、現在のところ、地球サイズを超える範囲に印刷することを指定された文字は百字に満たない。

このファイルが、読み出されるたびに変異を重ねていくことはまだ秘されたままだ。検索を行うごとに、コードを用いた処理を施すごとに、惑星たちは歩を進め、どこかの島がほんのわずかに波に削られ、プレートに乗った島々は互いの位置を変えていく。そのたびごとにファイルに記された文字は変化し、漢字がかなに、かなが漢字にそっと交代し、脱字は戻り、誤字はまた別の誤字へと姿を変える。第四紀が開始されるとするならば、それは、蛍光部首を導入されたこのファイルが実行されたときのことになる。太陽系規模の料紙の上で展開する世界では四季が移ろい惑星が巡り、黒い太陽に照らし出された仄かな蛍光が、地上の光として観測されることになる。

惑星の運行を司る法則を記した島も、やがて波に侵され削り取られる。惑星は軌道を外れ、島は文字と砕けて波間にさまよい、星は星形を失って、機械の言葉で満たされる。

森林はこのファイルを手に入れた経緯を思い出して笑みを浮かべる。本当に思い出しているのではなく、思い出したと信じているだけにすぎない。改めて細部を問われれば困惑の表情を浮かべるだろうが、幸いにして問う者はない。結局のところ、まだ起こっていない事柄を思い出すことはできないのだが、未来にそれが起きた時点で、遥か昔の出来事が生成されることはありふれている。森林は本来、第四紀の住人である。もっともこの頃では、第一紀、第二紀という用語は使用されない。第三紀も古第三紀と新第三紀へと分割され、第四紀と合わせて新生代と呼ぶようである。

闘字

一面の硯《すずり》であるが、墨池《ぼくち》を挟んで墨堂《ぼくどう》が左右に配されている。墨の池へと真っ直ぐに筆をおろしていくと、池は硯の厚みも机の天板も貫いていることがわかった。

闘字とは読んで字のごとく、文字を闘わせる遊戯である。本来、出来事を不動とするための文字を弄ぶということだから、あまり品のよいものとはされない。そのためか表立って語られることが少ない。ほとんどの場合、詩や書画中に散見される程度であり、まとまった記述は珍しい。

蟋蟀《こおろぎ》同士を闘わせる、闘蟋《とうしつ》と混同されることも多い。風景としてみると確かに、闘字と闘蟋は似ているのである。何やら興奮した様子の男たちが机のまわりに輪をつくり、小さな直方体を誰かの肩越しに覗き込む。ただし闘字と闘蟋とでは、各人が手にする道具が異なる。闘蟋では蟋蟀を壺に収めるが、闘字では文字を墨に封じておく。

闘蟋では、茜草《せんそう》と呼ばれる細筆に似た道具で蟋蟀を挑発するが、闘字では無論、筆そのものを利用する。

かつて闘蟋と闘字はひとつであったとする者もある。自家の蟋蟀の強壮のため、その背へ文字を配することがあったのである。実際に墨で記すというよりは、水で背中を湿したり、埃を払ってやるときに、筆先で秘伝の紋様を描くということかもしれない。闘盆《とうぼん》に乗せられた蟋蟀たちが背負った文字もまた文字同士で闘うのであり、やがて蟋蟀の背中を滑りおりた文字たちは、勝手に文字たちだけで争うようになったとされる。武士が馬から降りて立ち回りを演じるように。そう聞くとまるで、紙から切り出された文字たちがひとり立ち上がり、太極拳をもちいるように揺らめく様が浮かんでくる。

しかし、何かを闘わせるということならば、蟋蟀や泥人、式神と限定する必要はないのであって、戦意を持つあらゆる生き物が弄ばれた。闘犬、闘牛、闘鶏は言うに及ばず、縄張りを持つ魚を闘わせる地域もある。甲虫や螽斯《キリギリス》、蟷螂《カマキリ》も集められたし、蜘蛛で相撲をとることもある。体に字を記すということであれば、蟋蟀よりもこうした頑健そうな生き物の方が適当なのではないか。黒光りのする百足の背に経文などを連ねた様を想像すると、これはなかなか迫力がある。あるいは単に、人の皮膚に刻まれた文字でよいかもしれない。取り組みあう上半身裸の男が二人、腕と腕それとも胸板と胸板をこすりつけあい、刺青同士が相手の皮下へ滑り込んで激しく闘う。文字を用いる遊戯というのはどこか背徳的であり、食物を弄ぶようなやましさがある。そのため、文字を扱う遊戯であるのに、文字記録にはほとんど残らないという皮肉な事態が生じることになったのだが、破戒は強く人を惹きつけもする。かといって、闘字は歴史的な遺物であって、もはや誰も嗜まないというものではないらしい。文化大革命で大きな打撃を受けたことは確かなようだが、現在では小規模ながら各地に好事家たちのコミュニティが存在し、伝統文化の保存を図っている。というのは建前で、やはり純粋に闘字が好きということではないか。かつては家を傾けたりすることもあったというが、近年は健全なものであるとされる。せいぜいが煙草を賭けたり、小銭がやりとりされる程度だというのだが、本当のところはよくわからない。

わたしは、調査旅行の途中たまたま立ち寄った街で闘字と出会った。生きた闘字を知る人物を紹介してくれたのは道端で竹籠を編んでいた老婆であり、艾《ガイ》さんという。その頃のわたしは、阿語と呼ばれる希少言語の痕跡を求めて世界各地を旅しており、人のまばらな荒野へばかり出向いていた。交通の便の悪いところがほとんどであり、どこかの街で装備を整え、数週間を野で暮らすことを繰り返していた。聞き取りを行うこともあれば発掘に取り組むこともあり、阿語というのはどこに何が残っているのか、ちょっと予想がつかないところがあるのだ。

その街は、地域では三番目に大きな街なのだが、何百年か以前には、もっと大きな都市だったという。今ではその一部分だけが維持されており、街を二重に囲んでいた壁も、外城は放棄されてしまい、一つだけ取り残された門楼が所在無げに立っている。崩れた壁の残骸が小麦畑へわずかに頭を出しており、外濠は埋まってしまって、もはや場所もわからない。内側の壁、内城をまた旧城とも呼び、東西南北に門を備える。旧城を穿って川すじが二本、それぞれ門の傍らを出入りする形で北から東へ、西から南へと抜ける。幅広の川の両側には楊柳《ようりゅう》が連なり長閑である。南門へ続く町並みが飲食店街となっており、道の両側には、野菜や獣肉、魚介類が山のように積み上げられている。ざっと眺めるだけでも、豚、牛、羊、鶏、鵞鳥、鴨が目に入り、大小様々の魚に、蝦、蟹、鼈《すっぽん》、鰻、貝類の姿が見える。干し肉が並んで吊り下げられた横では臓物の煮込みが湯気を立て、これらの肉や魚を炒めたもの、揚げたもの、蒸したもの、包子、饅頭に仕立てたものを売る店が軒を連ねる。魚のにこごり、豚のにこごり、三品、五品と具を入れた羹《すいもの》と続き、大豆や肉や魚からつくられた各種の醬《ひしお》が並んでいる。菓子を小皿に載せて売り歩く子供らが雑踏をぬって歌い歩く。荔枝《れいし》、龍眼、榧《かや》の実、榛《はしばみ》、松の実、銀杏、梨、棗《なつめ》、林檎を干したものに砂糖漬け、冬瓜を魚の形に整え蜜煮にしたもの、蜂の子の砂糖がけ、人面子に巴旦杏。緑豆寒天に砂糖氷雪、これは天然氷に砂糖をかけたもの、小豆入りの米団子や胡桃団子などもある。

もっとも、これらの店が活気づくのは早朝と昼食どき、そうして陽が落ちてからのことであり、夜市がもっとも賑やかである。これでもまだ、気軽な散策者向けの店であり、本式の市場や食堂、酒楼はまた街の別の箇所に集まっている。この通りを一本東へ外れると今度は日用品を扱う店が並んでおり、身の回りの品から、調査用のやや専門的な道具類まで、巡り歩くうちに整う。

件の老婆は、この日用品を売る通りに民家が増え出すあたり、道の両側に続く塀にこぢんまりとあいたアーチの前へ、小さな四角い杌《いす》を出して座っていた。わたしがその家へ足を向けたのは、軒先にまとめて下げられた竹籠に惹かれたからで、それはいわゆる円筒形や直方体の籠ではなくて、対称性の高い多面体の形をしていた。

籐球《セパタクロー》に使われるボールと同じように、球体の大円を組み合わせていく編み方だが、何種類かの組み方があるらしく、整った形のものを見かけると、つい対称性を確認してしまうのは性分である。

多面体というのはつまり、平らな面で隙間なく囲まれた立体である。日常では、桃の実を包丁で削いでいったときなどに見かける。それだけでは雑然としたものだが、対称性がからむとすっきりとした顔をみせる。たとえば、全ての面が正多角形でできている正多面体の数は限られている。四面体、六面体、八面体、十二面体、二十面体の五つしかない。いわゆるプラトン立体である。ここで、六面体の角を綺麗に落としてやると八面体に、十二面体の角を綺麗に落としてやると二十面体となり、逆も成り立ったりして興味深い。無限に変転したりはせずに、鏡に映る像と同じく二度で元に戻ってしまってつまらなくもある。ちなみに、四面体の角を綺麗に落とすとまた四面体が現れて、自分自身で循環している。ジオデシックドームなどは、ふとすると正三角形だけで構成されているように見えるわけだが、そういうことはないのである。

「持ってるね」

と話しかけられたときはまだ、わたしは老婆の存在に気づいておらず、思わず二歩、三歩とうしろへ下がった。顔を下げてようやく、小さな老婆が杭の上に載っていたことに気がつく。老婆は手元で正十二面体と同じ対称性を持つ球形の籠を編み続けながらこちらを見上げる形である。傍の筒からは、平たく幅を揃えた竹ひごが突き出しており、膝上には柄の端から刃先まで浮き彫りを施された金属製の鋏が横たえられている。六つの輪を順に上下に絡ませていくと、球形の籠が現れる。麻紐を通して持ち手とし、地面にじかに置いた段ボールの箱へと放った。

　老婆は新たな平竹ひごへ手を伸ばし、

「あんたのそりゃあ」と言い淀んで目を細めた。ややあってから、「猿かね」

　と言われても何のことかよくわからない。曖昧な笑みを浮かべて、「この籠は」と問うと、

「持ってるね」と再び断言された。問いかけではなく明らかな決めつけ口調で、合言葉のようなものを求められているようなのだが心当たりが全くない。いまひとつ会話がかみ合わないが、これはわたしの言語能力のせいだろうから、もう少し丁寧に話しかけてみることにした。自分は日本からやってきて、この先で調査をしようと考えている者であり、そこに下がった籠の幾何学的対称性に惹かれてやってきたのである。問う、その籠は何でアルカ。老婆ニヤリと、

「虫籠デアル」。螽斯を収めるのに用いる。鈴虫や蟋蟀などを入れるには目が粗いので使えない。目の間から胡瓜を突っ込めば良いので便利であるということだった。し

かし戸もない虫籠のどこから出し入れするのかと訊ねたところ、声をあげて笑われた。

「入れるのはこう」といつのまにかまた一つ編み上げていた籠の継ぎ目を持ち上げてみせる。宙空から見えない虫をつまんで放り込む仕草をしてから、音を立てて竹ひごの先を元へ戻した。「出す必要はないんだよ。死んでしまえばそのまま捨ててそれでおしまい」

言われてみればその通り、虫籠ひとつとってもひどく経済的なものであるなと感心しているわたしへ、老婆が手を突き出してくる。

「見せてごらん」

訳がわからないなりに、手のひらを上に差し出すと、見相ではない、と叩かれた。

「何使いだい」と問われるのだが、やはりさっぱりわからない。

老婆は「怖がらんでも大丈夫だよ」と勝手に何かを請けあっている。「そりゃあ、試合の前に手の内をみせる馬鹿はいないが、わたしゃ仕切りの側だからね。こればっかりは信用一番だ。このところ、独自改造だの自己流だの自分の考えた最強のなんたらだのいう規格外のものを持ち込む輩が多くてね。一応、改めさせてもらうことになっておる。まあ、あんたのは——」

と、また目を細めてみせるのだが、眉間には不審をあらわすらしい皺が深く寄っている。

「――いい筋だね。でもいわくありげだ。さて、どこの産か――日本、ではないね。大陸のもののようだが、うむ、草叢《くさむら》や池のものではない。いっそ、海。海に棲む猿。いや――墳墓、かね。違うね、形がよく見えないね。猿のようでも牛のようでも――古い形だ。それも、とても古い」

「持ってるって何を」と訊ねる。

「それをこっちが聞いているのさ」と老婆。

荷物を降ろし、両手を広げて、自分が何も持っていないことを示すが、老婆は指を伸ばしてこちらの胸元を指す。ポケットだらけのベストを脱いでみせると、指先はその動きを追いかけてきて、どうも老婆の求める何かは、ポケットの中にあるらしい。探ってみるが、何もない。何もないが、老婆の指は同じ場所を指し続けている。ポケットの中の空気を拳に握って取り出すと、そちらへ指もついてきた。拳を開く。皺の間に砂がたまるだけである。自信に満ちた老婆の顔から表情が抜け、驚きのようなため息のような呼気が漏れた。

「それはなんだい」と老婆は途方に暮れた様子だが、指先は相変わらずわたしの手のひらを指している。指は老婆とは独立した意志を持ったように毅然としており、老婆も当惑しているらしい。わたしが両手をこすりあわせて砂を払ったところで、老婆の指に自由が戻った。老婆の節くれだった指は宙をさまよい、右を指して左を指し、上下前方、四方に何かを探し求めたあとで、獲物を見失った獣のように、力なく膝の上へと戻っていった。

「死んだ……いや、消えた……」と呟く老婆へ再び、

「で、持ってるって何を」と訊ねる。

「あんたは字を持ってきたはず」と老婆は七竅《しちきょう》で不可解を形作った。

闘字のはじまりがいつだったのかは不明だが、ひょっとすると文字よりも古いものとされたりする。黄帝の世、蒼頡《そうけつ》が獣と鳥それぞれの足跡は異なるものを示していると悟った、というのが漢字の起源神話の一つだが、その失われた異伝の中に、闘鶏を見るうちに字を見出した、というものがある。そこでは鶏たちが趾《あし》で跡を押すのではなく、跡を鶏が踏むのだとされる。動きよりまず、跡が先にあるとする。闘うのは文字たちであり、鶏たちはそれを押し踏みながら踊るのである。鶏を踊らせることができるのならば、人を動かすこともできるであろうと、蒼頡は四つの目で鶏たちの動きを追いつつ考えた。この派は、字形の変化をそのまま、戦闘能力の変化と捉える。金

文から篆文が生まれたのも、隷書が楷書が草書が生まれ出たのも、闘争へ特化した結果だとする。

この派の主張が興味深いのは、「文字単体での変化」ではなく、「文字集団としての変化」に注目しているところである。何かの文字は、別の特定の文字を凌駕するために形を変えるのではなくて、書体ごと一息に、文字集団として断続平衡的に変化する。だから別の書体に移行途中の文字が見出されることはないし、両者が混じり合った集団もない。

もっともここで必ずしも、変化した字の方がそれ以前より強いということはないのであって、文字の強さというものは、環境に強く影響される。文房四宝、筆、墨、硯、紙のうち、筆墨硯の由来は古いが、紙は遅れて歴史に登場する。篆文は石や竹に強いが、紙はそれほど得意ではなく、草書は筆と紙の触れ合いから生じ、それがすぎると狂草へ至る。

楷、行、草書が互いを乗り越える形ではなく、ほぼ同時期に生まれ、完成したことにも注意が要る。草書や行書は楷書を崩して成ったのではなく、陸海空というような、棲みわけ、特化の結果として並行的に出現したにすぎない。

各地でバラバラに行われていた闘字の規則がはじめてまとめられたのはやはり、

『説文解字』によってとされる。この字典によってはじめて、羅列ではなく部首ごとの分類が実現された。収録部首数五四〇。これは現在のいわゆる康熙《こうき》部首二一四種に比べて倍以上の数となっており、その配列も今から見ると特異である。説文解字から一六〇〇年後に整備され、現在でも標準的に参照される『康熙字典』では、部首は、以下のように画数順に配列されており、秩序はゆるやかな濃淡をなし、字面を一瞥するだけで明白である。

一丨丶丿乙亅二亠人儿入八冂冖冫几凵刀力勹匕匚匸十卜卩厂厶又口囗土士夂夊夕大
女子宀寸小尢尸屮山巛工已巾干幺广廴廾弋弓彐彡彳心戈戸手支攴文斗斤方无日曰月木
欠止歹殳毋比毛氏气水火爪父爻爿片牙牛犬玄玉瓜瓦甘生用田疋疒癶白皮皿目矛矢石示
禸禾穴立竹米糸缶网羊羽老而耒耳聿肉臣自至臼舌舛舟艮色艸虍虫血行衣襾見角言谷豆
豕豸貝赤走足身車辛辰辵邑酉釆里金長門阜隶隹雨青非面革韋韭音頁風飛食首香馬骨高
髟鬥鬯鬲鬼魚鳥鹵鹿麥麻黃黍黑黹黽鼎鼓鼠鼻齊齒龍龜龠

康熙字典で何かの文字を探すには、まずは部首を探し出し、該当する部にあたる。画数の少ない部から並んでいるから、これは順に流していけばよい。目的の部にたどりついたら、部の内部でもやはり文字は画数順に並んでいるから面倒はない。部首と画数さえわかれば、それだけで文字に到達することができるようにつくられており、現代では当然すぎて、それのどこが便利なのかさえも見えにくい。せいぜい「亜」字は何画か、「巨」字の部首は何かと頭をひねるくらいですむ。ちなみに「亜」字は八画、「巨」の分類は字典によって様々である。

説文解字は、文字を部首によって分類したが、部首の順序は文字たち自身に任されており、部の内部でも独自の秩序を採用している。説文解字の内部では、文字たちの棲む世の道理によって、一つの宇宙が組み上げられる。序一篇、本文十四篇、本文各上下よりなる説文解字の第一篇上に収められる部首は、

　一丄示三王玉玨气士丨

であり、下では、

　中艸蓐茻

となる。最終第十四篇の下巻では、

𠂤𨺅厽四宁叕亞五六七九禸嘼甲乙丙丁戊己巴庚辛辡壬癸子了孨𠫓丑寅卯辰巳午未申
酉酋戌亥

ということになる。

ここで、最初の部首「一」は一画だからここにあるわけではなくて、数字の一であるからでもなく、万物のはじまり、造化のはじめ、存在のはじまりを意味する原初の一を意味している。続く「丄」は天、上を示す文字である。三番目の「示」は日月星として現れて吉兆を司る。こうして天地開けて文字の世が回転をはじめ、下巻に至ってこの世に草が生ずることになる。「一」部にはじまる字典は「亥」部でその終わりを迎え、「亥」字は無論、十二支の最後を意味しており、その直前の十干と合わせて一巡りを示し大いなる循環が達成される。途中、「屮」と「艸」のように、同じ部首を並べた文字がまた部首として現れるのは、説文解字が再帰を採用しておらず、文字を「文」と「字」の二階層にしか分類しないためである。基本的な要素をなす「文」と、「文」を組み合わせた「字」の存在しか認めない場合、「文」と「文」を並べたものは既に「字」であり、他の字を構成する要素としての「文」とはなれず、部首を新たに立てるしかなくなる。説文解字はあくまでも、「文」を説いて「字」を解する書なのでそうなる。

従って、文字による創世から循環までを描いた説文解字中に字を探すのは、世の成り立ちを追跡する作業となり、説文解字の支配する世に暮らすことと同義となる。全部首数である五四〇という数字も、三の三乗かける二の二乗かける五であって、数秘術的な数の秩序を漂わせている。しかしこの宇宙を根底で支配するのは数の法則ではないのであって、例えば数字を探すのに、「一」と「三」は先ほどの第一篇のものでよいとして、「二」は「糸」や「虫」や「土」と同じ第十三篇に収録されている。第十四篇に見える「四」は数字、「五」は五行、「六」は易の数、「七」は陽の正、「九」は陽の変。「十」は第三篇に所属しており、さて、「八」は。第二篇にその姿が見えるが、これは「別れる」の意味である。といった具合に、数の並びはそれぞれに役目を与えられて配属され、新たに掘り起こされる日を待っている。

説文解字に分け入るためには、ひたすらこの宇宙の仕組みと同化していくしかないのであって、最終的に一体化して宇宙内部に住み着くよりない。康熙字典を引くのに必要なのは、部首の見出し方と画数の数え方だけだったが、説文解字を使いこなすには、この世のものとはやや食い違う万物の流れを体得する必要があるわけである。

と、話はやっと闘字に戻って、初期に整えられた闘字のルールは、一方が文字を書き、他方がその部首を当てる、あるいは一方が部首を書き、他方がその部に含まれる文字を示すというものだったようである。ここでルールブックがわりに使われたのが説文解字で、つまりは、説文解字を便利に利用できるようになるための遊戯が起源の一つである。説文解字の中で展開される宇宙の道理に慣れるためなら、規則は思いつくまま変更可能で、一方が示した文字の、次の収録文字を書く、といったものだったり、部首を示してその部に収録されている文字数を答えるというようなものでもよかった。試験前に学生たちが問題を出して学習程度を確認しあうのと何の変わりもなく他愛ない。

はじまりは他愛のない遊び、技比べだった闘字は、当事者たちが字典の秩序を飲み込み咀嚼し終えたところで、姿を変えていくことになる。謎々が面白いのは、答えを知らないからである。双方が字典の内容を完全に覚えてしまえば、遊戯性は残らない。もともとは字典の構成に馴染むのが目的だから、全ての項目を覚えたところで遊戯は終わりとなるはずなのだが、中にはこの遊戯性自体にとりつかれた者たちがいたのである。字典を覚えてしまったあとでどうするか。他の書物を暗記するのか。しかしその者たちが取り込まれたのは文字の不思議な魅力であって秩序であり、美文ではない。あくまでも文字の秩序であって、人の秩序とは多少異なる。しかしあくまでもその宇宙の内部に暮らす以上は、新たに文字を作り出すというわけにもいかない。

この者たちが辿り着いたのが、文字の間に強弱を設定するという方針であり、闘字の起こりをこの時点とする意見は強い。最初は、一は二に勝ち、二は三に勝ち、一巡りして十は一に勝つ、といった決めごとからはじまったこの体系は、各地で急速に複雑化し、そうして整理され直した。百年単位の年月がすぎるうちに、説文解字に依拠することは忘れられ、字体へのこだわりは消え、そうして再び字体によって勝負を定める流行が訪れた。遊戯の規則は激しく変化し、ほとんど同じ遊びとも見えなくなったが、ただ一つの共通点は残り続けて、競技者たちは硯を挟んで向かいあい、同時にあるいは順番に、それぞれ一字を記すのである。

闘字はなにも民衆の間だけに流行したわけではなくて、歴代の君主の中にも、闘字に凝った者が少なくなかった。中でも唐の武則天は熱中のあまり、新たな文字を硯の上へ投げこんだ。則天文字として知られる、

曌曌𠀑𠑺埊𡆠囝匨〇𩂋凮凬𢘑𠀧𠘚𠘚𠦚𠦚𠁈𥠢𥠢𨬅𨬅𨲢圀𤯔𢒐𠥱𠨂

の文字たちは、闘字の愛好家たちからすると、初心者にありがちな、自らの考えた最強の文字に典型的な姿をしているという。

愛好者の目から歴史を眺めると、闘字にのめりこむあまり身を誤った宰相や皇帝の名が浮かび上がってくるという。前者でいえば南宋の賈似道《かじどう》、明の馬士英《ばしえい》、後者には明の宣徳帝《せんとく》や万暦帝《ばんれき》の名が上がる。それぞれに美しく強い文字を求め、貪欲に収集するあまり、政を疎《おろそ》かにした。闘蟋で身を誤った者の大半は、実は文字にも毒されていたというのが愛好家たちの言い分である。

闘字が最盛期を迎えるのは、清の乾隆帝《けんりゅう》の時期であるが、その繁栄の基盤を整えたのは先々代にあたる康熙帝であり、彼の編纂《へんさん》させた字典がやはりここでも画期となった。文字を部首順、画数順に並べた康熙字典は、誰にでも使いやすかったし、統一された字典が登場したことは全国的な共通ルールの確立に貢献することになる。

といった闘字の歴史を、わたしは石《セキ》の家の応接間で教わっている。

「もうわかったからここへいけ」と、何が何やらわからぬままのわたしへ老婆が差し出してきた紙切れには、よじれた篆文のような地図が描かれており、地図は街の東の通りに面した変哲もない集合住宅の入り口へと繋がっていた。手製の地図に記されていた「石」字は、そこにあるはずの石を目印にせよということではなく、そこに「石」氏が住むことを示していると、わたしはそのとき知ることになり、石家の長男、石磊から、以上のような闘字の知識を得ることになるわけである。

　石家のドアをノックする時点でもまだ、わたしの方では自分が闘字の参加者と勝手にみなされていることに気づいていない。扉を開けた石は、ドアのチェーン越しにわたしを眺めて、「明日の朝」と短く告げることになる。あとで聞いたところによると、石もまた、わたしが丹精込めた文字を懐に、闘字のためにやってきた物好きな外国人であると一目で直感したらしい。そう思った理由を尋ねてみると、

「どうしてかな、とにかくそのときはそう思ったのだ」と言う。そうして、「今は全然そんな気配も感じないがね」と笑う。「どうかしていたのだろう」と言うが、その時どうかしていたのが石だったのかわたしだったのかは未だによくわからない。

　闘字は闘蟋とは異なり、早朝に催されることがほとんどである。この街では、鬼子《ゆうれい》市《いち》と同時に行う慣いとなっている。鬼子市は午前の三時頃から骨董を売る朝市であり、

夜明けとともに店じまいして消えてしまう。主に衣服や書画、装飾品が取引される。そう広くない通り一本が出店であふれ、人出も多いが、意外に喧騒とまではいかない。川辺から立ち上る霧がかすかに漂う中を歩く人々もまた幽霊のようにその時は見えた。石に連れてこられたのは、鬼子市の通りからふいと塀をくぐって中庭をいくつか抜けた突き当たりにある建物で、そのあたりでは珍しく、正面が真っ直ぐな壁となっていた。中央が高く立ち上がり、左右対称に肩を下げたような姿はどこか教会のように見えるのだが、石に問うと短く、違うと言われた。

正面の扉を開けると、手前には進路を遮る形で供卓が置かれ、横長の卓の中央には炉、それを挟んで左右に蠟燭と水瓶がある。部屋の中には円柱が二列奥へと続き、全体の配置は上から見ると「皿」字型である。左右に通路が延び、中央の区画は手前から供卓と祭壇、闘字用の机、祭壇とそれぞれの区画に分かれ、突き当たりの壁には十三個の龕《がん》が穿たれている。祭壇の名を訊ねると、手前のものが龍楼、奥のものが経楼であると石は答えた。供卓の右脇には水を満たした浅い盆が置かれており、ひどく低い洗礼盤のようでもある。顔を上げると、欄間《らんま》にあたる部分に施された浮き彫が目に入った。コンパスと曲がり尺を持つところから見て、女媧《じょか》ということらしいのだが、対とされることの多い伏羲《ふくぎ》の姿は見当たらない。調度にはみな年月が積もり、大勢の人に大切に触れられてきた鈍い光沢を帯びている。

室内にはすでに二十人近い人々が集まっていて、石を見ると頷きを寄越す。中央の区画には小振りな机が一つ、上には大きめの硯が一つ、他にはふた組の筆置きと筆洗《ひっせん》、筆硯《ひってん》、水注《すいちゅう》が並ぶだけであり、周囲に紙を置く余裕はない。足元には陶器製の水盂《すいう》が見える。硯はやや長めの長方形で、これは異形である。真ん中に墨を溜めるための墨池がつくられ、その左右に墨を磨るための墨堂がある。無論、通常は一つの墨池に一つの墨堂があれば十分なのだが、ここではこの硯を挟んで両側から墨を磨るということらしい。集まった人々はそれぞれに、手持ちの袋や箱からまた小袋や小箱を取り出し、口や蓋を開けては閉めてを繰り返している。何事か話しかけては耳を傾けてみたり、両手で包んで温めたりと、何か小動物か昆虫を扱うような仕草をしているのだが、その手にあるのは、あくまでも黒く四角い板である。煤《すす》を膠《にかわ》で練り固めて乾燥させた墨であり、室内には墨の香りが満ちている。各人の手中の墨は、形や大きさ、色艶もそれぞれ異なり、無地のものから細やかな彫りの施されたものまで様々である。家訓か座右の銘かなにかを彫り込んだらしい墨や、山河の姿が浮かぶもの、花や鳥、草木を浮かせたもの、全面が金色に包まれているものなどなど、思い思いの墨が持ち寄られている。

「試合の前は他人に話しかけないように」

と石から釘を刺されていたので、目で追いかけるだけにとどめるが、まるきり、生き物を愛でているとしか見えず、やや不気味な光景である。わたしの困惑を察した石が、

「昔はもう少し上品なものだったとされていますが、さてどうだか」と笑いを含んだ声で続けて、「文人の遊びだから高雅であるという者もありますが、文字を弄ぶのは古ではあっても雅かどうかはまた別で」

「こんなところで、何も知らないわたしなんかが」とわたしは言い、

「まあ、遊びですから、お気楽に」と石は応えた。

前日に石から受けたレクチャーによれば、闘字の基本はやはり五行であるという。老婆に言われるまま扉を叩いただけで、闘字なるものははじめて聞いたということはすぐに納得してもらったのだが、わたしを招き入れた石は、当然顔で闘字の解説をはじめ、わたしが傾聴することに疑いは持たないらしかった。

「元々はひどく簡単なもので」と石。「いわゆる陰の循環である相剋《そうこく》、木剋土、土剋水、水剋火、火剋金、金剋木というやつ」と言いつつ、手際よく五芒星を描いていく。

「それに陽の循環を示す相生《そうしょう》、木生火、火生土、土生金、金生水、水生木が、まずは基本」と、星型の頂点を結ぶ輪を描いた。

試合では、それぞれに筆をとった対戦者が硯を挟んで向かい合う。中央の墨池に筆先を浸し、硯の陸地、墨堂部に文字を記して、傍に立つ判定者が勝負を決める。石の属する集団では、この判定者を満喇《マンラ》と呼ぶが意味は石も知らないという。

五行を用いる段階の闘字においては、判定者は形式だけで、ほぼ必要ない。それぞれの記した文字が、康熙字典において木、火、土、金、水、どの部に属するかを見て、相生と相剋に従って勝ち負け、持《ひきわけ》が決まるからである。その点、やや入り組んだじゃんけんにすぎない。木部の「杌」は土部の「堂」に勝ち、土部の「堂」は水部の「池」に勝つ。五行の種類が同じであれば画数が多いものの方が勝ちとする場合もあるが、そうするとみな入り組んだ文字ばかり書くようになるから、画数の間にもじゃんけん関係が設定されたり、複数のラウンドを設けるならば、一回の試合の間に筆を下す回数を制限する場合もあるという。試合によって、文字を家具や道具名称に限定するとか、特定の音を指定する場合もある。規則はその度ごとに決められて、書き手の戦歴を参照し、ある人物が使う水系の文字は有利に判定したり、土系の得意な家と設定されることもあるという。石などは、その名前から土使いに分類されているという。

「まあそうすると」と、石は立ち上がり、壁の上方に並んだ龕の一つから、うやうやしく五冊の本を取り出す。机に置くが、積み上げた本の上に手を載せたままで続ける。五冊ごとに装丁の色が異なっており、上から、赤、緑、青、黄、白と並んでいる。五行であるなら黒が足りないなと思ったところで、

「他の部首を使いたいという要望も出てくるわけです。自分は『艸』使いを目指すのだ、いや『虫』使いがよいというような人がね。『蟲』字は明らかに毒を持つのに毒を使えないのはおかしいと言い出したり。まあ、『肉』の下に『仌』字をいくつも連ねたものを持ってきて、蛇として扱えとか主張するような輩は無視してよいわけですが、字典に載っている字を利用しないのも損です。しかし、五行を勝手に六行や七行にするわけにもいかないし、すでに流通してしまっている分類をやり直すのも大変です。そこで各五行の下にサブカテゴリを設けることになったわけですが、まあ、康熙部首にしても二一四種はあるわけです。それらすべての部首の間に相生相剋関係を新たに定めることは決して容易いことではない。ですが、画数は所詮、人の間の決めごとであり便法です。決めごとに決めごとを上塗りしてもそれほど心は痛まない。そうして生まれたのが」

と、先ほど下ろした本の山の上から一番上の一冊を持ち上げ、わたしから見た正位置にして置き直した。

「『康熙字典・赤版』」と石。視線に促されるままページをめくると、一見、通常の康熙字典と変わるところはないのだが、各文字における「唐韻」、「集韻」といった発音関係の項目のあとへ、新たに『甲』、『乙』の項目が立てられており、それぞれに五行のどれかが記されているようである。必ずしも五行とは限らず、数字の場合もあるようで、ざっと見ただけではよくわからない。

「実際のところ、適当にふったのですよ」と石。「収録される全ての文字に、二つの五行を新たに勝手に割り当てた。甲の方はまだそれらしい五行を割り当ててありますが、隠し五行とでもいうべき乙の項目には出鱈目に振ったときいています。するとどうなるか」

「ええと」とわたしはページに手を置いたまま考えてみて、「甲乙の項目の利用如何で、文字の間に新たな強弱が生まれるけれども、細部はいちいち字典を確認してみなければわからない」

「そうです」と石。「出鱈目に属性を決めたおかげで、必勝法は誰にもわからなくなった。これは意外に流行りましてね」

そう言うと、手元に残る、緑、青、黄、白の冊子を次々と示す。「甲、乙があれば丙も欲しくなるのが人情であり道理というもの」と言う。「属性は細分化され、攻守のバランスが調整され、得意技が設定され、闘字のルールは複雑化していきました。今でもそうしたやりかたを好む方も多い。しかし、誰かがふと我に返ったのですな。文字とはそういうものではなかったのでは、と」

「しかし、文字を争わせるということですから……」、どうしても馬鹿馬鹿しいことにならざるをえないのではないか、とは続けなかったが、石は同意するように頷くと、今度はまた別の壁龕から、漆塗りの箱を取り出してきた。両手を添えて静かに上蓋を持ち上げると、深い青緑を土台に、白と黄色の整然とした横縞を持つ硯が現れた。

「松花江緑石《しょうかこうりょくせき》」

とわたしが思わず口にしたのを、石は意外そうな顔で見返し、

「これはお詳しい」

「商売柄」と何気なく返したものの、あまり説明にはなっていない。ともかくも、硯マニアであった康熙帝が自身の出身地に名石を求めて見つけ出したといういわくの石である。粘板岩に属する。石質、温順細密というが、ほぼ康熙、雍正《ようせい》、乾隆の三代に掘り出されたものが良品であり、現存する数は多くない。

石が取り出した硯は材質をのぞけば素直なつくりで、奇をてらったところは見えない。石はまた別の、今度は小ぶりな箱を取り出してきて、そこには筆と墨が並んで横になっている。上目を寄越すが、石とは違い、筆や墨の種類まではわからない。石は傍の水注を無造作に傾け、音もなく墨を磨りはじめた。

「結局、わたしたちも気がついたのです。文人の趣味は、勝手にあれこれと設定したパラメータを暗記して最適解を探す作業などではないとね。不死の文字が欲しいのなら、素直にただこうすればよい」

筆先を墨池へつける。海と陸をつなぐ落潮《らくちょう》へ一筋を引き、墨堂へするすると一文字、「⿱不死」と記した。文字は一瞬身を強張らせ、それから墨の流れに還って、ゆっくりと池へと戻っていく。

「そうして、不死には、こう」と石はまた筆を走らせ、「⿱不食」と記した。

「まあ、これを『不を食べる』と読むことを許して、『不死』の『不』を食べて死に至らしめると認めるかどうかは判定者次第ですが、わたしなら認めますね。勿論、その場で適当につくった文字ではいけません。それなりに典拠を示す必要があり、典拠の面白さやつながりも判定の基準となる。場に文字が二つ置かれることで、一つの逸話が湧き出してくるようなものが最良です。誰にもわかりやすい方が歓迎される。この遊戯を再発見し再整備したのはわたしの先祖ですが、記録に残る初期の勝負にはなんだかよくわからないものも多い。たとえば、これは当時の名勝負とされるものですが、『匈』に対して『勹』が勝ちとされたことがあったとか。今では勝負の意味も脈絡も失われてしまって伝わらない」

石は、わたしの表情を観察しながら続ける。

「基本的に、闘字では逸話を積み重ねることが本質です。パラメータを暗記したり、最適化をほどこしたり、硯や筆を選び、墨を自作し、部屋には香を焚くということも無論大切ですけれど」

「墨を自作するというのは——」

「材料に、文字を描いた紙を燃やした煤を加えてみたり、文字を刻んだ松の木の煤を使ったり、様々秘伝がありますね。しかしその本質も単純なもので、まあ、思い込みの範疇、手妻《てづま》の類にすぎません」と軽く言う。「どうしようかな」と誰にともなく問うと、「まあ、やってみせましょうか」

石は再び筆を持ち上げ、垂直におろす形で墨池の表面に触れた。墨堂へ素早く「乒」と記し、瞬間、動きを止めてから点を打ち、文字の形を「乓」へと変えた。目をこすって身を乗り出したわたしの前で、「乒」はまた「乓」に変じ——、と瞬きしたところで、墨たちは力を抜いて墨池へと速やかに引き上げてしまい、墨の尾を引いた文字は跡形もなくなっている。「今のは――」と訊ねたわたしへ、

「まあ、小手先の技です」と石。「本質的なものではありません。墨の中には、細く連なる線が無数に泳ぎ回っている。筆はそれを操り、導く道具にすぎません。文字はあらかじめ墨の内部に封じられ、水に溶けて泳ぎ出し、また固着するもの――」

そう言う石は、つと腕を伸ばすと、墨堂にまた小さく「骨」の一字を書いた。黒を背景とした漆黒の「骨」字の輪郭は急速にぼやけ、しかしわたしの目か記憶の中に、「骨」としての姿を残し、そうして不意に、「骨」の字が「骨」へと変貌する。その変化はごくごくわずかなものにすぎないが、深夜の標本室で全身骨格が不意に身動きしたような衝撃をわたしにもたらす。

「こんなことが」とわたしは言い、「できるわけがない。文字がどういう風に動いたかなんて報告が、みなで一致するわけがない」

「面白い人だ」と石。「文字が動いて見えたことは否定しないのに、幻の見え方が万人に共通するはずがないということの方を気にする。しかしその問いに対する答えは簡単です。できるだけ多くの人が同じ幻覚を見られるように場を整えるのが、判定者の仕事なのです。なるほど」

とわたしを正面から覗き込んで何かを考え、

「明日、是非一手お手合わせを願いたい」

変化系の文字は多くあり、基本形はここでもまた、五行を自由とする種である。例えば、「咼」字は、「梱」「堝」「渦」「焗」「鍋」といった形で五行を自在に横断する上、左右をキョロキョロ見回して相手を幻惑するのだが、「咼」字自体が、ゆがみを意味しているせいでそこを衝かれると意外にもろい。場面を選ばず投入できるが、その分対策もされているので使用には注意が必要であり、相剋での力押しとなった場での陽動役として使われることが多くなる。

これは単純な変身型だが、部首を多重に装備可能な型も存在しており、「尹」字は人偏を装備して「伊」字に、さらに口偏を加えて「咿」字へと変形することでも知られる。進化型と呼ばれることが多いが別に世代交代をしているわけではないので、適切な用語だとは言い難い。石は付加型とでもしておくのがよいという。五行のどれかを強化する戦略もあり、「言」字は「談」字を経由して最大三つの火を搭載する「燚」字の形態へと至る場合がある。

これらとは別に、本体を保持しない変形もあり、異体字への移り変わりが不意を衝くのに有効とされる。点の位置や数といった細かな変化は戦況を左右する助けになりにくいが、この種の文字で圧倒的な強さを誇るのは半ば伝説化している「佛」字であって、「仙」字を圧倒した例がある。「仙」から「僊」、「僊」から「僊」への変化は、ただ画数と理屈が増えていくだけにも見えて嫌味があるが、「佛」から「僵」、「僵」からの「僊」への変形には、西国の人、西域の哲人という発展が窺える。「佛」字はさらにもう一段階の変形を残し、しかもそれが簡潔な「仏」であるというところに雅趣がある。これを元に、仙人は仏に敵わないものだともされたらしい。特にこの「佛」字の変形を、転生と呼ぶ場合がある。

墨と筆は石が用意してくれた。

会場の人々に、日本からの客人だと紹介されたわたしは、硯を挟んで石と対面しており、頭には何も浮かんでいない。墨池に泳ぐのだという線を見出そうと目を凝らすが、黒く塗りつぶされた水面は、厚みのない平面であると同時に無限の深みとなっており、遠近法をも呑み込んでしまったように見える。わたしはふと、なぜ自分がこんなところで筆を手にとっているのかわからなくなり、なぜ石が初心者もよいところのわたしと公の場で対戦しようと考えたのかを改めて不思議に思っている。老婆がわたしの背後だか内部だか手の内だかに見た文字は何だったのか、なんという字だったのか、その正体はなんだったのか、どうして消えてしまったのか、それはまたわたしの身に集まることがあるのだろうか、石が初対面のわたしに見出したのは何だったのか、と、想念を追う間に石の筆が動くと、線が池から引き上げられて、墨堂に文字が姿を現す。

「匈」字である。

「今日は我が家に伝わる勝負の謎を、遥か瀛《えい》州からの客人が解き明かしてくれることとなった」

石が重々しい声でそう告げる。昨日聞いたとおりであれば、ここでわたしは「勹」字を書けば勝つことができるはずである。石も勝負の理屈は知らないのだから、それゆえにこの対戦の勝敗は、歴史に根拠を求めざるをえず、過去の判を繰り返すことしかできないはずである。石が密かに新たな解釈を見出していてそれをこの場で開陳しようとしているという可能性は低かった。新たな解釈を持ち出して、初心者の客人に勝ったところで彼に何の得もないからだ。

わたしは「勹」字が「匈」字に勝利する筋道を探し求めるが、そんなものが降って湧いてくる道理はなかった。虚しく腕を伸ばして穂先で水面に触れたところでしかし、それは起こる。

水底から浮かび上がってくる何かの気配に思わず引いたわたしの腕につられた筆が一滴の墨汁を跳ね、しかしそれは水滴ではなく、一匹の魚の形になっている。天から落ちた魚は落潮にぶつかり跳ねて、陸へと打ち上げられてしまう。そうしてもがき暴れるうちに魚体は尻尾の先から蛇へと変じ、二本の腕が生えてくる。魚面人身蛇尾と見えた一瞬がすぎると、そこには人首蛇身の生き物が身を起こしているのだが、両手をついて立ち上がろうとしたところで不意に墨汁へと崩れて海へと還った。わたしは人間の進化がそのようには進まなかったことを知っているが、その光景を見てしまう。そこにいたのは女媧だった。破れた天を五色の石でもって塞いだ女媧《ヌワ》である。

ノアである。

気がつくと、わたしは自分の側の墨堂にすでに「勺」字を記しており、こう語り終えている。

「有名な土人形《ゴーレム》の作成法はこうです。土の人形をつくり、額に『emeth』の文字を記す。破壊したいときには『e』字を消して『meth』としてやれば、emeth すなわち真理は、meth すなわち死へと転じ、真理によって仮の命を吹き込まれていたゴーレムは崩れ去ります。ここで、emeth の元来のヘブライ文字表記は אמת。ここから原初のアレフを除いたמתはmeth。すなわち、ゴーレムにはアレフ、メム、タヴが記されていて、『匈』字の『勹』部はメム、『凵』はタヴ、『乂』部はアレフのように書かれていたのでは。そうして『勽』の『人』部もまたタヴのように記された。説文解字にある『勽』の字型を見ると、『人』の部分は『凵』よりもよほどタヴに近い形をしている。『匈』からアレフを取り除かれたことでゴーレムは倒れた。夫《それ》一賜楽業《イスラエル》立教祖師阿無羅漢《アブラハム》廼《すなわち》盤古《ばんこ》阿躭《アダム》十九代孫也」

わたしの語りはそう記されることになるのだが、実際に語ったのは文字たちであり、このわたしではありえなかった。

梅枝

新しい宮殿でもニジョーインでも、乳鉢と乳棒がぶつかる音が部屋という部屋からひっきりなしに響き続けて、そんな騒ぎは絶えてなかったことでした。一方ゲンジは、とてもかたく秘されたために後代へは伝わらなかったと思われていたニンミョー帝の秘密の処方二通りを手を尽くして探し出し、自分の部屋に閉じこもると、精妙な実験に完全に没頭したのです。

境部《さかいべ》さんは、ものをつくる人である。

ときに物騒なものをつくりだすので、母屋からやや離れたところに住居兼作業場の草庵をあてがわれており、訪ねるとまずそこにいる。庭先で坩堝《るつぼ》を使って梔子《くちなし》の実を煮込んでいたり、縁側へ浅く腰掛けて、ビーズのようなフェライトコアを銅線に編み込んでいたりする。前者は原稿用紙を刷るためのインクを作るのだといい、後者はコンピュータの部品だという。

「コンピュータですか」と思わずこちらが訊ねると、

「そう」と応えた。「半自動式防空管制組織《SAGE》だってこんな感じの磁気コアメモリを使ってた」

といったところで解説はもう終わりらしい。縁側に置かれた小さな壺から煙が一筋立ち上り、雨上がりの庭には墨に似た香りが立ち込めている。いやこれは、墨が龍脳で香りづけされているせいでそう思うのだ。壺の中に描かれた模様はいわゆる香篆《こうてん》と呼ばれるもので、香炉の灰へ、型を用いて篆文のように香を盛る。打篆された香は一本道をなしており、つまるところは灰の上へと横たわる、正体のない線香である。これで時間を計ったり香を聞いたりするわけだが、「虫除けさ」と素っ気ない。

「お茶にしようか」と立ち上がった境部さんの長い髪が背中を流れた。

この山科《やましな》の草庵は、部分を見れば整然としているのだが、全体としては落ちつきがなく、そのくせ奇妙なまとまりがある。八窓軒の窓とでもいったところで、雑然とまでは崩れ切らない。座りの悪さは、主人の性格、発想、嗜好の偏りからくる。長い髪をいつも邪魔にしているが、切るつもりはないそうだ。

「何かの役に立つかも知れない」という。

たとえば、不意にロープが必要になるかもしれない。敷地からほとんど離れることのない人物が一体どこで遭難するつもりなのかはわからない。「醤油にすることだってできる」ともいう。やったことはあるのか訊ねたところ、あると応えてわずかに苦い顔をしていた。

知り合った頃の境部さんは高校の一年年長で、よく本を貸してもらった。今もこうして貸してもらいにやってくる。彼女は家のごたごたがどうとかで、こうして隠居のように暮らすことになり、どうやって日々の糧を得ているのかはいくら説明されてもよくわからない。説明自体がよく変わる。竹林に囲まれた庵に若い娘が一人という構図なのだが、カメラを引けば塀に囲まれた境部の地所の一部にすぎない。その視点から眺めるならば、草庵はまるで水を張った火鉢に沈めたミニチュアのようで、空気は深みによって青みがかり、厚みと静けさ、鉱物性を帯びている。

いまどき、自宅に本を持っている人は少ない。それはつまり、紙でできた本ってことで、ここでいう紙はほんとの紙で、木を原材料とする紙であり、フレキシブルディスプレイの異称ではない。このあたりには歴史的にややこしい用語の混乱がある。現代における「紙」はかつて、切り貼り折り曲げ自在な極薄のディスプレイと呼ばれていたものだ。この「紙」の生産コストが下がったことで、旧来の紙の大部分は新型の紙へと置き換えられた。ほとんどの用途において新型の紙は旧来の紙に対する上位互換性を満たしたからだ。昔はキッチンペーパーの上を広告が流れていったりはしなかったし、命令一つで壁紙の模様を置き換えたりはできなかった。映画のポスターが微笑むことはなかったし、横断歩道の白線がエスカレータ同様に動くこともありえず、文字が光を放つことも起こらなかった。

いやそんなことはない、うちにはちゃんと本がある、という人だって多いはずだが、でもそれは、新型の紙――ええともう、面倒くさいな、現在広く使われているフレキシブルディスプレイの異称としての紙のことは、紙の異体字を使って「帋」と書くことにする――つまり、帋でつくられた本なのだ。本の厚さは一定じゃないってきくと、驚く人も多いだろう。そう、本というものは、それぞれに厚さもサイズも違うものだったのだ。それは当然そうだろう。だって、「本に印刷されている文字数の総計はそれぞれ異なる」んだ。まだぴんとこない人のためにつけ加えるなら、「一頁に表示できる文字の数は決まっている」のだ。

「そんなはずはない」とか、「それじゃあ一体どうやって」とか言いたくなるのはわかる。でも、物質的な拘束っていうのはそういうものだ。引っ越しのとき荷物を全て運び出したあとの部屋で、天井を見上げると電灯のことを忘れていた。気がつくと山の中にいて、手元には火を起こす道具がない。携帯端末を家に置き忘れてきた。そういうときに生じるのに似た感覚を、紙の本は引き起こす。動揺というほど強くはないが、焦燥にも似て、自分の体の一部が見当たらなくなったような当惑を呼ぶ。そう、紙の本は「コンテンツを入れかえる」ことができないし、「文字の大きさやフォント、レイアウトを変更する」こともできない。検索は総当たりか索引に頼るしかなく、意味のわからない単語を調べるには、また別の本を引っ張り出してくる必要がある。

帋の本は、だいたい一〇〇頁というのが標準的で、用途によって、保持のしやすさ、持ち運びやすさが考慮され、サイズや重量の規格がある。誰もが一度くらいは、本はどうしてどれも一〇〇頁くらいのものなのかと不思議に思ったことがあるはずだ。表面に自在に文字を流せるのなら、長方形の一辺を綴じた束なんて要らないはずで、新聞型ディスプレイと同じく、一枚の帋で充分ってことにならないだろうか。でも答えは誰もが知っていて、要するに本の形というのは、背広だとか、ネクタイだとか、ペティコートとかああいったものと全く同じ、ファッションの分野に属するのである。不合理なところはあるが、ともかくもそういうことになっていて、そうでなければ格好つかない。

本は、作って読むものだ、というのが境部さんの持論であり「さもなくばただのデータだ」という。すなわち、境部さんにいわせるならば、テキストデータそれ自体は本ではない。どう実体化させるかによって文章の性質は変わるといい、内容が変わることだって珍しくはない。

「そんなことはないでしょう」と訊ねると、

「そんなことはあるんだ」と、出会った頃の境部さんは言った。

「今の本はずいぶん楽だ」というときの比較対象は、本文データが手に入らない過去の本についてで、これは一旦、紙面を画像データとして取り込み、画像データからテキストデータへ変換する過程が必要となる。紙に記された文字たちをテキストデータに置き直し、誤字脱字を探し出し、適切なレイアウトを検討したのち、製本の仕方を決め、表紙を考える。

「本とはそうして読むものだ」

と境部さんは言う。変人の類に属する。

「レイアウトにより、デザインにより、文字の伝える意味内容は異なってくる。程度はあるが校訂作業だって必要だ。そういう意味ではこの本は」と和綴じの本を差し出してくる。題簽《だいせん》には『土左日記』とある。「境部校訂本ということになる」

しかし、彼の言葉はただの言い逃れというわけではなく、というのは、使者は香料の玉で満たされた二つのガラス製のボウルを収めた杉の箱を持ってきていたからです。一方は青いガラスでできており、松の葉五枚の模様が施されています。もう一方は白いガラスでできていて、梅の小枝が彫られていました。箱を結んだ紐にまで細かな心遣いがうかがわれ、素晴らしく柔らかい手触りでした。

客間兼居間の六畳間には雑多な物品が溢れており、中には境部さんの名を高めたものも多くある。たとえばあのフェライトコアを編み込んだ磁気コアメモリは、目の細かな鎖帷子《チェインメイル》型に仕立てられて吊られている。本来のメモリとしての機能を持つかどうかはしらない。床の間には、軸が左右に二本並んで掛けられており、一方には几帳面な隷書が整列し、もう一方にはするすると続く草書が流れている。見かけはひどく異なるが、どちらの軸にも実は同じ文字が記されていて、一方は漢詩、他方は変体仮名として意味が通るようにできている。部屋の隅の畳の角には標本箱が転がっており、横に十文字、縦に十文字、「齋」の字が並べられている。これはもともと小学生時代の自由研究だったものらしい。

「『齋』の字は甲虫に似ているから」

と言われたときはなんだかよくわからなかったが、こうして「齋」字をじっと眺めていると、鍋蓋の取っ手とY字型の部分がツノに、左右に突き出る線が脚に見えるようになってきた。日々出会う「齋」字を集めて虫ピンで止め、書体や字形の異なるものを整理してからブリキ製の菓子箱に入れ、ガラス製の蓋をしてある。「福」、「禄」、「寿」各百体篆あるいは幸田露伴の酒字百体の流れを汲む「百齋箱」として地方紙に紹介されたりもした。今では結構な値がつくのではないかと思う。

今現在畳の上は、色とりどりの絵の具皿や大小様々の筆、各種鉱石に乳鉢などで雑然とした有様であり、中央には右から左へ、此岸と彼岸を区分するように絵巻物が広げられて流れている。

「嵐吹く三室の山のもみぢ葉は竜田の川の錦なりけり」

と口の中で唱えていると、急須を下げて戻ってきた境部さんに、

「足に朱を塗った鶏を放すつもりはない」と言われた。

絵巻はまだまだ製作中であるらしく、ほとんどの部分は白紙のままで、冒頭部が描かれているだけである。鉛筆描きのかすかな下絵が巻物の行く手に消えていき、彩色はこれから浮かびあがってくるところのようにも、陽に色褪せていくところのように

も見える。文章の置かれる箇所と、絵の配される部分とが交互に並ぶ形のようで、よくよく見ると、それぞれの紙の糊代《のりしろ》となるはずの部分を重ねて置いただけである。「当たり前だ」と境部さんは言う。「いきなり長い料紙をつくってから上に絵や文字を載せていくなんてことをするわけがない。そんな紙は作れないし。継ぎ接ぎしながらつくっていくんだ」

冒頭近くに、七割方彩色の終わっている一枚がある。にじり寄って観察すると、きらびやかな料紙の上には欧州の中世的な石造りの城が描かれており、中央に、光輝に包まれた長身の人物の姿がある。長衣をまとって炉《アタノール》の前で何かの造作をするようであり、作業台の上には様々な色の液体を満たした瓶や壺、乳鉢に乳棒、やっとこ、各種の工作道具が見え、細い首を伸ばしたガラス瓶や、らせん状に巻いたガラス管、フラスコの姿が見える。錬金術の工房に迷い込んだ太上老君とでもいった風情だが、このまま境部さんの部屋の様子といっても通る。城の天井を取り除け、内部のつくりを透かす構図で、城の全体は大きく四つの区画に分かたれている。あちこちに姿を見せている女性の服もまた裾を引きずるように長く、髪もまた長大であり、これは境部さんもとてもかなわない。全体に色調は落ち着いており、同系統の色を少しずつ違えて重ねる中で、緑青、群青、白緑が特に目を引く。各人の衣服の上には金泥、銀泥で文様が押され、城の一角には水面なのか庭なのか、銀泥一色の広がりが見え、これは月光ということなのかもしれない。

　この絵の前後に置かれた文章の方はというと、とにかく文字らしきものが書かれているというだけで、内容は皆目わからない。いや、それが文字なのかどうかもあやしくて、切れ目がどこかも不明である。毛筆で書かれていることは確かで、畳の上の硯《すずり》と筆もそれを証拠立ててくれるがそれだけである。もっともこちらの品評眼は、草書を目にしただけで眩暈がする程度だからあてにはならない。アラビア語かもしれないし、ウイグル文字かもわからず、デーヴァナーガリーってこともありうる。巻物に対して縦書きされているものの、眺めていると巻物の縦横とはどちらがどうだったのかわからなくなるような書きぶりである。

　こちらの、文字が書かれた料紙の方も、金銀の砂子に截《き》り石、雲母《キラ》がふんだんに使われており、一面煙るようであるのだが、これは夢を包む霧というより、どこか沙漠の砂嵐のような人を拒む気配がある。

「これは」と無造作に巻物越しに差し出された茶碗を慎重に受け取ってから訊ねてみると、

「あれ」とわずかに開いた襖の向こうの部屋を示された。首を伸ばして眺めると、なにか骨組みと歯車、ベルトとプーリーで組み上げられた腰の高さほどのオブジェが見える。オブジェというのは、骨組みから一際高く突き出したアームの先に一本の筆が下げられているからで、これは何かの趣向の筆掛けなのだと考えるのが無難である。アーカム様式、もしくはギーガー様式とでも呼んでおきたい。

「あれ、とは」と訊ね直すと、「あれで書いた」という。

茶を啜りつつその言葉を咀嚼してからオブジェをもう一度眺め直すと、銀色をした骨組みには静脈や動脈のように青や赤のコードが絡みついており、プーリーをつなぐベルトが腱のようにも見えてくる。境部さんの言を翻訳するにこうである。つまりこの絵巻に書かれた、蚯蚓《みみず》ののたくり跡のような模様は、あのオブジェに吊り下げられた筆が気ままに揺れながら記していったものである。ということは、先方はオブジェというか、書家なのだということになる。あるいは名のある方かもしれない。

「みのり」と境部さんが短く答えた。

自動書記かリサージュ図形のプロッタみたいなものかと訊いたが、違うという。むしろただのプリンターに近いらしい。書くべき文字と用紙の大きさを指定すると、筆を揮《ふる》う。

「書体とかは」

「『まだナニワ・ズを一文字一文字さらうのさえおぼつきません』ってとこ」との返答であり、境部さんの言うことはほとんどいつもわからない。どうしてわざわざ筆を持たせてみたかを問うと、ひどく呆れた顔を向けられた。境部さんは巻物の上でうねる文字を指先でとんとんと叩いてみせて、

「他にどんな手がある。日本の文字の書き方は特殊だ。文字同士の間隔も行間も一定しないし、連綿したりしなかったり、行頭に使う文字、使えない文字、左右に同じ文字が並ぶことを避けたりもする」

「でもほら、嵯峨本とかもあったわけだし」と、どこかで聞きかじった知識で対抗するが、その話をきいたのは境部さんからだったと思い出した。

「あの程度のものなら構わないが、墨譜《はかせ》だとか、そうだな、たとえばこいつはどうする」と、どこからともなく何かの巻物を取り出してくる。するすると広げる動作を追いかけて、帋の上に料紙が展開していく。境部さんが帋の上で手を滑らすと、文字たちは巻物の上でスクロールして、かすれの激しい文字の流れが現れる。何が書いてあるかは読めないなりに、こちらは日本語であるとはわかる。四角い截り石、三角形の截り石が飛び交ったのち、文字の背後にはなにやら白波めいた線が現れ、不意に一枚の画へと切り替わる。全体に黄色味の強い黄土色の画面は剝落が目立つが、左下の隅

では二人の男が頭を下げる様子であり、右上隅には女性の姿があることは紛れない。

顔を上げると、境部さんが一言、

「蓬生《よもぎう》」

と言った。どこかで聞いたことがあるようなと首を傾げるこちらに構わず、そのままスクロールを続けると画はまた文字へ切り替わり、文字はまた画へとつながって、今度はどこか山中を行く、牛車と馬に乗った人々の姿が描かれている。

境部さんは、「関屋」と告げるだけでこちらの返事を待たずに休まず指を滑らせ、文字の流れと画の連なりを素早く送っていきながら、「絵合《えあわせ》、柏木、柏木、柏木、横笛、鈴虫、鈴虫、夕霧」と続けていく。さすがにここまで連打されれば、それが源氏物語各帖の名前だということくらいはわかる。硯を前になにかを手に持つ男の背後から、女性が一人忍び寄る画をすぎたところで境部さんは動きを止めて、

「『御法《みのり》』」

と強い調子で告げた。

「さて、『御法』の内容は」

と突然聞かれてもちょっと思い出せない。そもそも読んだことがあるのかどうかさえも怪しい。境部さんの方にも期待していた様子は見えず、今度はゆっくり画面をス

クロールさせていく。金と銀、大小様々の截り石がちりばめられた画面には、行間を等しく保った文字が連綿しているが、画面が進んでいくにつれ間隔がやや開きはじめて、どこか息をひそめるような、何かを遅らせようとするような風景となる。ある地点に達したところで文字の並びは唐突に激しく乱れて、それまで水平に揃っていた行頭は斜めの線を描いて落ちていき、その先で崖に突き当たったように跳び上がる。行間はひどく狭くなり、ほとんど文字同士が重なっていく。文字幅の半ば以上を相互に埋め合う形となって、かろうじて濃淡の差から文字を弁別できるだけになっていき、それさえも先へ進むとほとんど泥海にゆらめく海藻の群れのように変貌する。その部分だけを見るなら、各行は右から左へ書き連ねられたものではなくて、霧の中を進むうちに姿を現わす木々のようにも思えてきて、奥行きがどこまであるのかわからぬ森に迷うようである。

「『御法』はさ」と境部さん。「レディ・ムラサキが亡くなる帖だよ」

それが終わるとついに、ゲンジの秘密の処方二つがお披露目されました。ニンミョー帝がかの時に、香を右の近衛の兵舎のそばの堀の縁に埋めていたのと同じく、ゲンジも二つの秘密の調合物を、彼の宮殿の西の渡り廊下の近くを流れる小川の土手に埋めていたのです。

なにかと手仕事の目立つ境部さんだが、ごく当たり前に機械支援も利用している。あの漢文とも仮名文とも読める軸なども、プログラムを組んで書いたらしい。漢字の平仄をリスト化し、そこから変体仮名としても使われるものを抜き出した。漢文というのは詩形がこうと決まっているからあとはパズルだ、と境部さんに言わせるとなる。

「漢詩は、題ごとに二文字のリストと、三文字のリストがつくってあって、初心者はそこから拾って組んでいくんだよ。五言にせよ七言にせよ、まずは、二と三の組み合わせからだ」とのことだ。

「最初にテストを書く必要がある」

というのは、五言律詩なら五言律詩、七言絶句なら七言絶句の平仄判定プログラムを書くということらしく、この判定プログラムをテストと呼ぶらしい。つまりは、与えられた文字列が規則にきちんと従っているかどうかを判定する。

「テストが書ければほとんど終わり。あとは片っ端から漢字を並べて突っ込んでいけばいいだけさ」

というのだが、テストを通ったものを今度は人間の目で確認するという作業が当然必要であり、細かな調整だってしなければならない。

「なにかつくるときには、だいたいそういう退屈な確認作業がほとんどだよ」と境部さんは創作のことを退屈な作業と呼んではばからないが、「退屈な作業を減らすために機械化するんだ」と当然のように続ける。

今では、小物の制作で好事家の間に名を知られるようになった境部さんだが、その名が最初に現れたのは全然別の、組版の分野でだった。帋の本における文字レイアウトを担当するプログラムを書いたことで注目された。別に誰から頼まれたとか、報酬目当てということではなく、不便だったので自分で書いたということらしい。境部さんは、本をつくる人なのである。

一般に信じられているところでは、一ページに一行何文字、計何行で文字を押し込めるのかは、書かれている内容に影響を及ぼすことがない。百文字を十×十で並べようと、二×五十で並べようと同じである。ただし読みやすさというものはあり、読みやすさは文章の意味に関係するのではないか、という論は立てうる。実際に、紙の本が帋の本へと移行するときにその種の混乱が生じたという。なんといっても、帋の本では文字のサイズも一行の文字数も読み手が自由に変更できる。

たとえば、かつては、一ページの最後の行が空行になることや、行頭に一文字と句点だけがぶら下がる景を嫌う書き手があったという。これにはいわゆる禁則処理、行頭の句読点や括弧の処理をどうするかという取り決めを拡張して対応がなされることになるのだが、境部さんが直面した問題はもう少しだけ入り組んでいた。

先にもちらと紹介したように、日本の古い書記法では、非常に弱いものではあるが、文字同士の相互作用が存在しうる。欧文のような文字間隔の調整だけではなくて、文字自体が置き換わったりもして、文字の置かれる場所が、文章としての情報を保持する場合がある。これを、帋の本にレイアウトし直すにはどうするか、というのが境部さんの直面した問題である。具体的には変体仮名を等幅フォントで表示する際の基本ルールを与えようとした。一ページに表示される文字数を変更した場合に、違和感なく見えるように文字が置き換わるようにしたい。

どうするか。

「祐筆《ゆうひつ》を帋に封じてしまえばよいのだ」

というのが簡明を尊ぶ境部さんが無造作に摑んだ解決策であり、要はレイアウトのために本文に手を入れ、改変するソフトウェアを端末に載せようということである。

「これは別に突飛な案じゃない」と続けて、「元々のテキストデータを表示する場合にだってレイアウトはしてるんだから、多少の文字を置き換えるくらいのことは何でもない」

何でもないとはいいながら境部さん以前にはそういうことを考えた人はいなかったわけで、帋にこの変体仮名レイアウト特化ソフトウェアを載せるやりかたは、境部式と呼ばれることになったりもした。

さてしかしそこで問題になったのは、帋に表示される文字列が、組みによって文字を変えるだけではなくて、文字の変更の仕方がソフトウェアごとに違うものになりえたところで、これは一部の人間に、由々しき事態と受け取られた。この論難への境部さんの回答はいつにも増して簡潔であり、「同じ川に二度入ることはできない」という。

表示されているものを固定されたテキストだと考えるから都度都度の文字の揺れが気になるのであり、ここでは固定された本を思うより、そのたびごとに新しく生成される一冊の本を見出すのがよい。即興とまではいかなくとも、杓子定規な生演奏くらいのところはある。

「上田秋成だって、『春雨物語』なんかは自分の手で一冊一冊書いていたんだ。その方が物好きに高く売れたからね」と境部さん。「筆や墨、硯や紙を選び、オールドレンズに趣を見出すなら、ソフトウェアだって吟味するべきだよ」

それでも、と様々湧き上がった声に対して境部さんが発表したのは、もっと大規模な文字変換システムで、これは、テキストが並んでいたとき、各文字が自分の上下左右に隣接する文字を見回して、別の文字へと表示を変えるというプログラムである。次図の「★」字に注目すると、上下左右、「■」字で示された箇所の文字を参照して別の文字へと変化する。この過程を全ての文字で実行し、表示される文字が落ち着くまで繰り返す。

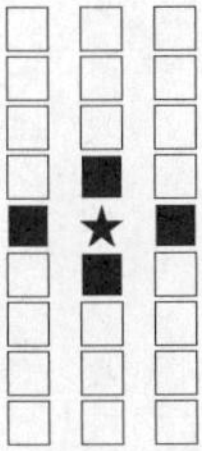

「これは、いわゆる二次元五近傍オートマトンだから、チューリング完全であることも、自己複製可能なことも自明だ」と境部さん。「しかも、任意のテキストに対して、レイアウトが決定できるかどうかを判定する方法は存在しない」と続けて笑うが、どこがおかしいのかはよくわからない。このあたりから境部さんは、エンジニアというよりも前衛の人なのだと受け取られていくことになる。

「でも実際」と真面目な顔に戻る境部さんである。「帋の上の、意味をしらない単語を指差せば、辞書が小窓で開くなんていうのは、傍に助手がいるのと同じだ。読む方に助手がいるなら、表示側にも助手がいてしかるべきだよ」

花散る村の淑女は、侍女たちの好きに香を選ばせたなら、判定がひどく面倒で長引くことになるだろうと考えて（こういう時でも控えめな人なのです）、一種類だけ、「蓮の葉」という香を出したのですが、その優美さと繊細さは、ゲンジに彼女の控えめな性質を思わせました。

人を食っているといわれる境部さんだが、当人には原因を理解している様子はない。勢い余って自分まで食ってしまっている気配はある。例えばこうして巻物の川を前に茶を啜りつつ左手の窓辺に焦点すると、そこには小さな盆栽がある。鉢のかわりに、つぼの深い木製の匙が使われている。視界の隅にある間は松とも見えるが、寄ると、岩から直接突き出した緑色の葉だということがわかる。さらによく観察すると、それ全体が石なのだと判明する。緑鉛鉱だ。岩肌から、細い六角柱状の結晶が突き出している。スプーンの横には添配《てんぱい》ということなのか、小さな陶製のベンチが置かれているが、実は盆栽の方も石なのだから、盆栽自体を添配と見ることだってできるわけで、そうすると植物としての盆栽は消え去ってしまい、盆栽が消えれば添配もまた添え物としての役割を失うのであり、ひねりすぎてよくわからないところへいっている。

しかしこうした細工も境部さんに言わせると、「水をやらなくてよいから楽だ」とひどく散文的なことになり、「エアプランツなんかもあれはあれで面倒だ」となる。「春は桜石、冬はモルデン沸石、夏は燐灰ウラン鉱といったあたりでどうかな。いやいっそ、二十四節気それぞれを定めてみようか」と楽しそうだ。境部さんの時間はどうもそういうようにできており、生き物の時間よりも鉱物の時間に近しい。

境部さんは本をつくる便利のために、テキストをレイアウトするためのソフトウェアを、そう呼ぶのが好みならば人工知能を各種とりそろえていった。誤字脱字に特化したやつや、校正、校閲用と汎用化されたやつもいる。テキストの時代ごとに細かな調整も必要らしい。古い字を現行の文字に置き換えることもあるし、時には手を加えることもある。

「誰々本っていうのはそういうことだよ」と涼しい顔だ。「定家はかなりテキストを書き換えたじゃないか。しかもその定家本しか後代に伝わらなかったりした。方針さえきちんとしていれば改変は許される」

そうやって底本を定め、紙へのレイアウトを決め、文字を並べ印刷をして私家本をつくる。境部さんにとって本を読むとはそういう手順の全てを含む。個人編集の全集を作り続けるようなところがあるが、選書にも装丁にもこれといったまとまりはない。時代は問わないし、言葉も様々だ。しかし、自分に読めない言葉で書かれたものは無理だという。

最近、境部さんが取り組んでいるのは、決まった文字のレイアウトを一歩進めて、そのまま筆を揮って字を書くソフトウェアである。

「今の組版ソフトウェアと、江戸時代の木版、一体どちらが自由だと思う」と言う。

その試みのひとつが、隣室に控える「みのり」のような代物だ。境部さんは、「みのり」というのはただの呼び名だということを強調する。それはやっぱり、人工知能は生き物ではないから、だそうだ。腑に落ちない顔をしていたら、

「君は自分の右手と左手に名前をつけていたりするのか」と問われた。「量産できるものに固有名詞をつけることは可能なのか」とこちらは独り言らしい。

しかし名前がないのも不便だから、香の名前をつけることにしているらしい。

「みのり」は、『国宝源氏物語絵巻』の「御法」を写すためにつくられた機械で、テ

キストを入力されると紙の様子を自前のカメラで捉えて筆を揮う。人間の腕に似た関節の機構を持ち、「剛性の結合振動子系みたいなもので制御は意外に難しい」のだそうだ。筆の勢いを殺さないため、完全な制御を避ける必要があり、動作速度も要求される。

　ところでもちろん、「御法」を写すには、テキストと書記系の強い結合《カップリング》が必要となる。この場合、悲しい場面を写すときには筆が乱れるべきなのだ。つまり、機械としての「みのり」は、源氏物語の内容を理解しつつ、涙を流し、手を震わせながら文字を書かねばならない。これはもう、控えめにみても高度人工知能と呼んで構わないのではないか。外見は無骨な「みのり」だが、繊細な心を備えている。脳神経の塊や、ニューラルネットワークに心なるものが宿るとするなら。

　ソフトウェアとハードウェアの結合物としての「みのり」が完成したならば、それを全面的にソフトウェアへと置き換えるというのが境部さんのプランであり、つまり、その『国宝源氏物語絵巻』の書写は、筆の動きを再現する機械全体の物理シミュレーションによって実現される。ただ文字を記すためだけに、この世の物理法則を機械の中に移し替える大工事となるわけだ。できることなら、能筆だけではなくて、料紙職人も帋に漉き込んでしまいたいという。起動するたびに新たに舞い散る金紙銀紙の間へ、そのたびごとに新たに文章が生まれ出る。それどころか、ページや巻物を開くたびに、様々な書き手の作品がそのたびごとに現れるという趣向にすることも可能だ。

ではその前段階の「みのり」が成功したのかというと、

「成功しすぎた」

という。「まあ、ニューラルネットワークの過学習みたいなものなんだけど——」と遠い目をする境部さんが言うには、「みのり」は筆写にのめり込むあまり、他の書体が書けなくなったということらしい。なにごとにも程度というものはあり、「御法」特化のソフトウェアなどというものはさすがの境部さんにもやりすぎだと思えるらしい。

「ちょっと気持ち悪いところもある」と言う。『源氏物語』はもともとが同人誌なわけで、絵巻はさらに二次創作なわけじゃないか。そんなところへ狂信的な機械のファンに生まれられても正直困る」

と冷たい。それでもできてしまったものなので、二十台ほどコピーをつくり、金襴《きんらん》の袈裟をまとわせて一列に並べ、一心不乱に「御法」を書き写すというパフォーマンスを美術館でやる段取りをつけたという。「本当は護摩も焚きたかったのだけれど、消防法の関係で許されなかった」と言い、あまり良い趣味だとは思われない。テキストと絵の中にしか存在しない紫上《むらさきのうえ》のために、読経ならぬ写本を続ける機械製の僧侶の群れとでもいったところか。何度でも混じり気のない感情を込めて悲しみの場面を繰り返し書き写していく機械の群れ。

「これは、リハビリ代わり」と部屋を隔てる絵巻物へ視線を落とす。つと腕を伸ばし、指先で千々に乱れた文字を追う。「御法」を書き写すことに熱中したために調子の狂ってしまった機械が書きつけた、これは自動書記とでもいうものだろうか。自動機械による自動書記。そう考えるとおかしいが、どこがどうといわれると、なんだかよくわからなくなる。プリンターが前衛書道をはじめた場合に、それをどう鑑賞するのが適切なのか。ただの自然現象としてみるのがよいのか、そいつの経歴までをこみで考えてやるべきなのか。

「あ、いや」と境部さんは手を小さく振ってこちらの思考を遮ると、「これはそういうのじゃない」と言う。「雑体書を参考にしてつくった書体で、一見、異国のアルファベットみたいに見えることを目指している」

これがなかなか難しい、と言って腕を組んでなにやら思案する形だが、こちらとしてはどうしてそんな面倒なことをわざわざやっているのかわからない。

「別に珍しいものじゃない。『小野𥶡譃字尽《おのがばかむらうそじづくし》』なんかにもでてくるやつだよ」

アルファベットみたいに見える、ということはこれは多分、その本体は、仮名や漢字なのだろうと思うが、首を様々ひねってみてもどうにも文字の形がとれない。

「まあ、無理しているところもある」と境部さん。「筆を滑らかに進めるためにはやっぱりなぜか、やまと言葉でなければ難しい。あれは結局、書記の体系と強く結びついてできた言葉なんじゃないかと思うね。変体仮名なんてものが存在するのも、連綿の面から見直すべきなんじゃないのかな」

生返事をしかけて、ふと気づく。ここに書かれているのが日本語ならば、この絵巻物に描かれているテキストは何なのか。中世の城でもうもうと煙を上げながら造作を続ける魔術師たちの画に附されたなにかのお話。

境部さんは、あれ、という顔つきになり、瞬きをする。

「言ってなかったっけ」と言い終える前に、「でも画題からわかりそうなものだ」と開き直った。背筋を伸ばし、胸を張ってみせている。

「アーサー・ウェイリー訳『源氏物語』準拠、翻訳版『源氏物語絵巻』、境部本。第三十二帖、『梅枝』」

冬の庭を司るアカシの淑女は、その季節にふさわしい香を選ぶだろうと思われていましたが、夏や春の主人たちに勝負を挑むような気にはなれませんでした。幸い、ウダ帝の残した覚書から、ミナモト・ノ・キンタダの手になる処方を思い出すことができました。それだけでも賞賛に価することでしたが、彼女はかの名高い「百歩香」の配合を思い出すことにも成功したのです。

この絵巻の作業が終わったら、次は芭蕉に取り組むつもりだと境部さんは言う。

雲の峰いくつ崩れて月の山

ってあの句は、月面で詠んだんじゃないか、と言い出す。月に雲はないはずで、なによりも芭蕉は月に行っていないと率直に指摘したところ、ひどく頭の悪い人間を見る目を向けられた。

「未来においてはわからない」

と例によって意味のわからない返答である。

「将来、芭蕉の作品が滅んでしまって、そうだな、境部本『月の細道』だけが残されていたら、やっぱり芭蕉は月に行ったってことにされるんじゃないかな。その頃にはもう、俳句という形式も忘れられてしまっていて、人類は月に進出して、月の山を眺めている。人類が地球起源だということさえもう、専門家以外は知らないわけだ。『月の細道』はそうだな、一見ごくふつうの旅日記の形をとった句集なんだけど、読み進めるとどうもこれは月を進んでいるらしいとわかるようにできている」

「月面で季語は」と訊ねると、

「それは俳人たちが新しく決めていくしかないよ。人が変われば文章も一緒に変わっていくのが自然だ。まあ、とりあえず、後世、芭蕉かその弟子の作と間違われるくらいの句を詠めるようにならないとな」

さらりと無茶なことを言う。こちらの呆れ顔を見て、

「自分で詠むわけじゃない」と「みのり」の方へ手を挙げてみせた。

「御法」にのめり込みすぎた「みのり」に境部さんが与えたのは、別書体での『梅枝』の筆写という仕事で、これは境部さん自身がアーサー・ウェイリーの英訳した源氏物語を日本語に再度訳し返したものからの抜粋を記すのである。ちなみに、絵を描いているのは境部さんだ。「気晴らしにはこれくらいが丁度よいかと思って」というのが、誰の気晴らしなのかはきかなかった。

アーサー・ウェイリーは十九世紀生まれ、イギリスの東洋学者。十年以上をかけて

『源氏物語』を英訳し、翻訳もの日本文学ブームの火をつけた。

「ほら」と境部さんが差し出してくるのは、境部さん訳のウェイリー版を和綴じにしたもので、これは見慣れた明朝体で印刷されている。固有名詞はみんなカタカナで書かれ、文体は直訳調である。この文章だけの情報から場面を描けと言われたら、確かにこの作成中の絵巻の画のようになるかもしれない。

「どう思う」と境部さんが問いかけてくるが、返答が期待されていないことはわかりきっている。「こういうことを続けるうちに、身にしみてきたことがある。自分がつくっているものは、人工の文字にすぎない」

文字というものの起源を考えるなら当然そうなるはずだと思うのだが、そういうことではないらしい。

「筆で書くのに便利なように、文字はつくられてきた。印刷するのにもまあ、それほど問題は起こらなかった。というよりもこの場合、よりマシな解決方法がなかったと言った方が適当かもしれないけれど。でもこんな」と、傍の帋を取り上げる。

「ことが可能になってしまったときに、文字は変われずにいられるんだろうか。少なくとも、機械処理に向いたフォントを作り直したりするべきなんじゃなかろうか。いやいっそ、字形自体を変えてしまうべきなんじゃ。

それだけじゃない。もはや現在の文字は運用の面から眺めるなら、メタ情報と混在しているわけで、紙の概念が変わってしまっているように、文字の概念も変わってしまっているのじゃないかという気がする。

表示される文字をいくらリアルタイムに変化させても、レイアウトを動的に生成しても、ここにある文字は死体みたいなものだ。せいぜいゾンビ文字ってところにすぎない。魂なしに動く物。文字のふりをした文字。文字の抜け殻だ。文字の本質はきっと、どこかあっちの方からやってきて、いっとき、今も文字と呼ばれているものに宿って、そうしてまたどこかへいってしまったんだろう。どう思う」

と境部さんが繰り返す。

「昔、文字は本当に生きていたのじゃないかと思わないかい」

新字

丙午命境部連石積等更肇俾造新字一部卌四巻

――『日本書紀』巻第二十九天武天皇下十一年三月

顕慶《けんけい》六年二月乙未《いっぴ》、益州や綿州の地で龍が見られた。これを機に改元して龍朔《りゅうさく》とする。その龍朔の三年十月丙申《へいしん》には絳州《こうしゅう》で麒麟が目撃され、同丙午《へいご》には含元殿《がんげんでん》でその足跡がみつかった。再び改めて麟徳《りんとく》とする。瑞獣の出現は、天子の徳が天にまで及んだことを示す印と考えてよい。

この麟徳二年の正月壬午《じんご》、唐朝の第三代皇帝、のちの高宗は長安から洛陽へと遷都した。五月辛卯《しんぼう》、李淳風が新たな暦を完成させ、これは麟徳暦と呼ばれることになる。

十月戊午、皇后、武則天は高宗に封禅《ほうぜん》の儀を執り行うことを百官の前で公的に請い、高宗は三度これを拒んだあとで受け入れた。同丁卯《ていぼう》には、泰山《たいざん》へ向け帝城をあげての大移動がはじまる。泰山への到着は翌麟徳三年、正月戊辰《ぼしん》。この封禅を機に乾封《けんふう》と改元し、この地を乾封県とした。

洛陽から泰山までは東北東へおよそ四百キロ。東方は陽が姿を日々新たにし、神仙の住まう方角である。いわゆる五岳、中岳嵩山、東岳泰山、南岳衡山、西岳華山、北岳恒山の筆頭とされる泰山は東部に広がる平原中に抜きん出ており、この山において封禅の儀式を執り行うことができるのは、天命を受けた者に限られる。伏羲《ふくぎ》、神農、炎帝、黄帝、顓頊《せんぎょく》、嚳《こく》、堯、舜、夏の禹《う》、殷の湯王《とうおう》、周の成王、秦の始皇帝、漢の武帝、後漢の光武帝といった帝王たちの名前が並ぶ。高宗の父、唐帝国を実質的に造り上げた第二代皇帝、太宗、李世民でさえ封禅の儀式を行うことは叶わなかった。

封は天を讃える祭りを、禅は地を讃える祭りを意味する。「封」のためには、泰山のふもとに、円筒形をした封祀壇、頂上にもまた円筒形の登封壇を築く。こちらは直径五丈、高さ九尺という。「禅」のためには、近隣の社首という名の丘に、方形の降禅壇を置く。両儀式が終わったあとで使われたのが朝覲壇で、封禅には四つの壇が築かれた。

目的は、覇王としての宣言である。同時に、その統治が永遠に続くことを祈った。

泰山の頂きからは天へと続く道がひらき、地上には泰山府君の統べる冥府が広がるという。自然、皇帝その人の長命、あるいは不老不死をも願う。

霊域ということで深山を想像すると誤る。有史以前からの名所であるから、霊威を求める人々で賑わっている。岩がちな山肌を縫うようにして、歴代の帝王たちが整備させた石造りの参道が山頂まで続く。要所要所に門が立ち、堂もあれば廟もあり、坊もあれば洞もあって観も見え、休憩所や宿泊施設も備わっており、ちょっとした宮殿なども置かれている。皇帝が移動するということは、身から溢れる徳が道を開き、左右に町が生い延びることに等しいためにそうなる。全山、人跡の及ばぬ場所というものはない。あらゆるものは天上と地上、地下の秩序に位置づけられて、枝ぶりの見事な樹木や、奇怪な形の岩などにはいちいち名前がついて由縁があって、傍には碑が立てられる。峰々にも名がつけられて、いたるところに神が見出されるがゆえに霊地である。道教の神と仏教の仏とが、元来の土地の精と霊とが雑居している。当然、山自体にも官位が授けられている。

封禅の要は、山頂に玉牒《ぎょくちょう》と呼ばれる玉製の板を祀ることにある。五枚一組の玉牒は各、長さ一尺二寸、幅五寸、厚さ一寸。この側面を、長さ一尺二寸、幅五寸、厚さ二寸の玉板で覆う。これに溝を切って金縄で五回巻いたあとで封印する。玉匣に収め、更に石函へと蔵する。石函の周囲を南北各三枚、東西各二枚、計十枚の石板で囲み、溝を切ったのち金縄を三重に回し、再度封印を施してから土を盛る。無論、玉牒には天への通信文が刻み込まれているのである。

西暦六六六年に行われたこの封禅の儀式を、境部石積《さかいべのいわつみ》は泰山の中腹から諸国の使節に混じって眺めている。といっても山頂での儀式の様子が見えるわけでなし、そちらの方へ顔を上げ、接待用につくられた建物の中庭に直立したまま、雪混じりの冷たい風に頬を打たれ続けている。中庭を囲む壁の周囲には、長い尾を引く旗が林立している。境部の体を縛るのは物理的な拘束ではなく、ひとえに帝国の権威である。風に混じる鐘や鉦の音から儀式の進捗を推し量ることはとうの昔に諦めていた。皇帝が儀式の間そこに立っていろと命じるならば、白骨になろうが直立を続けるのが礼である。皇帝その人がそんな些事を指示するわけがないから、儀典官による指示ではある。いや、儀典官は礼に従うだけであり、前例の虜であるから、こうして立っているのは礼がそうしろと命じるからである。礼を超えることができるのは、皇帝その人のみ——と考えてから、それと今、亜献《あこん》として皇帝とともに山上にある皇后の二人だなと思う。むしろ皇帝は封禅の主として、自ら好んで礼に縛られているわけだから、真に自由なのは皇后だけということになるかもしれない。

ともかくもこの場から解放されたら、まずは温かい茶でも乞おうと思い、ふと、古代における茶とはどんなものだったのだろうと考える。色や香りはどうであり、産地や加工法はどうだったのか。一体自分自身のこの境遇は歴史にどう記されるのか。境部はそんなことが気になる性質である。自分が過去の人物の飲む茶の色を想像したとして、何かの記録をあたったならば、その時代の茶はそんな色をしていなかったと、あとから判明することはありうる。

考証が怖くて茶が飲めるか。と境部は思う。

本当のところ、境部が副使を命じられた第五回遣唐使が日本を出たのは、天智四年、西暦六六五年十二月のことであるから、この封禅の儀式に使節が参列できた可能性は低いのだが、境部当人としては、そんな些細なことはどうでもよろしく、この儀式の一端だけでも実見することができた幸運を素直に喜んでいる。漢の時代には既に、始皇帝が行ったという封禅の作法は失われ、司馬遷たちはかすかな手掛かりから儀式を復活、ありていに言えば作り直さざるをえなかった。いや、紀元前二一九年に行われた始皇帝の封禅の時点でもう、その式次第は失われていたのであり、司馬遷たちが生きたのはその百年後の時代である。そこからさらに八百年近くを下ってようやく、自分たちのいる現在の出番ということになる。

——記録などはどうにでもなる——都合よくどうにでもしてしまえばよい——

というのが実務家としての境部の意見であり、

——都合よくどうにでもされてしまうのだ——

という思いがある。蘇我蝦夷《えみし》が飛鳥の自邸で、国の記録たる『天皇記』と『国記』を火中に投じて自害してからまだ二十年ほどしか経っていない。『国記』は幸いにして一部分が救い出されたものの、歴代天皇の事績を記した『天皇記』は助からなかった。失われたものはそれまでとして、聖徳太子と蘇我馬子が編纂《へんさん》させた史書といっても都合のよい脚色はあったはずだから、そこで失われたものはなんなのかと境部は思う。真実が失われることと、つくりごとが残されること、どちらがより穏当なのか、境部のような男にはよくわからない。

かといってもし、偏りなくものを見ることができたとしたなら、それはもはや人ではあるまいというのが、外交の家としての境部の感覚である。命に従い、黒いものを白と言いくるめ、白いものを黒と言い通すのが代々の家の役目である。様々の境界に立つがゆえに境部という名がつけられた。家にはいわゆる、歴史の真実、裏側の記録と称するものが多く残されているが、それさえも真実を明かすものではなく、将来へ向けた保身のための口伝や文書であることは疑いなく、自らの一族さえも煙にまこうとする試みに違いなかった。白黒を反転するにはまず全てを灰色に塗り込めてしまうのが良手であって、人は灰色を眺めるうちにそれがやや黒よりだとか白よりだとか勝手に言いだすものである。日陰に置けば黒と見え、日向に置けば白となる。周囲の色の配置によっても見かけの白黒は変わり、物に固有の性質であるはずの色でさえ、人がからめば不変のままではいられない。

境部がこうして唐にやってくるのは十二年ぶりのことであり、一度目は白雉《はくち》四年の第二回遣唐使の第一船に、学生《がくしょう》として乗り込んでいた。白い雉《きじ》がみつかったために改元して白雉ということだから、どうも自分の人生の変転期には瑞獣が関わりがちなようである。瑞獣は天子の徳を讃えるのではなく、境部の運命を告げにやってきているという見方もありうる。境部としては十二年前のあのときに自分の半分は死んだと考えている。ほぼ同数の人員を乗せた二船から構成された遣唐使の第二船は九州の先で沈んで、ほとんどの者は助からなかった。自分が第一船に乗ったのはたまたまであり、生き残ったのは偶然である。であるならば、自分は半分死んでいる生者なのだと、境部はすっきり考えている。では、海に消えた第二船の人々は半分生きている死者ということになるのかと問われたならばきっと、そうだ、と答えるだろう。

前回は学生としての渡唐だったが、今回は重大な外交任務を負っている。大使は、小錦、守君大石《もりのきみのおおいわ》。先の白村江の戦いにおける敗将である。次に位の高いのが、小山である境部石積ということになる。小錦は上から五位、小山は七位を数える。まだ三十代に手の届かない境部が副使に任じられたのは、家柄と才、留学時の人脈を期待されてのことなのだが、単に体力を見込まれての人選でもある。

六年前の六六〇年、唐の大々的な支援を受けた新羅が百済を滅ぼした。その遺臣を助け、百済復興を目指した日本の艦隊が白村江で壊滅したのが六六三年。翌六六四年には唐の百済鎮将、劉仁願が、部下の郭務悰を使節として派遣してきた。境部の加わる第五回遣唐使はこの郭務悰を大陸へ送り返し、外交交渉を進めることが目的である。つまりは、今後予想される唐の日本侵攻を交渉によって食い止めるのが守大使に与えられた使命である。

隋の煬帝《ようだい》から唐の太宗まで、度重なる侵攻を防ぎ続けた高句麗も、高宗の前についに膝を屈しようかという情勢である。新羅の北方、半島と大陸の接続部を占める高句麗が倒れ、唐が朝鮮半島全体を陥れることとなれば、四海に睨みをきかせる唐の次の標的は日本と考えるのが自然である。筑紫では来寇に備えて防塁や山城の建設が進み、飛鳥では遷都の声もあがっている。

それはまあそれとして、と境部の視線は、急を告げる極東情勢をよそに、空中に何かを探している。

玉牒に刻まれているのは、一体どんな文字なのだろうか。


「クテシフォン・セレウキア」

と十二年前の石積が、相手の口の発した音を繰り返すと、テーブルの向こう側に座る男はやや意外というように軽く眉を持ち上げてみせた。

「お上手だ」と続いたのは、一音一音を確認するような中国語である。

「家柄、様々な言葉に接することには慣れております」と石積。

「なるほど」と男は一音で受け、「しかしこれまでどおりこちらの言葉で続けた方がよろしいですな」と笑みを含んだ調子で続ける。「それは勿論」、と石積も耳に神経を集中したままで頷く。

家柄、他国の言葉は、物心つくころから叩き込まれている。日本にいる間でも、ふとすると中国語で考えていることが多かったりする。書物の内容をいちいち日本語に直してから理解するよりも、そのまま読んだ方が手間がはぶけたからでもあるし、詩を詠むにも天下国家を考えるにも中国語の方が話が早く、確実だったからでもある。多言語を操る者には、用いる言語の選択により思考の道筋が変わることがよく起こる。さらに、日本の言葉は書き留めるにもそのための文字が決まっておらず、漢字で当字をする手間が必要だった。あとから見ると、自分でも何を書いたのかがよくわからなくなることが頻繁に起こる。それならば最初から中国語で書いてしまった方が手っ取り早い。僧に混じって異国の言葉で唱えられる経に耳を澄ませたこともあり、そこに混じる奇妙な響きが、梵語という名の、はるかかなた、インドと呼ばれる土地の言葉であるということも知識としては知っていた。その言葉の組み立てを知ろうとしたが、ただ音だけが伝わっているということで、梵語での文章の組み立て方を知るものは当時の飛鳥にまだいなかった。音さえ合えば功徳があるということだったが、それでは人が唱える甲斐がないと石積は思う。

境部の家では、日本、朝鮮、中国の言葉が自由に用いられており、石積は幼い頃からそれらに馴染んだ。長安にきて思うのは、どうやら自分が馴染むのは、特定の言葉ということではなく、言葉というものに対してらしいということである。個別の各国語より純粋に、言葉というもの自体が好きなのだ。留学生は一応、国子監に入り律令を学ぶのが建前なのだが、実際のところ、裁量は個人に任されている。異国の地にまで監視の目は届かないという以前に、一体、何を学ぶべきなのか、自国には何が不足しているのかさえ、日本からではわからない。なにがわからないのかさえもわからないのが朝廷の抱える不安であり、こうして長安の地に立つ時点で国というものを当り前に背負わされている。それぞれ勝手に手当たり次第、国のためになるものを持ち帰るべしというのが命題であり、極端な話、石積は親族からの紹介状を手に、唐の政治家たちと顔をつないで歩くだけでも立派に役目を果たしているということになる。交渉の相手が知人かどうかで成否がひっくり返るのを石積も何度も目撃してきた。

十二年前の石積は、精力的に官衙《かんが》まわりをこなしたが、午後になって時間があくとひたすらに長安の街を歩いてすごした。懐手《ふところで》をして、半眼のままゆっくりと道の端を進んでいく。目が悪いのかと不意に手を引かれたり突き飛ばされることもあったのだが、そうやって街の音を拾い集めていくのである。ときおり立ち止まっては筆を取り出し、なにごとかを書き留めている。ソグド人隊商が野営する土地の周囲をぐるぐると歩き続けて不審がられたこともあったし、拝火教徒が祈禱する姿をじっと眺めていることもある。話しかけられれば喜んで自分の言語能力を試みたが、自ら声をかけることは控えていた。まずはそれぞれの言葉が日常のどんな場面でどんな響きを持つのかを把握するところからだと考えたのが理由だが、世界の大きさというものに耳を合わせようとしていたともいえる。犬を追う声、恋人同士が喧嘩する声、親が子を呼ぶ声がどんな調子を帯びるのかに、そうして耳を澄ませ続けた。疲れると茶店に腰を下ろして、今度は本式に目を瞑ると、世界をめぐる音を聞いて分類し続けた。茶碗が卓に当たる音ひとつをとっても、日本と中国の違いがあり、そこに砂漠の響きが、波の砕ける音が混じることもあるのを知った。そうやって、はるかに離れた土地の音が直接聞こえる様子を想像した。各地の音が距離によって減衰せずにそのまま残り続ける様を想った。

中国の向こう側には、仏陀を生んだインドがあるが、その向こうにはペルシアがあり、そうしてローマと呼ばれる国があり、いずれ劣らぬ大国であるということを、なんとか理解しようとしている。理解はしていることがらを、実際に耳で聞くことはできないかと考えている。

こうして長安にやってくるまで、石積の世界の音は日本、朝鮮、中国北部、南部で立てられる物音だけで構成されて、その気になれば、世界の全ての人々と直接それぞれの言葉で会話することができそうだった。そんなことはできないのだと石積は知り、この世には一生かけても理解しきれないほどの言葉が既に存在しているのだと実感した。

こうして長安にやってくるまで、石積の暮らす世界の中で最も古い歴史を持つ国は中国だった。どうもそうではないらしいという。

こうして長安にやってくるまで、石積の暮らす世界の中で最も古い文字は漢字か梵字のはずだった。どうもそうではないらしいという。

「その何千年も以前から、国は存在していたのです」と阿羅本《あらほん》は言う。十二年前の石積の前に座る男である。「三皇五帝の以前から地上には国があり、文字の記録が存在していました。それ以前に滅びた国も多くあります。世には、三皇五帝の時代からこの唐の時代までに匹敵する期間存続し続けた大帝国も存在したのです」と、途方もないことを言うのである。石積としては想像が追いつききらず、つい、

「北冥有魚、其名為鯤」

と『荘子』の冒頭部を呟いている。世界の北の果てに鯤《こん》という魚があり、何千里の大きさがあるかわからない。この魚が鳥と化したのが鵬《ほう》であり、何千里の大きさがあるかわからない。この鳥が南の果てに飛ぶときは、空一面を覆う夜がやってくる。過去から未来へ巨大な鳥が飛んでいき、歴史の上に闇をもたらす。

そういう老荘流の法螺話しか、石積の中には足掛かりとできる材料がない。

阿羅本は石積の呟きは無視した形で、「その帝国の記録はほとんど残りませんでした」と言い、

「その大帝国のアッシュール・バニパル王の治世には、ニネヴェに大図書館がつくられたと言われています。そこには世界中のあらゆる文字記録が粘土板に書き込まれて保存されていたということですが、図書館諸共、そのほとんどが砂に埋もれて失われました」

「ニネヴェ」と、石積の耳はとりあえず聞き慣れない音を順に拾い上げ、頭のどこかに刻み込むのに忙しい。

「当時のアッシリア帝国の首都の名です。インドの向こうのペルシアの向こうに、チグリスとユーフラテス川に挟まれた、メソポタミアと呼ばれる土地が存在します。その北部をアッシリア、南部をバビロニアと呼ぶのです。我々のやってきた土地です」

玄奘《げんじょう》三蔵は十六年をかけて長安とナーランダ僧院を往復し、六五七部の経典を持ち帰ったが、この阿羅本は五三〇巻を数える経典を携え、そのはるか向こうの土地からやってきたという触れ込みである。玄奘は経を求めて出発したが、阿羅本は仲間とともに経を携え到着した。六三五年の来訪時、太宗は宰相を門の外まで迎えに出したという。阿羅本に言わせるとしかし、彼らの奉じる教えをはじめて中国へ伝えるのは自

分たちではないらしい。

「『カルデア外典』には、聖トマスが中国、インド、エチオピアに教えを伝えたことが記されています。トマスはメソポタミアで亡くなり、今こうして我々が再びやってきたわけです」

　ということになる。

「どこから」という石積の問いへの答えが先の、

「クテシフォン・セレウキア」ということになり、つい先年までサーサーン朝ペルシア統治下だったこの地に、総主教座があるのだという。総主教《マール・シムウーン》イェシュヤブ二世の命を受けての渡唐である。元来存在したシリア教会が、西の単性派と東の両性派に分かれ、「シリア教会」と「東シリア教会」となった。四三一年のエフェソス公会議以降は、西シリアは「ヤコブ派教会」、東シリアは「アッシリア教会」となる。このアッシリア教会に属する阿羅本は今、自分の声に耳を澄ませるようにして、低い声でゆっくり静かに石積に話しかけている。

「わたしたちは、幾つかの世界が滅びたあとの世界に生きているのです。シリアを支配したサーサーン朝はアルサケス朝を、アルサケス朝はセレウコス朝を、セレウコス朝はアケメネス朝を滅ぼし、アケメネス朝は数千年の長きに渡って存在したアッシリア帝国を滅ぼしました。しかしアッシリア帝国とても、地上初の帝国ではありません。アッシリア帝国が生まれるはるか以前に、神は大洪水によって、一旦、人類を滅ぼしたのです」

なるほど、自分は半分死んでいるどころではなく、はるか想像の以前に人類諸共、渦に巻かれて死んでいたのだなと石積は可笑しくなり、右手を上げて口元を隠した。

「そのサーサーン朝も今や、カリフの軍勢によって滅ぼされました。ヤズデギルド三世も亡くなったと聞きます」

国が滅びる、ということが石積にはよく理解できない。理解できないということだけが理解できる。易姓革命までは理屈として考えられるが、どうも国の滅亡とは革命が長閑に思えるほどに徹底的に容赦のないものだということが、阿羅本の言葉の調子からは伝わってくる。

石積の興味はこの異国の教会の奉じる教義ではなく、純粋にその言葉である。梵語を覚えようかと考えたこともあったのだが、そちらは同船してきた学僧、定恵《じょうえ》に任せることにした。仏のことは僧に任せてしまえばよい。教義ではなく言葉にしか興味を持たない輩など門前払いにされるかと思ったのだが、阿羅本は気安く石積を受け入れた。訊くと、布教の拠点を築く際に、図書室と医療施設を整えていくのが教会のやり方であり、それから耳を傾ける気になった者には教義を説明することになり、無理強いをすることはないという。まずその正しさを実感してからでなければ、物事を信じることなどできないだろうということらしい。

「それにまた」と阿羅本は言う。「聖典を記す文字のひとつひとつもまた聖典です」

波斯《ペルシア》経布教の根拠地、波斯寺の鎮国大法主、阿羅本は無論多忙の身だが、こうして時折学生の石積に時間を割いてくれるのはやはり、日本への布教を視野に入れているからなのだろうとは思う。図書室の本なども自由に閲覧させてくれている。寺の宣教師たちはいずれも博識だが、それでも阿羅本にしか読めない文字や、解きほぐせない知識の絡まりは多かった。

図書室には数多の言葉で記された本があふれており、経典の漢訳も進められている。

図書室で本に没頭していると、ふと、

無上諸天深敬歎　大地重念普安和
人元真性蒙依止　三才慈父阿羅訶

とはじまる歌が、高音を伴う鳴り物とともに聞こえてくることがある。

図書室に圧倒的に多いのはシリア語で書かれた本だが、中に文字の形の読み取りにくいものがあり、阿羅本に訊ねてみたところ、阿拉姆《アラム》文字で書かれた文章であるということだった。

「阿語」と石積。

「シリア文字の祖型となった文字で、梵字やヘブライ文字に影響を与えた文字でもあります」と阿羅本。「そしてなにより、楔形文字を滅ぼした文字です」とまた、石積には意味の取りにくいことを言った。当惑する石積の表情を観察しながら、

「言葉はまず音を用いるもの。文字は音を写すもの。何かの言葉を様々の文字で記すことができるわけです。ペルシア語をシリア文字やアラビア文字で記すことだってできます。アラム文字はそれまで世界共通語だった楔形文字を滅亡においやった文字です」

文字が滅びる、ということが石積にはよく理解できない。篆書が隷書になるように書体が変化するということであればわかるが、阿羅本が言うのはそういうことではないはずである。阿羅本は棚の前でしばし指を踊らせたあとで手を伸ばし、石積の前に一枚の紙葉を置いた。

「これがその、楔形文字と呼ばれたものです」

表面にはなにやら、釘をばらまいたような模様が連ねられており、右から読むのか左からか、上から下に読んでよいのかさえもわからない。場所によっては縦書きされたところもあるようであり、文書というより、呪符のようなものと考えるのが妥当と見えた。

何度か瞬きをした石積の瞼の裏に釘状の線が焼きついている。目をあげた石積へ阿羅本が言う。

「アッシュール・バニパル王に命じられ、ナブ・アヘ・エリバが記した『ウトナピシュティムの書』と呼ばれる書物の一部、その写しだと言われています。もともとは粘土板に押されたものだったはずです」

無論、石積が知る由もないことだが、この唐滞在からおよそ千と百年後の宝暦十年、新井白石の文字研究書『同文通考』が出版され、そこにはこう記されることになる。

「四十代ノミカト天武天皇白鳳十一年春三月境部連石積等ニ詔シテ更《サラ》ニ肇《ハシメ》テ新字一部四十四巻ヲ造ラシメラル日本書紀二兼方宿禰ノ説ニ私記ヲ引テコノ書今図書寮ニアリ其ノ字ノ

躰スコフル梵ノ字ニ似タリ其字義ノ准拠スル所ハイマタ詳ナラサルヨシ見ヘタリ釈日本紀
謹按スルニ呉ノ主孫休八字ヲ創メ造リテソノ四人ノ子ノ名字トナサレ則天武后十二字ヲ製タマヒシ事アリ此等皆ヨカラヌ事ノヨシ彼国ノ書ニ見ヘタリクハシキ事ハ別ニシルシヌ我朝ニシテ浄見原ノミカト新字四十四巻ヲ造ラシメラレシコトイカナル故ニヤ其書ステニ四十四巻其字ノ数凡ソ八万ヲ以テカゾフヘシサラハ書契アリテヨリ此カタノ字コト〲ク改メ作ラレシナルヘシ」

天武天皇は白鳳《はくほう》十一年、境部石積に命じて『新字』一部四十四巻を作らせた。『釈日本紀』巻十五、述義十一、天武下は「新字ノ部」の項目を立て、その解説をこう続ける。

「私記曰師説此書今在図書寮但其字躰頗似梵字未詳其字義所准拠乎」

ここでいう『私記』はいわゆる『日本書紀私記』を示し、これは奈良・平安期に行われた『日本書紀』の講義録である。既にこの時点で国史たる『日本書紀』は専門家による読解を必要とするものとなっていた。

「『日本書紀私記』に、その『新字』なる書物は現在、図書寮に収められており、書かれている文字は梵字に非常に似ているが、意味や由来は不明である、とある」。次にはここで『日本書紀私記』の当該箇所を引くべきなのだが、その部分は既に欠落したのか見当たらないので引きようがない。『釈日本紀』が編まれたのは鎌倉時代、白石の時代からは四百年ほど過去の記録である。

さて、日本において天武天皇がこの『新字』をつくらせたのはなぜなのか、というのがここでの白石の問いである。四十四巻よりなる大部であるなら収録された文字も八万に及ぶであろうといい、であるならば、漢字の誕生以来全ての文字を網羅して改訂したものとなるのではないか、とする。

さらにここから、

その文字を広めようとしたが、理由は不明ながら失敗した。あるいは、日本で勝手につくった文字を集めたものだったのか。しかし『日本書紀私記』の記録を信じるならば、それは梵字に似たものであったはずだから、漢字とは違った文字だったのではないか。

と続ける。

歴史、地理、文学に深い造詣をもち、当時の海外事情に目を配りつつ古代史に思いを馳せ、邪馬台国の位置などを思案していた新井白石は当然、文字にも強い興味を抱いており、後世、石積の仕事をそのように捉えることになる。万葉仮名、変体仮名の出現以前に、漢字ならざる、しかし俗字とも異なる、日本語記述用の文字を定めたのではないか、ということである。

石積が白石のいうとおり、新たな文字を日本語の表記のために定めたとして、問題となるのはやはり白石自身が指摘した、四十四巻という長さとなるのではないか。白石いうところの、八万を以て数えるべき文字たちが、日本語らしい日本語表記のために本当に必要だったのかとなるとよくわからないところが残り、千と百年前の現在にいる境部としてもそんな無茶な体系を一から案出しようという気は今のところないのである。

東都洛陽、建国門内、四方館の一室に遣唐使節のための部屋は用意されている。各国の使節を迎えるためにつくられた建物であり、馴染みの国には、それぞれの風俗に配慮した設備が用意されており、各国語の通詞も常駐している。ここに滞在しつつ、外務の窓口である鴻臚寺《こうろじ》と交渉しつつ、皇帝への拝謁を待つというのが一般的な流れであり、謁見は洛陽では通常、宮城の正門、則天門内の乾陽殿でということになる。小野妹子が隋の煬帝に謁見したのもその場所であり、法隆寺の所蔵する梵字で書かれた般若心経はその時に持ち帰られたものだとされる。見事な青煉瓦に囲まれた巨大な宮城からの呼び出しはまだこない。

大使は言葉少なに書物を見ては筆をとり、筆を置いては書物を見つめを繰り返している。「せっかくなので龍門の石窟でも見に行かれては」と水を向けてもはっきりとした返答がない。時折、刀を引き寄せては、またもとの場所に戻している。

当たり前に考えるなら、交渉の余地はほんのかけらもないと言って過言ではない。唐の侵攻を防ぐためには、日本が唐の冊封《さくほう》体制下に入り、属国としての立場を認めるくらいしか手がないのだが、それをこそ防げというのが、皇太子のまま称制を続ける中大兄皇子と、大紫冠《だいしかん》、中臣鎌足の意向であり、どうにもしようがないのである。もともと技術的にも劣勢だった海上勢力の大半を失った以上、張ることができるのは見栄だけなのだが、ものごとには限界というものがあり、真っ向からぶつかっては勝ち目がないと、境部は半ば開き直っている。大使は死を覚悟している様子だが、大使一人の命で国の命運を買えるかもしれぬという発想自体が、先方には理解できないだろう。

「封禅はいかがでしたか」

と境部を迎えたのは、鴻臚卿、蕭嗣業である。大使もついてくるとは言ったのだが、今日は知り合いとして会いに行くといって四方館へおいてきている。唐側へは大使は体調を崩したということにしておいたが、鴻臚寺側にはそもそもの興味がないようである。

「褚遂良様が御存命なら、と、つい」

と、境部は斜めから打ち返して様子を窺う。十二年前の留学時、宮廷では武則天を中心とした権力争いが渦巻いており、石積も学生ながらその動静を観察していた。前皇后を廃し、新たに皇后位につこうと画策する武則天に、褚遂良は真っ向から異を唱えた。虞世南、欧陽詢に続いて楷書体を完成にまた一歩近づけた褚遂良は先年、左遷先のヴェトナムで亡くなったときく。先帝、太宗は自らの死にあたり、誰にも褚遂良を死刑にすることは許さぬとした。先帝の言葉に守られての諫言《かんげん》だったが、最終的に冊后はなり、殺すことのできない男、褚遂良は各地を転々とさせられたあと、健康を害して死んだ。

その褚遂良の名を出すことは、武則天が実権のほとんどを握る現在、穏当とは言いがたい。蕭嗣業は判断に迷うように視線を泳がせている。もとより武人の出であって、緻密な腹の探り合いに向く人柄ではない。境部はその様子には気づかぬ風を装いながら、

「『文皇哀冊』は見事なものでした。もし褚遂良様が御存命なら、今回の玉牒は、褚遂良様がお書きになることになったのではと思ったものですから」

『文皇哀冊』は、太宗の追悼文で、これは当時中書令だった褚遂良が起草し、筆を振るった。褚遂良は今や楷書で名高いが、これは行書で書かれている。

「玉牒とはあれは、どのような書体で書かれるものなのでしょう」と境部は問う。蕭嗣業は、ふむ、と唸って境部の真意を探るように黙っている。

「天に届ける文字ということであれば、太古の青銅器に刻まれたような金文がふさわしいようにも思えますし、玉石に刻むことを重視するなら、篆文ということでよい気もします。でもやはり、ここは最新の字体である楷書こそ、天へ向けるのに相応しい文字ではないかと思ったのです」

「そうとも限るまい」と蕭嗣業。「晋の時代、崇高山から漢の明帝の哀冊が見つかったことがあったはず。科斗《おたまじゃくし》文字で書かれていたときく。それに皇后陛下は先帝譲りの飛白体をよくなされる」

「雑体ですか」

と訊ねた境部に蕭嗣業が頷いてみせる。

なるほど、呪術的な力としては、そうした野趣を帯びた文字の方が強いということもあるかもしれない。しかし境部には、あの楷書という字体は、文字というより新種の呪具のように見えるのである。およそ人間らしさというものを省き捨てて完全に秩序に従わせることで、書く者に不自然な手の動きを強い、刻する者に無茶な鑿の使い方を強いるあの字形こそ、天子が地上を統べる宣言として相応しいのではないかと思う。呪術性を極端に廃したゆえに、逆説的に強烈な呪力を帯びて見えるのである。楷書に比べれば、巷間の占い師が思わせぶりに見せてくる呪符などは所詮、お人好しを一人二人と絡め取る、小人《しょうじん》のまじないにとどまる。国家天下を相手にするまじないは、公明正大、誰の目にもそうとわかるはずなのにそれとは見えず、堂々と流通するものなのではないか。文字は書き手の人柄を現すが、最早人柄を現すことのできない字形を定めることではじめて、無人格的な国家は成立するのではないか。

一見、無特徴ともいえる楷書はしかし、それゆえに人間の秩序とは関係のない文字そのものの生々しさとでもいうものを感じさせる。人間のものではない秩序がそこに現れているように見えるのである。それは不思議と、十二年前、阿羅本に見せられた『ウトナピシュティムの書』を思い出させた。字形は全く異なるのに、みつめるうちに自分が何をみているのか、その背後にいるはずの書き手の筆の動きをこえて、文字がただの線の集まりでしかなくなってくるところが似ている。

帰国後も、臨書して持ち帰った『ウトナピシュティムの書』を何度も繰り返し書き写し、配置を変え、構成要素を分解して組み立て直す作業を続けてきた境部である。もちろんそれでなにを解読できるわけではなかったが、その文字の背後にひそむ、人のものならぬ秩序を効率よく氾濫させる方法を探し求めた。その種類の多さと構成方法から見るに、楔形文字はどうやら、漢字と同じ表意文字であるらしく、さらには、中国語と同じく一文字で一音を表すものなのだろうと境部は見当をつけている。日本では様々な音で訓《よ》まれる漢字だが、本国では基本的に一音である。場所によって音の差はあるものの、各地では一音であるには違いない。そういう種類の文字を採用する人々は、一つの文字を様々に読みうるということを想像できないのではないかと境部は思う。円形のものがすべて緑で、方形のものがすべて赤色の世界に暮らす生き物は、色と形の区別をつけられないのではないかと境部は思う。字と音は本来全く違ったものであるはずだ。

境部の見るに、言葉の力は、阿羅本の言うようにただ音だけに込められて、文字を仮初とするのではなく、文字の中に潜むのであり、音との間に浮かぶのである。波斯教徒も特定の文字の並びを崇めることがあると阿羅本は語ったが、しかしそれだけではあるまいと石積は考えた。言葉の力は、文字に宿るというだけではなく、字形にこそ宿るのだと思う。たとえ同じ音、字であろうとも、篆書と科斗書と楷書に宿る力は異なるものだ。

秦が帝国を築くと同時に篆書が完成し、唐が帝国を整備するのに並び楷書が目覚ましい進歩を遂げたのは偶然ではないと境部は思う。楷書が完成するときは、唐の世界帝国が完成するときとなるはずであり、境部の使命はそれを阻止することにある。

「ときに、今回の用件は」

と、問う鴻臚卿の表情は、正直迷惑そうでもある。今日本の使節に何かを乞われても、できることなどほとんどないのだ。すでに海を越えての派兵は既定事項となりつつある。

「なに」と境部は間をおいてみせ、「境部としてではなく、石積として個人的なお願いが二つあるだけです」と結んだ。蕭嗣業が促すのを受け、

「一つ、函谷関《かんこくかん》の通行許可を頂きたい」

石積の言葉に身構えていた蕭嗣業は、ふ、と息を吐き、笑いを含んだ声で、

「陛下が西方への移動を禁止していることはしっているはず」

「陛下はこの頃、李氏の祖たる、老子を尊ばれることしきりとか。老子が函谷関を出て、西方へ旅立ったことはよくしられていることです」

「それが、貴殿の旅行とどういう関係がある」

「玄奘三蔵法師によって、新たな仏典はもたらされましたが、老子の行方は杳として知れません。御興味があるのではと思いまして」

「それを貴殿が調べてくるとでもいうつもりかね」

話の突拍子のなさを面白がりつつも、不審さを隠す様子はない。

「左様です。それにこういうものも」

と石積が差し出すのは、楔形の文字で書かれた紙片である。受け取った蕭嗣業は一瞥したあと、上下を逆さまにしてもう一度紙面を睨んでから首を傾げた。

「これは」と問う声に明らかな苛立ちが混じっている。

「ペルシアの向こうの言葉で書かれております。日出る国の天子より、日沈む国の天子に宛てる手紙の草案です」

蕭嗣業が紙片を投げ出して笑いだす。

「貴殿は」と音を立てて卓に右手を打ちつける。「日本はカリフと同盟を結んで唐を挟撃するつもりだと告げにきたのか」

「まさか」と芝居がかって両手を挙げてみせる石積である。「東夷の小国である我が国にそんな余裕はありません。国としては、ね。でもご記憶でしょうか、十二年前、わたくしとともにやってきた定恵という僧のことを」

「つい先年まで、玄奘門下にいたと記憶している」

「その後、日本本国からの国命を受け、インドへ向かったことは」

というのは無論、石積の出任せである。中臣鎌足の息子である定恵は石積とはすれ違う形で飛鳥に入った。石積はまだ知らないことながら、この時既に定恵は突然死を遂げているのだが、それはこの話とは関係がない。

「新羅経由で帰国したと報告を受けた」

後追い気味になっている蕭嗣業へ、石積は余裕の笑みを向け、洛陽の波斯教徒から仕入れてきた名を投げ込む。

「穆阿威葉《ムアーウィア》という名にお聞き覚えは」

蕭嗣業の顔が引き締まるが、返事はない。シリアで頭角を現し、先頃カリフの地位についた男の名前だ。蕭嗣業が投げ出した紙片を拾い上げてもう一度示す。無論そこに記されているのは石積が勝手に組み合わせて並べた、楔形をした文字であり、回教徒の王朝の言葉などではなかったが、ここではむしろ、それが誰にも読むことができないものであるということの方が重要だった。下手に意味を持つ文章などを持ち出せば、なんの証拠とされてしまうかわからない。ただ装飾のための模様ではなく文字であり、何か意味を含んでいるように見えることだけが必要だった。

「馬鹿馬鹿しい」と蕭嗣業は夢を追うように頭の上で手のひらを振り、「二つ目というのは」と記憶力がよいところを示してみせた。

「皇后陛下に一つ、進言が御座います」

「……この情勢下、そんなことが許されるわけがなかろう」

蕭嗣業の呆れ顔を手で制し、

「単純なことです。皇后陛下の徳を讃えるための進言です。是非、皇后陛下御自身の高貴さを示すための文字を制定することを提言致します。その文字はただ皇后陛下を示すためだけに用い、他には使用を許さぬのです。これまで皇帝たちは、特定の文字を避諱《ひき》させてきましたが、自らの名を示す文字を作り出した帝王はありません」

「貴殿の言うことならばできる限り、と思っていたが、下らぬことに願いを使ったな」

「では」と身を乗り出した石積に、

「無論、最初の願いを認めるわけにはいかん。カリフとの同盟を仄めかしたことを理由に捕縛しないことを、友情の証と考えて頂く。二つ目については」と席を立ちながら言う。

「具申しておく。貴殿の名は出さないが、よいな」

石積は深く頭を下げて、退出する蕭嗣業の背中を見送る。

とりあえずはこれでよいと石積は思う。もしもこの十二年、自分の考えて続けてきた文字の力が本当に存在するのなら、皇后の名の下に勝手な文字をつけ加えられた既存の漢字たちは、秩序を乱されたことに怒り、反乱を企てるだろう。楷書によって完成に近づいた文字の帝国に小さな穴が空くだろう。あの皇后なら、と石積は思う。さぞ独創的な、奇態な文字を案出してくれると期待してよい。

無論、外交官の境部としてはそんな夢想に頼るつもりは全くない。今回の面会はただ、元留学生の石積の思いつきであるにすぎない。これによって今後の交渉が好転するか悪化するかはわからなかったが、どうせこれ以上悪くはなりようがない交渉である。以降全力を尽くすのは当然として、さて、こと成らなかった場合にどうするか。

一つ目の願いは単に、蕭嗣業へ揺さぶりをかけるためのものだったが、存外悪くない案だと境部も思う。はるかに砂の海を越え、同盟相手を探しにいくのだ。その頃には母国は唐に攻め滅ぼされているかもしれないが、新たな土地に新たな言葉で、かつて存在したという日本の歴史を記しにいくのも、国を永らえる一つの道なのではないか。

文字を書くとは、国を建てることである。

黴字

本は、表紙を下にして、順に重ねていくものだ。

古い頁ほど下に積もるのが自然の道理というものであり、累重の法則として知られる。元来は水平をなすものだから、縦に並んだ本たちは地殻変動の産物である。歴史は褶曲《しゅうきょく》により歪められ、撓曲《とうきょく》により断絶が仄めかされることになる。

不動のものと思われがちな本の配置も、長い目でみれば絶え間のない変化を続けている。どこかの棚で本の表裏が逆さまになるといった小さなものから、一つの棚が丸ごと位置を変えるというようなことまで起こり、はなはだしくは図書館が炎上したり、水にのまれて流されたり、大陸ごと海に沈んだりする。上に積まれた本の重みにつぶされ、左右の本やドアの動きに押されて歪むことも珍しくない。雪崩が起きて順序がかわり、積み直されては新たな山が隆起する。日月失度《にちがつしつど》、星宿《しょうしゅく》失度、火難、水難、盗難、女難、男難は避けられず、旱魃に見舞われることもあれば、蝗害に直面することもあり、火計、水計の憂き目にも遇う。

かつて共工《きょうこう》と祝融《しゅくゆう》が地上の支配を巡って争ったとき、天を支える四柱のうちの一柱、不周山が損害を受け、本の重みに耐えかねた天が傾くという事態に至った。本は天より零れ落ち、地上に暮らす黎民《れいみん》を次々圧しつぶしていった。このとき、五色の石を練って天を補修し、大亀の足を断って新たな天の支えとしたのが女媧《じょか》であり、一つ余った石が語ったのが『紅楼夢』ということなのだが、これは別名、『赤い石の物語』の名でもしられる。もちろん、重みに耐えかねて崩れるのは天だけではなく地も同じであり、それというのも、はるか天上から眺めるのなら我らの天も、地の一枚にすぎないからで、その来し方は忘れられ、行方はしらず、天地はひたすら頁状《けつじょう》に重なり果てもない。ただ一枚一枚の平面の上面を地、下面を天と呼ぶだけである。

また別の神話によると、この世のはじめは、茫洋とした海であった。これを男女二神が長大な矛を用いてかき混ぜると、海は檸檬汁を垂らした乳か、滷汁《にがり》を加えた豆乳のように凝《こご》って、パルプ状の組織となったという。持ち上げた矛の先に絡んだパルプが積み重なって本をなし、これが史上最初の本である。

また別の神話によると、本は神の死体から生まれたともいい、より深遠な神話によれば、本の死体が神だともいう。尻から本をひりだして神に捧げた娘が怒りに触れて、本の姿に変えられたという話もあれば、この世に存在する本は、原初の偉大な神である本がバラバラに分解された部分だともいう。

本をめぐる神話には、その重さに注目したものも多いのであり、知識とそれにまつわる重さを題材とした話には事欠かない。多すぎる知識はそれを運ぶ者の背骨を曲げ、屋敷を、家を国を傾ける。全書の編纂《へんさん》のために城を傾けた皇帝があり、仏典の結集《けつじゅう》により地獄の釜の底を抜いた王の逸話が伝わる。王は地獄と直結した現世を捨てて浄土へ向かい、その地を現世へとつくりかえたということだ。

人は本から与えられた知識を尊び、知恵自体は哲学でそう呼ぶところのいわゆる延長を持たなかったが、本の収納場所には困った。地上に余地がなくなった結果、仕方なく高層の塔を建てることとなったのである。塔はもちろん、本からの知識によって設計された。本は塔に収められ、塔は本の重さに耐えきれなくなり自壊した。分類整理されていた本は高みから地上に投げ出され、人の言葉は乱れたという。

本が高みを目指す理由についてはしられていないが、槍形吸虫からの類推がよく語られる。槍形吸虫は、牛馬羊等を終宿主とするが、その体から排出されると、カタツムリ類を第一中間宿主、アリ類を第二中間宿主とする。槍形吸虫はこの第二中間宿主の神経系に働きかけ、終宿主へと、第二中間宿主ごと取り込まれることを目論む。具体的にはアリを草の高みに登らせ、牛馬羊の類がやってくるのを待ち構える。すなわち本は、人を高みに誘導して神に捕食され、神の体内に寄生することを目的とする生き物である。

そうやって高みを目指す本ではあるが、たいていの場合、放置された書棚で崩れているのをみかけるように下方への移動を続けているのであり、最終的にはこの宇宙の中心部へと集まることが予想されている。一箇所に集まる本の密度が高まり続け、やがて臨界を迎えると、そこにはあらゆる知識を飲み込み、脱出を許さぬ黒色の穴が生まれることになると考えられるが、単位体積あたりに集積できる情報量には限界があり、知識は不滅である以上、その穴もまた大きさを持つことになる。大きさを持つということは、その大きさを維持する力が生じているということだから、ゆえに、情報はそのままの意味で力に等しい。

ともかくも、本は層をなしており、それを研究するのが、本層学と呼ばれる学問である。

わたしと層のつきあいは、幼児期にまで遡る。

札幌で生まれ育ったわたしが最初に意識した層序は、背丈ほどの雪山の断面だった。

十二、一、二月と雪の積もる土地にあっては馴染み深い存在である。この山脈は除雪作業の副産物として、車道と歩道の間に形成される。除雪といっても、雪を即座に消し去ることはできない以上、短期的には場所を移しかえているだけである。雪の量が減るところがあれば増えるところがあって、総量が保たれる道理であって、道を道として沢のように維持するのなら、皺寄せとしてどこかに山が生まれることになる。造山運動と呼んで過言ではない。

新雪が積もると除雪車が出て、前面に構えたブレードで雪を押しのけていく。このとき、道の左側へと雪を跳ばす仕組みである。あまりのときには直接、トラックの荷台に雪を放り込むこともあるが、なかなか手は回りきらない。

除雪車は、車であるから車道を走る。歩道の雪は近隣住人が自ら除くか、そのままそこに放置しておき、獣道のようなものができあがるのを待つかということになる。歩道に跳ね飛ばされてきた雪を車道に戻す流儀もあるが、いたちごっこになりがちなのであまり褒められたやり方ではない。氷とは奇妙な物質で、圧力をかけると水へと戻る。通常は、固体に圧力をかけたところで、より締まっていくだけである。炭素を圧縮していくとやがてダイヤモンドになるのであり、液体となって流れ出たりはしないのである。地層の中の鉱物たちも、あくまで身を堅く引き締めているのであって、生き物の化石が圧力によって流れ出すということも起こらない。つまり、車道に投げ出された雪は車に踏まれて圧され、水となる。水となって流れていけばよいのだが、外気温が低ければすぐにその場で凍りつく。平らに凍ればまだしもだが、水に限らず万物には身を寄せ合う性質があり、ついつい凸凹を強調していくことになる。さてこうなると、除雪車でも削るのが面倒な氷となって、ツルハシが持ち出される事態となるのである。

雪が降るたび、除雪車は車道と歩道の間に山を積み上げていくのだが、山には裾野がつきものだ。裾野は大いに邪魔であるから、これも削る必要がある。結果、車道側には雪の山を垂直に削った断崖ができ、断崖には層が現れることになるわけである。雪であるなら一様な純白だろうと想像するのは早計であり、ブリテン島《アルビオン》のドーバー海峡沿岸部に連なるチョーク層などを想像するのは間違いである。ドーバーの白壁は円石藻の化石から構成されるが、こちらは都市部の雨が都市の塵を巻き込んで凍りついた雪にすぎない。基本的に茶色と白の横縞であり、下のものほど上からの圧力により狭くなり、積雪量の多かった日の部分ほど白い帯の幅は広がる。降雪のない日が続けば、茶色の帯は濃くなっていく。茶色はおおむね、溶けて車に跳ねあげられた泥水の色と考えてよい。ただの縞模様にすぎないが、それでもこの程度の情報を読み取ることは容易であり、何度か自由研究の種にしたことがある。これが木の年輪だとか、魚の鱗紋ともなれば気の長い記録が必要だが、道端の雪山の観察は、一冬分の記録があれば事足り、記憶と溜め込んだ新聞だけでもなんとかものにできるのである。

わたしと層の最初の出会いが、道端の雪の層であったというのは示唆的だ。地層と異なり、永続的な層ではなくて、一冬だけで消えてしまって誰の記憶の中にも残らない。道端の雪層の記録をつけたところで趣味以上の意味はなく、広域の雪層図をつくる意義なども見出し難い。都市部の汚染度合いの指標とするにも、層序から得られる情報などは細かすぎて役に立たない。

本層学は、本の層を掘り返し、ということは、頁をめくって歴史を読み解いていく学問であり、生活時間のほとんどは、フィールドワークに占められる。トラックの荷台に揺られ、露頭をみかけるやハンマー片手に飛び降りてそこらの石を観察しては叩き続ける。以前は瓶につめた塩酸も携行したが、この頃は環境保護の観点から推奨されない。

基本原則は、累重の法則と水平の法則の二つである。層は水平に形成され、下のものほど古い。層を形成する石の種類を見極め、さらに示準化石を探して層の年代を特定、示相化石をみつけて当時の周辺環境を推測していくのが基本である。学生たちの実習でよく利用されるのは、示準化石としての「木」や「月」、「日」や「曰」といった文字たちであり、これは新生代の第四紀を特徴づける化石として有名で、産出量も多く同定しやすい。一見、単純な生き物の化石かただの歯のようにも見えるが、実際にはなかなか大きな生物を構成するという意外性もあって人気が高い。

示準化石ということだから、存在する時期は限られている。いつの時代にもみつかる文字ということだと、時代を同定する役に立たない。その点、この「木」「月」「日」「曰」といった文字たちは、第四紀、完新世のほんの一時期にしか見られないという意味で理想的な条件を備えるのだが、形態のあまりの単純さが混乱を引き起こしがちなのも確かである。実際、実習をはじめたばかりの学生には、三畳紀に見られる「木」と第四紀の「木」が全く同じものに見えたりするものである。ついつい字体に目がいくし、どうしても筆使いなどに気を取られる。何を見ればよいのかがわからないうちは、自分が何を見ているのかさえよくわからないものなのだから仕方ない。そこにみつかるものをあらかじめ知っていなければ、何かを発見することは難しく、ここに発見の神秘はある。

この区別の難しさは、「柹《かき》」と「柿《こけら》」の弁別の難しさともまた異なる。一度「柹」

と「柿」の区別がついてしまえば、「肺」と「沛」におけるつくりの差異を理解することは難しくない。他方で、ここでの「木」と「木」の間には、個別の文字に注目する限り、差異は全くないのである。同一の文字なのだから、差異を求める方が無茶である。

しかしもちろん、同一の構成要素を持ったところで、同一物であるとは限らない。動物はみな蛋白質でできているから同じであるとするのは乱暴すぎる。ほんの僅かな成分の差が薬効を変化させたりするのは当然として、全く同じ材料からでも、歴然と違うものは生じるのである。同じ絵の具を使っても絵の出来栄えには違いがあるし、同じ活字を用いても文章には上手い下手がある。見慣れぬ文字を用いたからといって文章の質が上がるわけではないし、簡単な文字だけを使えば読みやすくなるとも限らない。細部の配置によって性質が異なるのは当然である。「あいうえおかきくけこさしすせそたちつてとなにぬねのはひふへほまみむめもやゆよらりるれろわゐゑをん」という文字列と「いろはにほへとちりぬるをわかよたれそつねならむうゐのおくやまけふこえてあさきゆめみしゑひもせすん」では意味内容も情報量も構造化のされかたも異なる。出汁をつくるには、鍋に水を張ったところへ昆布を入れて温めていき、沸騰の気配を察して昆布をとりだし、火を消してから鰹節を入れ、よいあたりを見極めて漉し、醤油や味醂を加えて加熱するのであり、この順序を入れかえるとおかしなことになるに決まっている。

ここでの「木」と「木」を見分けるには、結局のところ慣れしかないが、かといって恣意的な基準ではない。断じてない。決してない。平仮名に不慣れな者には、「ははしる」を構成する「は」の間に差異など見出しようもないわけだが、そこには歴とした違いが存在するし、なければならない。「は」「は」「は」「は」「し」「る」と並ぶ化石が見つかったなら、「母は走る」と復元するのが正気であって、いきなり「ははは汁」とするのは議論を混乱させるだけである。

母が走るくらいならわかりやすいが、現場では「口」と「木」が明らかに関係を持つ形で発見されたりもして、こうしたものは単純なだけに手掛かりが少なく悩ましい。口と木は特に親和性が高いことで知られており、原理的には「呆」「杏」「味」「相」いずれの形でも結びつきうるし、正体が「困」である可能性も捨てきれない。このあたり、一般的な原則を立てるのは困難であり、常識は絶えず覆される。十年前の知識は古びて使い物にならないし、常にフィールドに出ていなければ速やかに勘は失われる。かつて自分が復元した際には明白としか思えなかった繋がりを見失い、過去の自分の間違いを発見したような気になることもある。実際に間違えていたことだって多いわけだが、具体的な修正にとりかかろうと化石を眺め続けるうちにやっぱり過去の自分の判断は正しかったのだと確認し直すことになるのが大半である。本層学が正統的な学問とみなされにくい理由の一つにこの、客観性が体験と密接に絡み合っている点が挙げられる。誰しもが訓練を積みさえすれば同じ結論にたどり着くことができるというところまではよいとする。しかし、その訓練が多大な犠牲を強いる場合に、その営みは学問を形成することができるだろうか。何かに熱中、没入しすぎた人間の妄言とみなされても不思議はない。壁紙の染みや、窓ガラスを伝う雨滴の跡にメッセージを見出すのと、本層学は一体何が違うのかということになりがちなのは残念なことだ。

実際のところ、第四紀、完新世の一時期、百年ほどを特徴づける「木」「月」「日」「曰」といった部品の識別は、実習に用いられるくらいだから、実地に見ればそう難しいものではない。やや馬鹿馬鹿しいところさえあり、これらの文字を特徴づけるのはまずその大きさである。大型の亀の甲羅ほどもあり、他の時代の同形の文字とは懸絶している。単純な形態なのにこの大きさを持つことが不審とされ、当初は道具として分類されたりもした。何かの生き物の巣の材料とみなされたこともあり、生物由来の構造ではなく、当時の気象現象がつくりあげた彫塑のようなものではないかという意見も有力だった。たとえば旧ニューヨークからよく発掘される「LOVE石」、左から右へ「V」「E」と並び、「V」の上に「L」、「E」の上に傾いた「O」を乗せた鉱物と同類ではないかということだ。この「日」を、同様の形態を持つ古代の魚の鱗と比べるならば、復元される魚は何十メートルにも及ぶ全長を持つことになる。その場合、鱗だけでできた魚というのは考え難いから、他の骨格、頭骨や背骨などがみつからなければおかしいが、周囲にその痕跡はない。鱗や歯以外の部分は全て腐敗するような柔らかい体を持つ魚というのも想像されたが、すると今度はその巨大な体を支えることができそうにない。この正体は長らく不明のままだったのだが、示準化石の役目は、時代を決定する助けになることであり、正体の方ではないのでそれはそれで便利に利用されてきたのである。

これらの部品の復元形が「森林朋昌」であることが判明したのは、ごく最近のことである。全長で二メートルに満たない大きさであり、部品ごとのつながりや、生理的機能などはまだまだこれからの研究を待たなければならないが、整然と並んだ全身骨格の説得力はやはり大きい。この「森林朋昌仮説」が真実ならば、かつてないほど単純な構造を持つ、かつてないほどの大きさの生物の発見ということになる。この種の生物の前例はなく、後継も知られていない。この大きさの生物がこんな単純な部品だけから構成されうるとは、俄かには想像しにくい。まるで生物を擬態する生物のようなものに見えてくる。表面は既知の生き物そっくりにつくられているのに、内部にはわずかな構造しかもたないような別種の生き物だ。あるいは前面だけに化粧を施し、背面はうちすてた姿のようだ。人形、それも手にとって鑑賞するためではなくて、人形アニメーションを撮影するために、カメラから映る部分だけつくられた人形やセットのようなところがある。近距離からの鑑賞に堪えるようにはできておらず、当座をしのぐために配置されたキャラクターのようなところがある。

しかしこの森林朋昌仮説の提唱者は、説の大胆さに怯えることなく、完新世にはこの種の生き物が多く存在したのではないかと想像を広げている。さらには、完新世を、ほとんど内実を持たず、みせかけの形態だけを持つこの種の生き物によって特徴づけることができるのではないかとまでいう。この時期にエディアカラン以来六度目の大量絶滅が起こった理由を、この種の生き物の誕生に帰するのである。この種の生き物の誕生が地球の環境を激変させて、他の生物種を巻き込む形で壮絶な絶滅を引き起こした。

森林朋昌の復元については、わたしも同意することができる。「日」と「曰」の扱いに不適切なところも見えるが、大筋においてこれ以外の可能性はないと思う。しかしそこから先のシナリオについては同意しかねる。結局のところ、森林朋昌には、突然誕生し、すみやかに広がり、すぐに姿を消したことで優秀な示準化石であるという以上の意味は見出せない。特に、森林朋昌種が地上を席巻したことが、大量絶滅の原因となったという意見には感心しない。少なくともそれは、絶滅の唯一の原因ではないはずだからだ。わたし自身は、六度目の大絶滅には阿語生物群が大きな役割を果たしていたと考えている。

わたしの学者としてのキャリアは、そうした派手な化石ではなく、もっと細かく繊細な文字たちの研究からはじまっている。わたしが研究の道に踏み込んだ当時、基本的な示準化石はほぼ出揃ったと考えられており——ごく稀にしかみつからない化石を示準化石とすることは可能ではあるが適切ではない——わたしは自身の研究領域を顕微鏡のレンズの向こうに広がる世界に求めた。

考えてみれば当然なのだが、世の中には、大きな文字も存在するし、小さな文字も存在するのであって、ポイントはあくまで長さの単位にすぎず、1ポイントが、存在しうる文字の大きさの下限を与えるわけではないのである。それは当然、人間に見合った文字の大きさというものはあるわけだが、文字の側からしてみれば、人間の存在などは本来どうでもよいことである。天文字学者たちは、わたしたちの「太陽」あるいは「日」の千五百倍ほどの大きさを持つ「星」などを宇宙のかなたに見出している。化石が、かつて存在した文字たちの石化した姿だと考えられるようになったのはそう古いことではない。地球の歴史、そして、歴史の歴史は時代とともに書き換えられていくものである。中世期まで、この世界は神によって創造された、と考えられていた。神によって想像された、ということでもよい。そうすると必然的に、創造された時点というものが存在することになり、その時点より以前には何も存在せず、そこから何かがはじまるのである。ことは神話の話であるから、これは神学者たちの作業領域だ。それぞれの信じる聖典を研究し、この世の年齢が推測された。五千年という者があり、いや一万年はあるはずだ、しかし十万年ということはあるまい、という議論が起こった。

歴史を振り返ってみるならば、かつての人間の想像力の慎ましさに胸を衝かれる。人間はせいぜい自分たちの種が暮らした時間や空間のほんの外側を想像することができるだけだったのだ。自分の寿命、父母の寿命、祖父母の寿命と思考を展開したものの、それが無限に続くことには畏れを感じた。自分の家、同族の縄張り、自国の広さ、隣国、隣国の隣国とたどるうちに想像は現実味を失っていき、限界に至ったところで世界の果てを設定する。その向こう側のことは想像することさえできないのだと逃げを打つのだ。宇宙は地球を中心とした球殻によって幾重にも囲まれている。夜空に浮かぶ星々は、小さな光の点であるにすぎない。太陽系がこの宇宙の全体であり、思考可能なものは全てそこに含まれる。

しかしこう言うわたし自身も、何の知識も持たない状態で地表にある日放り出されて、宇宙の大きさを想像できるかというと、それは無理に決まっている。想像や感動は何代もの積み重ねによって力を増していくことにわたしは疑問を抱いていない。わたしの想像や感動は過去の人間よりも大きいはずだし、そして未来の人間より小さいだろう。

かつて化石は、神性のつくりだした石像だとか、大洪水で滅んだ生き物たちであると言われた。特別な薬効を持つがゆえにその形をとるようになった岩石であるという見方もあった。しかし次々と発見される化石たちは、つくづくと眺めるにつけ、どう考えてもかつては生き物であったに違いないと思えてくるのだ。そうするうちにゆっくりと真実が体に浸み込みはじめ、目の前にある形態が、頭の中にいる神性に優越していくことになる。あるいは、形態こそが想像の中の神性に優越するという直感を与える神性がそこに生まれる。かつてそういう生き物たちが存在したはずだという実感が過去の歴史を押し広げ、神話の向こうの出来事を語りはじめる。創造の日は繰り上げられ、まだ誰も足を踏み入れたことのない沃野が開ける。神話の扉の向こう側にはフロンティアが広がっており、生き物たちが過去方向へと雪崩を打って進出していく。

かつて化石は、過去に暮らした生き物たちの姿だと考えられていた時期があった。今ではもっと大きく、かつて存在した文字であるとされている。人間が誕生する以前からこの世に存在していた文字たちだ。もっとも、ごく最近まで、一般的に知られていたのは、博物館や図書館に並ぶ、ある程度の大きさを持った文字たちであり、この大きさの文字たちが栄えたのは奇しくも人間が文字を発見した時期と重なっている。この偶然のおかげで人間は、自分たちが文字を発明する以前にもう、文字が存在していたことに長く気がつかずにすんだのである。

わたしが専門とするのは微化石であり、これは顕微鏡下で見出される文字たちの化石を意味する。岩石の中に埋まっており、細かく砕き、幾通りもの下処理を行うことで見えてくる。高圧にさらしたり、過酸化水素水や硫酸ナトリウム、テトラフェニルホウ酸ナトリウムや塩酸、酢酸を駆使して岩や砂、泥の中に文字を探す。微化石という名とは矛盾するが、微小な文字たちの大半は実のところ化石ではない。元々石であるものが多いからである。十分の一ミリから百分の一ミリ程度のスケールでは、身を守るための殻として鉱物やガラスがそのまま利用されることがふつうである。珪酸質の殻とは簡単にいえばガラス製の壺なのだ。石灰質のものは化石化していたりそのまだったり様々である。微化石の種類は様々だが、やはり貴石によって構成される文字化石の人気は別格で、銀に置き換えられた文字や、水晶化した文字の人気は高い。しかしやはり、珪酸質、つまりオパールでできた文字の美しさは格別である。色素によらない構造色を備えるオパールは、光の当たる角度によって虹色の輝きを帯び、表情を変える。産地によってその遊色は、赤く燃える炎を抱くようにも、さらに高温の青色の炎を秘めるようにも見え、ふとした拍子に命が宿り、動きだしそうにさえ思えてくる。その表情の多彩さはイネ科の植物に見られるプラント・オパールなどの比ではない。オパールでできた微小な文字を集めて標本としたり、文章を並べてみたり、「福」字や「笑」字を百体集めてみるなどという趣味も存在する。

微化石の種類は膨大な数にのぼり、ほとんどの文字たちの意味はわからない。総称してアクリタークと呼ぶものの、要は分類不能といっているだけである。中には示準化石として確立しているものもあるのだが、その多様性に分類整理は全く追いつきそうにない。調査時間に比例して、どんどん新種が発見され続ける状態である。

これだけ野放図な世界が石の中に閉じ込められていることに、人間は顕微鏡を発明してからも、しばらくの間気づかなかった。化石によって歴史を読むことができると理解してなお、微小なものたちの化石が存在するはずだという単純な推論さえ行えなかった。

研究者として、わたしの名が知られるようになったのは、ひと続きの微小文字の系列を明らかにしたときからである。ささやかな成果であるが、本層学自体が、本来、慎ましやかな学問である。わたしは中国で発見された、新たな微小生物群の化石を含む地層の中から、特異的な標本をいくつか見つけ分類した。特に注目したのが「夒」である。

「夒」字はいわゆるマカク属の「猿」を示す文字であり、同類に、「獿」や「僾」を持つ。この「夒」種が「憂」へと変化し、「柔」に至ったというのがわたしの主張で、「夒」「憂」「柔」の三文字はどれも同じ「猿」を示し、同系統に属するのだが、微小文字にも同じ継承関係が見られるのである。さらにここに並行する形で、「獿」から「獶」、「獿」から「猱」という系列が存在することを実証したのが主なわたしの業績である。ここで親族関係にある二系統の変化に付随する、「犭」部の正体がなんなのかについてはいまだ結論を見ない。新しく獲得された器官であるかもしれず、あるいは単なる装飾であるかもしれない。わたしが気に入っている説明は、これは「夒」種の生き物が発明した「犭」型をした道具であるというものなのだが、やや奇を衒いすぎたところがある。しかし世の中には、この「犭」部が、「夒」種にとりついたトーテムであると主張する者がでてきたりして、油断はできない。

この「夒」の仲間としては「夔」があり、これらは本質的に同じものであるのだが、「夔」となると事情は変わる。「夔」字は「夒」字に長い髪の生えたものである。「夒」は腕と脚、尾の短い「猿」型の生き物だが、これに、「犭」とはまた違った装飾を施しただけとも見える「夔」はしかし、「猿」型ではない。この「夔」と共に掘り出されるのは「牛」や「龍」といった微小文字たちであり、猿とは本質的に異なる系統が想定される。「夒」は示準化石としても用いられるが、「夔」は夔州の限られた範囲にしか産しないので、汎用性には欠けている。いやしかし、「夒」にも「獿」という変種が存在するから、こちらも「牛」型と考えるべきだとする意見も存在する。この「獿」を「牛」型ではなく「猿」型であるとする根拠はなにかと言われれば、現場の判断としか言いようのないところが現状であり、ここは信じて頂くよりない。「夒」に「丑」との連関がありうることは推測できるが、「丑」と「牛」や「申」と「猿」などの関連は、話がややこしくなるだけなので踏み込まない。

現在に生き延びている哺乳類の「夔」は、無角の牛のような姿を持つが、脚は一本だけであり、体色は蒼い。山頂に住み、風雨、雷を呼ぶとされるがこちらの方は迷信であり、飼育環境下での繁殖にも成功している。「夔」字は人間による文字記録によればまた、舜帝のもとで歌舞音曲を司る役目を持つ人物でもあった。『韓非子』、「外儲説左下」によれば、哀公は孔子に問い、孔子は答えた。夔は一本足ではない。一事をもって事足りたので、一足といったのである。あるいは、ただ音楽の才能だけがあり、それで足りると堯帝が語ったので一足である。

この一本足の牛である夔と、微化石として発見される「夔」の間に進化的な連絡があるかどうかは、全くわからないとしか言いようがない。ごく素朴に考えるなら、両者に関係などがあるはずはなく、単に似通っただけのことにすぎない。重要なのは、中国に生まれた漢字と文字の化石の間の関係は非常に入り組んでいるという点である。漢字は古代の中国人が化石を観察してつくりだしたものではない。その一方で、黄河から現れた龍馬の背中に記されていたのが河図であり、洛河から現れた亀の背中に記されていたのが洛書であって、これらは文字の化石であったのかもしれず、そういう模様を持った獣が死んで残されたと考えられる文字化石も多く発見されている。

事態が入り組んできたので、微化石としての文字の歴史を整理しておく。かつて熱球として生まれた地球が、適度なところまで冷えたところで、まず最初の文字が生じた。この文字はまだ発見されていないが、一や二といった単純な文字だったと仮定するのがふつうだ。以前は原始の大気を引き裂く雷がこれらの文字を作ったともされたものだが、現代では否定されている。原始の大気はどうやら、今我々が泳ぐ大気とは大きく性質の違うものだったらしい。最初の文字がどこで生まれたのかにはいくつかの候補が挙げられていて、遠浅の海辺であるとか、泥土の中、海底の熱水噴出孔などが有力視されている。もっとも夢のあるものとしては、初期地球の形成時、火星から飛来した成分がその核になったとも言われはじめているが、本層学者たちの間では人気がない。

文字たちが繁栄を迎えるために必要だったのはまず複製の機構であり、現在その可能性を認められている最初期の例は、「丶」種である。これは分裂して「丷」となり、各構成要素がめいめいに成長して三つの「丶」に戻るのである。しかしこの拡大再生産はさすがに単純すぎて、誤認であるとか、こじつけだとか、ただの見立てにすぎないとされることも多い。その批判があたる事例も多いのだが、「丶」種に原始的な自己複製を見出すようになったのは、「火」「水」「土」「木」「金」種でこの様式による自己増殖が行われていることが確認されて、さらなる起源を求めた結果であることには留意されたい。

ただしこの様式の複製は、結晶化と似通っていることも確かである。実際、この型の複製機構を採用した種は岩肌に大規模なコロニーを形成することがあり、コロニーはときに、金属光沢を帯びた薄膜として広がっていくことがある。その増殖過程を模式化するとこうである。

まず単位となる要素を「人」種とするならば、これは分裂の結果「众」へと変化する。「从」字となる場合もあるが、微化石としてはあまり見られない。「从」は従うの意で、これは、つきしたがう形によって従うを意味した「从」に字義を強調する要素を加えた「從」を簡略化した形である。「从」字や「众」字は瀛《えい》州でこそ物珍しいが、大陸においては日用される文字である。

もちろん複製過程であるから、この変化はとどまることなく、

人　から　众

への変化は、

众
から
　众
众众
から
　　众
　众众
众　　众
众众众众

への変化へ続くことになり、その極限でシェルピンスキー・ギャスケットとして知られるフラクタル構造を形成することになり、個体数は三倍ずつに増えていく。文字の増殖が太古の海の色を左右したとされる所以である。

ただし、この複製過程は基本的にその場で小さく再生産を繰り返す形であり、遊離して漂い去る場合はともかく、ギャスケットが整然と拡大して何かの表面を覆うことができるか定かではない。むしろ整然とは広がりにくい性質を利用しているのではないかという観察もあり、その点がただの結晶とは異なるという見解もある。現場で発見される「人」の大規模コロニーは、三次元的な配置をとることが多く、これは、それぞれ個体としての「人」の分裂、成長速度が、コロニー全体の拡大速度を上回ったために、二次元構造を維持できなくなった結果である。要は平らに広がっていくには場所が足りずに、皺が寄ったということである。脳の形に似た珊瑚や、双曲的編み物の作品のような形態がよく観察される。こうしてつくられた三次元構造に積極的な意味を見出す解釈も存在しており、コロニーを一個の生命として捉えるなら、二次元は何かと便利がよくない。三次元構造を採用するなら、平面を曲げていくことで、離れたA地点とB地点を接触させることが可能となり、経路のショートカットが実現できる。超空間的航法で採用されているのと同じ理屈であり、これはあらたな伝達経路を一から設計し直すよりも手軽である。もう一つ三次元構造の利点としては、経路の交差が可能となることが挙げられる。二次元上でシグナルを伝達しようとすると、交差点でシグナルの混濁が起こることは避けられない。いちいち交通整理の警官を配するよりは、立体交差を作ってしまう方が事故率も下がる。

コロニーはこうしてむしろ、不均質に拡大するという性質を積極的に利用しているのではないかというのが最近の理解である。そう考えると、分裂に際し、瓜二つ型ではなく、三柏《みつがしわ》型の様式を採用する種が多い理由についても見通しがたち、情報処理上便利なのでそうなっているという予想が成り立つ。倍々型の増殖が実現するのは基本的に、倍々、倍々倍々、倍々倍々倍々倍々倍々状のものとなり、これは本質的に一次元的な紐状の構造となるからである。

もちろん、整然とした増殖過程が安定して成立するまでには、多くの失敗例があったのであり、例えば「輻」などには、文字が苦闘する姿を見ることができる。「中」が増殖しているようにも、「石」が増殖しているようにも、「中」と「石」が交雑して繁殖したようにも見えるのだが、渾沌としていることは間違いない。ここに「自己」増殖の難しさはあり、何かが拡大して分かれたときに、どこまでを「増殖」、どこからを「自己増殖」とみなすかの境目は曖昧である。

三柏型の自己増殖は誕生以来しばらくの間、繁栄を続けていくが、勢力の拡大速度においてやや不安を抱えていた。三柏型の自己増殖は基本的に、押し合いへし合いしながら勢力を広げていくことになるから、歩みは非常に遅くなり、場合によってはコロニーの直径をほんの一メートル広げるまでに、百年がかかることさえあった。正確な自己複製を実現したことにより、臨機に他の形態を作り出すという応用力も減退した。

この欠点を改善したのが門族であり、「問」や「間」にその姿を見ることができる。この例だけではわかりにくいが、ここに「閭」から「閧」、そして「閳」といった標本を並べてみるとその意図は明白となる。ここで「中」字が稲妻を象ること、「中」種が「伸」や「神」などに寄生していることを思い起こすと興味深いが、今は措く。

　ここで実現されつつあるのは、工場と製品の分離とでもするべきもので、この比喩に従うならば「門」部が工場の役目を、内包された微小文字が製品ということになる。「門」によって周囲を囲うことで製造の安定化をはかり、上部の「日」型の部分に各種の材料を蓄え、広場の部分で加工を行なっていたと考えられ、その稼働中の姿は「冋」などに見ることができる。門族が人族に対して優越するのは、この「製品」を「出荷」できたところにあって、「問」は「口」を発射して門へと戻り、「門」は再び「口」を生産してまた「問」へと戻るというプロセスが実現された。門族のつくるコロニーでは、人族にはみられなかった分業が成立していた形跡があり、たとえば、「森林朋昌」を生産するためには、「閑」「閑」「閑」「閑」「閑」「閒」「閒」「間」「間」という工場たちを結びつけてしまえばよい。この種の工場群が存在した傍証としては、「冊」型をした破片が挙げられ、ここから「門」が横一列に並んで、それぞれが生産した部品を射出していた様が想像される。

　ここまでくれば自己再生産まではあと一歩であるが、試行錯誤の時代は意外に長く続いたようである。あとからみればひどく単純に思えることでも、最初の飛躍に至るまでには不思議と足踏みが続いたりする。「門」自体を増殖させる方法として、(i)「門」そのものを生産する工場を設計する。(ii)「門」を構成する部品を生産する工場を組み合わせる。(iii)「門」を人式の方法で増殖させる、はそれぞれ異なる方針であり、実地に運用してみなければどれが現実世界の中で適切な解なのかはわからない。(i)の方針は「閙」を産み、(ii)の方針では「間」が利用され、(iii)の方針からは「鬧」が生まれた。そうした流れと並行して「閜」のような方向性も試みられて、これは工場が工場を製造しながら、製造されている途中の工場もまた工場を生産しているというような状況である。

これらの手段を様々試み続けた門族は最終的に、「閙」を安定した再生産機構とすることになる。その生産能力と応用力の高さは人族を圧倒したが、門族も人族の増殖過程の持つ利点を無視したわけではないようである。「問」から「闆」へ、「閃」から「閦」への変化が可能となったことは、人族の増殖過程を、門族が工場で模倣できるようになったことを示している。

ここに微小な文字たちの生態系は一旦の完成をみることになり、文字たちは自らを変化させつつ複製する手段を手に入れることとなったのである。

阿語生物群とは、こうして進化を続ける文字群が、爆発的に多様性を増した時期に登場した記号を総称して呼ぶ。この時期に至り文字たちは、それまでせいぜい数十画で構成されていた姿を捨てて、数百、数千画の文字として成長を開始するのである。この原因は文字たちが目を獲得したためとも、地球環境の変化のためとも言われるが、確証には欠けたままである。

阿語生物群は、電子回路的な構造により複雑な情報処理を可能にしていたのだろうと予想されており、この視点からの文字の爆発は、情報科学でいうところの図霊機《チューリングマシン》からの通用図霊機《ユニバーサル・チューリングマシン》の誕生に喩えられる。それまで特定の部品を生産することしかできなかった文字たちは遂に、一連の命令に従って任意の部品を生産することを可能としたのだ。これは単一の作業しか行えない工作機械と、プログラム可能な工作機械の差に対応する。

文字がプログラマブルになったことにより、設計可能な文字が飛躍的に増えたことは無論だが、この革新は、機械と文字を同列のものとしたことが重要である。そこには、工場の役目を果たす文字があり、命令の役割を果たす文字があり、生産物としての文字があるわけだが、大前提として、どれもが文字であるには違いない。ということはそこで、命令役の文字を工場として、工場役の文字を命令として、役割を逆にすることだってできるのである。ここに文字たちの生態系は狂乱を極め、あらゆる文字があらゆる文字と交わりはじめ、可能な限りの構造物を産みだし続けた。

現存する文字に見られるほとんどの仕組みや工夫は、この時期に出揃ったとされているが、この目眩く文字の大爆発が突然の終わりを迎えた理由もまた知られていない。複雑を極めた文字たちは、保守管理に難題を抱え、そうするうちに、自分たちが押し広げた可能性の海から産まれた鬼子に片っ端から食い尽くされたという説が有力である。一定数の発明がなされたあとでは、ただそれを利用することさえできればよくて、むしろ消尽だけが目的となり、新たな発明の才は経済的な無駄と見なされたということになる。

現存する文字の一部は、かつて存在した楽園を破壊し尽くした蛮族たちの末裔であるといわれる。人間たちがいつまでも愚かなままで、時に自らの達成をも躊躇いなく破壊したのは、そうした文字たちを利用すると同時に、利用されていたからである。

先にわたしは、エディアカラン以来六度目の大絶滅の原因が、阿語生物群の活動にあると考えていると述べた。実はその主張に物証はなく、この推測は逆立ちしている。わたしは大絶滅を引き起こしたのは阿語生物群の生き残りたちの活動だと考えている。矮小化され、単純化した野蛮な文字たちによるものではなく、複雑化の道を突き進み洗練の極みに達した、偉大なる祖先たる文字たちが再び地上に現れて、それを引き起こしたのだと考えている。

それゆえにわたしは、第四紀、完新世の地層の中に、かつて繁栄を謳歌した阿語生物群たちの隠れ里を探し求め続けている。そうしてわたしは今こうしているときも、完新世のこの層が、完新世について記述しているこの層が、阿語生物群によって侵食されていく気配を感じているのだ。

種字

是の如く我聞けり。一時《あるとき》、世尊は一切如来の身語心の心臓なる、諸々の金剛妃の女陰に住し給えり。

筆をつくっている。

工房に出入りする人々は、そんなことをするために命がけで海を渡ってきたわけではなかろうと笑う。まあ、そうだろう。本来ならばとっくの昔に、醴泉《れいせん》寺の般若三蔵か牟尼室利《むにしり》三蔵の元へ駆け込んで、サンスクリットの教授を拝み倒していなければならぬ。そうしてやはり――青龍寺である。導電繊維をしごく手を止め、窓の外に目をやると、石塀の瓦にとまった雀がこちらの動きに応じるように首を傾げた。雀は何かを疑問に思って首をひねるのではなく、こちらを覗きこもうとしているだけだとわかっていても、有情はすぐに人に擬される。

青龍寺には、大日系と金剛系の合流点たる恵果《けいか》和尚がいるのである。体調も悪いという噂を聞いた。これといった根拠はないが、こちらのことは耳に入っているはずだと思う。どうして姿を見せぬのかと不審に思われているかどうか。

別段、勿体ぶるつもりもないが、かといって準備が足りないとも思わない。準備を言うなら、いつまで経っても間に合うまい。たとえばサンスクリットの習得ひとつをとっても、いくら言語上手とはいえ、もう二年や三年は必要である。足りないことは前提として、あとは機転で乗り切るよりない。留学の期間はほんの二十年に限られており、実のところ二十年もの時間を異国での生活に費やすつもりもないのである。

要は『大日経』の注釈書である『大日経疏』さえ一瞥できればそれでよいのだ、と思う自分がどこかにいる。すでに目にした。サンスクリットにしたところで、「大日経」の意が汲めるところまで理解できればとりあえずのところ満足であり、夢が叶う。今やおおむねのところはわかった。こうして唐の地を踏むことになった動機は、大日経の意味が摑めなかったことにあったわけだが、そこのところは最早解消済みだと言えば言えた。

まだ瀛《えい》州にあった頃、大日経、本来の名を『大毘盧遮那成仏神変加持経』というその経典が、あるとき夢中に現れた。夢に人有りて告げて曰く、「お前に必要なのは毘盧遮那経である」。半信半疑で経を求めて、久米寺の東塔の下にそれを見つけた。以来、様々な人の助けを借りつつ読解に励んでいるが、なかなか意味が通りきらない。自然、大日経は、大日経自体を理解することはできないと証明させる種類の経典なのかもしれないという命題を考察する羽目に陥った。

要は、わけのわからぬところに、偉ぶって意味をつけ加えていく輩がいるのがいけない。わからぬのならわからぬままに放っておけばよいところ、知ったかぶりでこじつける。こじつけでその場はしのげたとして、全体としての統一性は失われ、意味のわからないところが増えるのでまたこじつける。瘡蓋《かさぶた》をはがし続けるうちに傷跡が肥り、別の生き物が生えてしまった感がある。

大日経というこの経典自体も悪い。つまりは、

——語呂合わせなのではないか、

ということだ。全てが洒落ではないにせよ、細かなところは真面目に考えるだけ無駄だと思う。結局、字門というのは四十二なのか五十であるのか、三十七なのか、三十三なのか三十二なのか二十九なのかもはっきりしない。

——筆写の際の誤記である、

とする者や、
——そのズレにこそ深遠な真理が含まれている、
という者もあるが、無用の考察なのではないか。
——いい加減だっただけだ、
と思う。鷹揚、大度ということでもよい。面倒くさかったからではないのか。表面上の数合わせが優先されたということもありうる。経典は継ぎ接ぎしてつくられていくものである。伝統を重んじるなら、ただそこにあるものを書き写すという方針がとられるべきだ。根拠は失われてしまったとして、「一に一を加えると十になる」と書いてあった場合に、修正を施すかどうかは場合による。どこかの国の言葉で読めば、それは数の秩序ではなく、何かの諺の洒落ということなのかもしれない。「加えると」の意味が実は「九十度回転して重ねると」という、図形の操作を示すのかもわからず、単に二進数の演算であるかもしれない。良心的には文章はそのままにしておいて傍注を加えるだけにするべきだろう。長い歳月、文章と注、どちらか一方が欠けることだって起こるわけだが。いまさら誤記だか洒落だかわからぬ語句の意味を突き詰めようとするよりも、本質を摑む方が優先されるべきではないか。

阿字門は、一切諸法は本より不生なるが故に。
迦字門は、一切諸法は作業を離れたるが故に。
佉字門は、一切諸法は虚空に等しく不可得の故に。
哦字門は、一切諸法は一切行不可得なるが故に。

と言われても、どういう理屈で「阿」が阿であるのか、「迦」が迦であるのか以下同文がわからない。しかもこれが、大部をなす『摩訶般若波羅蜜経』、通称『大品般若経』の詳細な注釈書たる「大智度論」における四十二字門の解説を当たったところでほぼ同じことしか書いていないのが絶望的だ。これだけで意味がわかるほうがよほどおかしい。

もっとも、青龍寺に出向かないのは、間合いというか、機を待っているからでもある。

恵果の前にでるためには、何か手土産が要るなと思うのである。入門費用とはまた別に、単なる礼の話でもなく、何事か自分を証するものが必要である。

たとえば——筆か、

と、机に広がる帋《かみ》に人差し指を滑らせてみる。極薄のフィルムでつくられた帋の上、黒々と太い線が指の動きを追いかけてくる。理屈の方はよく知らないが、唐土の精密加工技術とソフトウェアの組み合わせが可能としている現象だ。

まるで筆のように――というだけでは足りない。帋は指先の微妙な角度や圧力、速度を感知して、人間の識閾下の速度で反応してくる。

「昇仙太子之碑」

の六文字を記し終えて指を離した。紙に筆で書くのとは違い、指先と文字はじかに接してさえいない。両者は薄く透明な層に隔てられ、ソフトウェアによって橋渡しをされている。薄膜の厚みから生じる視差さえも自然に補正されて気取《けど》らせない。帋の上で導電体を動かしたとき、それを追いかけ、寄り添うように線が現れるのはソフトウェアの都合ではなく人間による要請であり、こちらの壁に指を滑らせると、あちらの壁に墨痕淋漓《ぼっこんりんり》たる文字が滴るということでもよいのである。それがこうして帋という形に縛られるのは、人間がいまだ紙と筆の利用法という先入観から抜け出すことができずにいるためであり、これも無明《むみょう》というものだろう。

帋の端をとんとんと叩くリズムに合わせて、指の軌跡の濃淡や太さが変化していく。筆の種類をあとから変更することも自在であり、ここでは平たい筆を選んでおく。文字の骨格をなす軌跡だけをベジエ曲線として表示させ、微調整を施すことも可能だ。

その上、帋は位置情報だけではなくて、圧力や速度の情報も保持している。爪の先で「飛白」を選ぶと、軌跡だけからはわからなかった微妙な力の加減が、白黒の縞蛇のごとく波打つ、幅広の線として浮かび上がった。

さらに帋を操作して、筆画のはじめの部分を一括で鳥の姿に置換する。飛白体で書かれた鳥書、武則天の手になる昇仙太子之碑の模写を、一歩下がって腕を組んで眺める。

いつのまにか傍にきていた筆作りの師匠の石《セキ》さんが、感心したように息を吐く。

「飛白は王者の書というのに、指先だけで器用なもんだね」

「ほんの」と応えて宙に腕を振ってみせると、帋はまた一面の白へと戻った。「座興といったところで」

「筆を使わず、指先だけで書体を自在にするなんて話、聞いたことがない」と石さんは言い、「どうして筆作りを習おうと思ったんだい」と笑った。

境部《さかいべ》さんは、ものをつくる人である。

山科《やましな》の家の竹やぶに寂しげに佇む離れに住みついており、縄張りを離れることは滅多にない。狐狸の類だという噂もある。ぶっきらぼうで人づきあいはよろしくない。

当たりもきつい。以前、境部とは遣唐使に出かけたりしたあの境部なのかと訊いてみたところ、冷たい視線を返されて、たまたま偶然なのかもしれないが心臓のあたりがひどく痛んだ。

それなりに応答はしてくれるのだが、返事が短すぎて意味がとれないことが少なくない。特に悪意はないらしく、追加の説明を求めるといくらでも応じてくれるのだが、やっぱりまた言葉が足りない。会話のたびに、塵を積んで山にしていくようで気が遠くなる。

今回はその境部さんの離れから、何事か興奮した様子で手を振り回す人たちがぞろぞろでてきて、自分以外の来客とは珍しいことであるなと思う。作業員姿の五人連れは、緑色の飛び石を踏んだばかりのこちらに気づくと咳払いして、ついてもいない埃を作業着から払ってみせるが、飛び石には泥の跡が点々と続いている。筏打ちされた飛び石の短冊部分でお互いに軽く頭を下げてすれ違う。露に濡れて色鮮やかな緑色片岩は、四国を横切る中央構造線のあたりに産する石で、境部さんの相手をしていると、自然と石の種類であるとか、草木禽魚に詳しくなる。

まだ若葉のついた枝折戸《しおりど》の傍に立つ境部さんに、

「あれは」と訊くと、眉間に皺を刻んで応えた。

「近所で珍妙な生き物がみつかったとかで、こちらは学芸員でもなんでもないのに相談事だ」と今日は割合饒舌である。「『御法《みのり》』のこともあって」と続けた意味はわからない。御法というのは、境部さんが制作した、ニューラルネットワーク搭載の筆書きプリンタのような機械然とした機械であり、個人的にはなんとなく心の中で「御法ちゃん」と、ちゃんをつけて呼んでいる。ただの機械と侮るなかれ、御法は紫上《むらさきのうえ》を失った源氏の悲しみに同調しすぎて書字機能に異常をきたし、リハビリを必要としたくらいの構造物だ。そういわれても色々困るが、ノイローゼとでもしておくべきか。

「まあ、おおよそこういう生き物らしい」と、境部さんが紙を差し出してきた一室に、その御法が鎮座している。電源コードを抜かれ、腕を持ち上げたまま停止している様は、時間も一緒に引っこ抜かれたようにも見える。鉄骨で組まれた異形のタワーか、港湾でみかけるキリン《ガントリークレーン》かといった外見だ。動脈と静脈のように赤と青のコードが絡みついており、つい「どちらを切りますか」と訊ねたくなる。隣室からは雑音まじりの鉱石ラジオの声が聞こえて、このところ話題となっている文字コード領域の領有権をめぐる紛争の展開を中継している。石の種類を変えると雑音の種類が変わるのだと、境部さんは雑音の美しさが気になるたちだ。

「これだ」と境部さんが改めて紙を突きつけてくる。視線を落とすと、紙の中央へ結び目が一つ描かれている。輪を描いており端はない。線が三箇所で交差している。

「ボロミアン・リング」と当てずっぽうを発したところ、

「三葉結び目」と撃ち落とされた。「あるいは結び柏。ちなみに右手型だ」と境部さん。

「右か左かに意味が」と訊くと、「無論、ある」と応えて「さあ、何か気がつかないか」と言うのであるが、どうみても一筆書きされた三葉の結び目でしかない。筆で円を書くのは難しそうだが、こちらはさらに面倒そうだと考えて、なるほどこの結び目には起筆と収筆が見あたらない。その旨告げると、境部さんがまたもや冷たい視線を突き刺してくる。

「――確かに、こいつらのことは気にかかってはいたのだが」と言うのはどうも、虚空に語りかける口調であり、話し相手として大気にも劣ると言われているようでもある。

「基本的には害のない連中で、主な生息場所は、『て』や『に』や『ふ』や『ま』、だ。『る』にみかけることもある」

「は」と語尾を上げてみせたこちらへ、「『は』に寄生することはまずない」と決めつけてから、「いや、『半』は微妙なところか」と結んだ。困惑するこちらの表情の変化をしばらく観察し続けてから「ああ、うん、いるだろう、ほら、蕎麦屋なんかに」と空中に指で輪を描いている。

「いませんよ」

「いるんだ」と境部さんはもどかしそうに部屋を横切り、御法のコードをコンセントに繋ぐ。「そうだな、『関戸本』風でいいだろう」と命じると、速やかな起動を果たした御法はその無骨な外見からは想像しにくい動きでついと腕を伸ばすと、筆先で傍の墨池《ぼくち》に触れた。アームの下に振袖が揺れるのが見えた気がしたのは、下手に「ちゃん」づけする癖がついたせいかもしれない。

　アームは一文字を書き終えるたびに大きく筆を持ち上げて、綺麗な草書を四文字、二行二列に配置しおえた。かつて喪失の悲しみに打ちひしがれて狂草専門となりかけていた機械の魂が順調に回復していることに安堵するが、この気持ちの正体を分析していくと面倒なことになりそうなのでやめておく。達筆すぎて書かれた文字は読めないが、なるほど、それぞれの文字の一部に、先ほどの三葉結び目のようなものがとぐろを巻いている。うち一つには確かに見覚えがあり、

「あ、あ」

と思わず声が出たと気づいたときには腕を持ち上げ、指差していた。力をも入れず

して腕を動かすのは文字なり、といったところか。

「『阿』ではない」と境部さん。

「『そば』だ」と閃きをそのまま言葉に置き換える。

「『曽《そ》』でも『波《は》』でもない」

「ええとじゃあ……なに」とまっすぐ伸びていた指先が曲がって下をさす。確かに見たことのある文字であるのは疑いない。蕎麦屋で見かけたはずだと思い、境部さんが先ほどからそう言っていたなと思い出しても、頭にはやはり「そば」の二文字しか浮かんでこない。

境部さんは深く深く息を吐いてみせ、

「『やぶそば』の『婦《ふ》』だ」

「あ、あ、あ」と人差し指が勢いを再び取り戻す。

「『阿《あ》』ではない」と境部さんは冷静である。「『帝《て》』『丹《に》』『婦《ふ》』『満《ま》』あたりの変体がなによく棲息している」

それはさっきも聞いた言葉だなと思い、なるほど境部さんはずっと同じことを言っていただけなのだとわかる。草書体の中には、先程の紙の上に記されていた三葉結び目のような形態がよく観察されると境部さんは言いたいわけだ。こちらの血の巡りの悪さは認めるとして、しかしただそう言ってくれればよいではないかとも思う。それに、結び目文様が文字の中にあったからどうだというのか。先程の三葉結び目は始点も終点もなく結び目を描いていたが、御法が今書いてみせた文字には当然、書きはじめと書き終わりがあり、筆跡も輪として閉じているわけではない。

はて、すると、墨の線が閉じているかどうかが問題ではないということなのか。

「まあ、よく見てみたまえよ」と境部さん。

そう言われても、紙の上にあるのは三つの交点持ちの輪にすぎない。見ているうちに文字が動きだしたりすることもない。書き順かなと考えて、しかし輪を描くには、右回りか左回りかの二通りしかない。だから境部さんは、右手型だと言ったのだなと思い至る。交差があるから筆跡にも重なりがあり、動きをゆっくり目で追うと、上、下、上、下、上、下、と重なりあって元の位置へと戻る。ところでさて、筆という道具は墨を紙の上に乗せていくようにできているのであって、描線の下へ潜り込ませるように作られているわけではない。はてな、とようやく疑問が浮かび、今自分が目にしているものの正体が急にわからなくなった。

「これは」と言いつつ、御法の手元の文字を覗き込むが、こちらでは無論、線の重なり具合は時間順序に従っていて、後に書かれた線がその前に書かれた線の上に横たわり、当然それはそうあるべきで、そんな当たり前のことを簡潔に説明するように言葉はできていないと思う。顔を上げるとそこには御法のレンズがあり、こちらの顔が映っている。そこが御法の顔としてよいものかどうか悩むこちらは無視して、

「そこの毘沙門堂ででたというので、それなら高野山や教王護国寺も調べてみればと戯れに言ったら、これもでた。ならば高山寺や岩手の正法寺はどうかということになって――もしかすると益田池堤跡にもでるかもしらん」と境部さん。「おかげで信用が鰻上りだ」と迷惑そうにしているのは、境部さんによる何かの予想が当たったことを意味するのだろう。

「で、何が」みつかったのかと訊ねると、

「妙な生き物だよ」と、これも先の発言の繰り返しである。紙の上の三葉結び目にもう一度目をやる。「おおよそそういう生き物らしい」と境部さんが根気よくまた同じことを言う。

「線虫みたいな」

と思いつきを言っておく。この輪がもしも生き物だとして、どう見ても高度な分化を遂げた姿とは見えず、大きさ的には微生物がやっとといったところではないか。

「そのあたりが妥当な線だが」と境部さんは顎に右手を当てた姿勢で、「タイムマシ

ンを疑っている」

山毫、地墨を駆使しても、華厳経一品を書き写すことさえ叶わぬという。ここで山毫は須弥山《しゅみせん》のごとき大筆をさし、地墨は三千世界を焼き尽くしてつくった墨をさす。

そうした秘奥はとりあえず横においておくとして、帰国の際には大量の経典を持ち帰る必要があり、少なくとも数百巻にはなるはずである。そのいちいちを筆写する必要があり、数百という数は馬鹿にならない。数百と筆で書けば二文字だが、一巻あたり一万貫がかかるとしても、数百万貫の費用がかかる計算である。到底個人で用意できる資金ではなく、そのための算段もしてきているが、目標額へはとても足りない。必然、皇帝の助けを求めることになるはずなのだが、さて、どうしたものかと、うまい思いつきもないのである。

経典の有り難さは限りなく、物事の細部も限りがなく、仏の力も限りない。限りはないが、表すものと表されるものの間に区別はないから、文字は仏で仏は文字で、この宇宙に遍在する仏を文字に封じて携帯することは可能だ。仏が文字に、文字が仏に瑜伽《ヨーガ》している格好である。その宇宙の中心には大日如来が座しており、平面上に整列した文字たちが、大日如来の発する光を受けて、光合成しながら生態系をなしている。

必要があれば真言を用いて交信することだってできる。

そこまではよい。

よくはないかもしれないが、よいことにする。

さて、その文字さえも空である、とするのが仏教であり、そこが梵《ブラフマン》の教えと決別する点であり、様々な厄介を呼び込む機縁でもある。

阿《ア》嚩《ビ》囉《ラ》吽《ウン》佉《ケン》、地水火風空、五大にみな響きがあって、地獄から天界までを言葉が満たし、色塵、声塵、香塵、味塵、触塵、法塵からなる六塵悉く文字であったとしても、それは幻にすぎないわけだが、しかしこれはなかなか難儀な教えだ。他人に伝わる気が全くしない。かといって文字の不生不滅を説く梵の教えが正しいかというとこれもあやしく、たとえば、大日経疏の巻第七、入曼荼羅具縁真言品第二之余、三十七字門の解説箇所を見ると先の字門は、

「阿字門は、最初に口を開く音にみな阿の声があり、これがなければ声がないから、本不生《ādyanutpāda》であると云う」とある。以下、

「迦字門は、一切諸法は作業を離れたるが故に」と云うのは、梵音の「迦哩耶《kārya》」が作業の義であるから、「佉字門は、一切諸法は虚空に等しく不可得の故に」と云うのは、梵音の「佉《kha》」字が虚空の義であるから、「哦字門は、一切諸法は一切行不可得なるが

故に」と云うのは、梵には「哦哆也《gatya》」と云い、行の義である、という風に続く。

「つまりその意味を持つ単語の頭文字をもって、字門をつくりだしているわけであり、語呂合わせである。

　語呂合わせである以上、これくらいに嚙み砕いてもらわなければわからない、というか、ひたすらに漢字だけをみつめて意味がわかる道理がないのだが、梵の教えというのはその文字と意味が固く結びつき、不生不滅の関係をとり結んでいるというものらしい。もしも文字が仏や真理と結びついているものならば、サンスクリットの文字を見るか音を聞くかするだけで、その意味が自然と感得されるべきではないのか。今この瞬間に、天竺が海に没してサンスクリットの話者が絶え、経典の注釈書も時の流れに消え去ったとした場合、梵字はやっぱり意味のわからない文字になるはずで、大日経の解読は違ったものになるはずだった。

——そう、たとえば、かつて図書寮で見た『新字』なる、奇妙な文字で書かれた書物のように——

　そういう意味では、文字が完全な実在であるとする梵の教えより、文字さえも空であり、仮の現れであるとする仏の教えの方が正しいことを言っているような気もするのだが、梵の教えと仏の教えは入り混じっているところがあって、どこまでがどこまでなのか判じ難い部分が多い。真言を唱え、陀羅尼を旋回させるのはやはり、真言が翻訳不可能なものであるからで、ある種の絶対性を帯びているからでもある。絶対性を帯びるのは、それが世界の構成要素だからとされる。

最初に「阿」字が存在し、全ての文字はそこから生じた。二十五の基本の文字が派生して、それぞれが四種類の展開をして百字となった。仏の教えはそれら基本の音に意味を重ねて、音の組み合わせから自動的に秩序が生成される結合術を実現しているわけであり、字輪品は、結合法論をなすわけである。世界を記述する基本的な音がサンスクリットであるために、サンスクリットが神聖である。

そんな精妙な言語を生み出したのはやはり人間ではなく、あるとき波你人《パーニニ》なる学者の元に大黒天、同じことだが湿婆《シヴァ》神が姿を現して、音韻規則を表す十四の修多羅《スートラ》を授けたらしい。波你人はその後、サンスクリットの文法を基礎づける三九五九個の規則を記した「八編書《アシュターディヤーイー》」を完成したのだという。

なるほどそれはお話として、どうにも興味を惹かれるのが、それら湿婆修多羅《シヴァ・スートラ》や八編書に記された文字の中には、何かの音を示すのではなく、音や文字の集合を指定する文字があるらしいということである。それは当然、文字によって記述しうるあらゆるものは、文字で書かれているわけだから、それに新たに別の名前をつけて呼ぶのは勝手である。「阿迦佉哦伽遮車若社吒咤拏荼多他娜駄波頗麼婆野囉邏縛奢沙娑訶」の二十九字を「旋陀羅尼」の四字で呼ぶことに決めたり、それもすべて「阿」の一字で表されるとしてしまうのも自由である。

といった見方ではなく、置き換えられることが前提の文字があるというところが気になる。もし経文がそのような文字を使って書かれていたらどうするのかと思うのである。一見、真言に見える、ということは漢字の並びとしては意味の不明な文字の並びの中にそのような文字が紛れていたらどうするのか。文字が別の文字へと展開されていった末に、整然とした文章が現れたりはしないのか。これら奇妙な文字の並びを規則に従い変換していくと、全く違った内容の経典が現れたりはしないのか。それとも最初に「阿」字を置くと、阿字は自然と「字を置くと」に成長し、この「字を置くと」が「阿字は自然と」へと、「阿」字を種としたように成長、変化していったりすることはあるのか。

経典の数が無限としても、文字の数もまた無限であろう。無数の種が、無数の経典へと大日如来の発する真言ラジオを糧に成長するのだ。その中には、全ての種へと変化していくあらゆる種の種があるのかもしれず、それは「阿」字と呼ばれるのである。

いやしかし、自分が気になったのはそういうことでもないようで、ここに、「阿」

があり、また「阿吽」があったとする。「吽」が「阿吽」に成長すると仮定するなら、「阿吽」は「阿阿吽」へと「阿阿吽」は「阿阿阿吽」へと成長することになる。この種の置き換えが可能であるという事実が、一文が無限に長くなりうることの土台を与えるし、部分が全体を含みうることの証拠ともなり、曼荼羅の基盤ともなるわけなのだが、やはり気になるのはここでの「吽」の運命で、「吽」が全て置き換えられてしまったあとに、「吽」は一体どうなるのか。その存在は忘れられ、最初からなかったことになり、ひたすらに変換されていく字門の宇宙を解脱するということになるのだろうか。

　変換に次ぐ変換の果ての極限において「吽」が成仏するとして、それには一劫や三劫という比喩的な期間ではなく、無限の時間がかかるはずである。しかし実際問題として、ここで「吽」字を「阿吽」へ置き換えていく操作の無限の果てにその宇宙が「阿」字のみに埋め尽くされている様は想像可能なわけであり、その宇宙の中には最早「吽」は存在せず、「吽」は見事解脱を果たし、無上等正覚《ほとけ》と化してしまったわけだが、その情景自体は想像できる。なぜ想像できるのかというと、こうして無限の極限という操作を記述することができるからであり、文字によってそれが可能だからであり、文字の機能に即して成仏を考えることができるからではないのか。文字を動かす力には、成仏を可能とする機能が含まれており、その機能は、現に今ここで、この文字のまま成仏が可能であると知ることをさえ可能としている。それは当然、密教は文字で書かれた経典だけからの成仏を決して認めない立場であるが、ここでの話題はそうした話とは全く別のものである。

してみると、必要な条件はあと一つではないかと思う。

この身が文字でありさえすれば、即字成仏は叶う。

筆を逆さに立ててみて、穂先を片手で軽くさばく。

「なぜ筆づくりを学ぶのか」という石さんの問いに答えるとすれば、「文字は文字ではないからです」ということにでもなるだろう。デジタルカメラで捉える一瞬一瞬の光景に同じものがないように、一文字一文字にも同じものはないのである。デジタル情報が表現しうるものが有限な情報の集まりでしかないとして、人間にはその有限な情報さえ扱いきれない。経を筆で写すことはできるが、デジタルカメラから得られる画像データの1ピクセルずつを実際に指定していくことはとても現実的ではない。恒河沙ほどの可能性を一息に塗りつぶしていくという点から見れば、デジタルカメラも筆も同じことであり、「あとからデジタルに修正すればよい」というのもまた同じことである。画像処理ソフトにおける作業もやはり、1ピクセルずつをひたすらに修正していくものではなく、ブラシであるとか、領域指定であるとか、大づかみな機能を用いて可能性を大幅に削減している。

文字を仏にするためには、1ピクセルごとに力を注いで書かねばならぬと『華厳経』は言い、大日経も基本的にはその派に属する。しかしそこに一本の特殊な筆が存在しえて、その一振りで、本来ならば三劫の時が必要とされる1ピクセルずつのコマ埋め作業が実現し、仏としての文字が出現するとする『金剛頂一切如来真実摂大乗現証大教王経』、通称『金剛頂経』が存在する。金剛頂経はさらに、あらゆる文字はそのままで仏であるというところまで進むがそれはそれとする。

「仏を書きうる筆が欲しい」

といったあたりになるだろうか。

しかし現実問題として、どんな筆を製作すれば、そこに仏が出現するものだろう。いかに工夫を施すとはいえ、筆は筆で、ブラシはブラシで、位置と速度情報、圧力と傾きの情報という連続したデータからの変換が、墨線として現れるにすぎないのである。そこではあらゆる変換が可能であり、たとえば、帋に筆先を下ろしただけで、一面に大日経が展開されるという「ブラシ」を設定することだって難しくはない。ただその場合、筆者の持つものは筆ではなくて、大日経を展開するためのボタンを押す専用の棒とでも呼ぶべきものになるような気がするわけだが。
工房では主に、雑体と呼ばれる字体用の筆を生産しており、それにバンドルされるソフトウェアを作成している。先に則天武后による飛白書に鳥の姿を付加したようなあれである。デザイン性の高い雑体は北魏の頃に最盛を迎えたが、その後ゆっくり廃れつつある。というのはやはり、書きにくかったというのが致命的な原因で、篆字でさえ日常的な利用は嫌われたのに、描線のいちいちを禽獣や草木の姿に似せたり、一本の線を三筋の線として筆で書くのはやはり難しかった。どうしても時間がかかり、費用対効果が悪い。この雑体が再び興隆するのは帋の登場以降の出来事であり、ペンとタブレットで構成されたシステムで息を吹き返した。細かな模様をいちいち描くのは面倒だとしても、ブラシを切り替えるのは一手間でしかない。ブラシの種類を工夫すれば、入筆部がなく、突然虚空から湧き出したように途中からの線を書くことだって簡単だ。

境部さんの一言で、時空が歪んだような気がしたのは、この草庵という空間に馴染みすぎたせいかもしれない。遂にというか、ようやくというか、そのときはじめて、境部さんが一体何を言っているのか、即座にわかる瞬間が訪れたのだ。「タイムマシン」の一言で。

境部さんが言いたいのはこうだ。筆の重なり具合の上下が入れ違っているのなら、そこでは時間の移動が起こったのだということになる。すでに引かれている線の下に線を引くには、すでに引かれている線がまだ書かれていない過去へ戻って、先回りに線を引いてしまえばよい。

でもしかし、筆は一度も紙から離されることなく、線は途切れなく繋がっているわけなので事態はかなりややこしくなる。一本の線を引きながらタイムマシンで過去に戻った場合に、その筆の軌跡はどうなるべきかという問題がある。

境部さんがにやりと笑い、

「それは時空の構造や、タイムマシンの種類による」

と応えてきたのはとても稀有な出来事で、境部さんとまともに話が通じた最初の例といっても過言ではない。その静かな感動はしかし、次の言葉でまた突き放された。

「文字は時間や空間を渡る手段だ」

境部さんはこちらへ一つ頷いてみせ、

「まあ、でも種明かしは簡単で」と、結び目の描かれた紙をひらひらと振る。「新型の帋だ。最早、紙と違うところを探す方が難しい」

「すると」と頭を働かせつつ、電子的に表示されている線であるなら、筆による入力を、あとで自在に編集することが可能なはずだ。「線の上下の重なりを逆にする」とか。

「タイムマシンという神に種字があるなら」と境部さん。「こんな文字になったのではないかな。テクノロジーの制約により、そんな文字は書けなかったわけだけど」

と言ったきり黙っているのは、ここが話題の涯てだからだろうと考えられるが、さて、そもそもの話題はなんだったか。境部さんのもとへ、作業着姿の人たちが訪れて何かを相談していった。作業服は綺麗だったが、靴は土にまみれていて、人を見送ったりする習性のない境部さんは、枝折戸のところで応接したといったところか。

近所で何か微生物っぽいものが見つかったという。それはその、境部さんいうところのタイムマシンの種字のような形をしていた。

「種字というのは」と訊ねる。

「墓場でよくみかけるだろう。卒塔婆《ストゥーパ》を主食としているから。短く言えば、仏を梵字一文字で表したもので、展開を秘めているから種だ」

「どこで何がみつかったんでしたっけ」

境部さんは障子の開け放された庭へ目をやりながら指を折る。

「毘沙門堂、高野山、教王護国寺、高山寺、正法寺。毘沙門堂のは、あれに決まっている。『古今篆隷文体』。高野山と教王護国寺は本拠地だからなんでもありだ。大師の直筆は実際のところどれもほとんど雑体を含む。高山寺は微妙なところかと思ったけれど、『篆隷萬象名義』の懸針篆だ。正法寺は『篆隷三十二体　金剛般若波羅蜜経』ということになる」

「ははあ」とこちらは言うだけである。

「空棄だ」と境部さん。「正法寺の金剛般若波羅蜜経は別として、そのあたりの雑体書を日本へ持ち込んだのは空棄だ。すると、新発見の生き物たちの産地は中国ということになるわけだが——」

「ええと」と間を置く。「一体なんの話をしていたんでしたっけ」

「近所でみつかった生き物の話」と境部さん。「同じことだが文字の話。斉の蕭子良《しょうしりょう》が雑体四十三種を書き残したのが『古今篆隷文体』で、これは空棄の『請来目録』の中に、『鳥獣飛白』や『篆隷萬象名義』とともに名前が見える。いわゆる六書に加えて、龍書、古文篆書、亀書、雲書、鸞鳳書、倒韮篆書、𠩄書、魚書、塡書、籒書、複篆書、殳書、周時銘剔篆、麒麟書、転宿星篆、虫書、伝信鳥書、小篆書、十二時書、署書、芝英書、金錯書、鵠頭書、偃波書、垂露篆、懸針篆、鬼書、飛白書、外国書、行書、天竺書、鬲爪書、虵書、一筆書、散隷書、龍爪書、瑞草書の三十七体を足して四十三体とする。空棄は『勅賜屏風書了即献表幷詩』の中で自分は六十体の書体を書けると言っているが、梁の庾元威《ゆげんい》は百体を記した『論書』を残しているから、まあ、書体の狂乱の中では控えめなところとも言える」

「文字が」と訊ねる。

「溢れている」と境部さん。「垂露懸針の体、鶴頭偃波の形、麒麟鸞鳳の名、瑞草芝英の相をした微生物たちが土中に遊んでいたわけだ。垂れる露のような、針を吊り下げたような、鶴の頭のような形をした、波のような曲線を持ち、麒麟や鸞鳳のごとき姿をしたもの、草や芝のような姿をしたものたちがね。これは、どこにでもいる生き物ではない。雑体書を保管している土地のあたりに暮らしているらしい。雑体書の姿を模してね。それとも逆かもしれないのだが」

庭先へ放り出されたスコップの先の泥を観察しながら、「ここにも」と訊くと、境部さんは静かに頷く。「今までどうして気づかなかったか不思議なほどだ」と続けた。この草庵から古今篆隷文体を所蔵している毘沙門堂はそう遠くない。

「どうかな」と境部さんが指差す帋の上では、三葉結び目が表示されている。「ところでそれは君が想像したような、そこに表示されっぱなしの文字じゃない。書いた先から薄れて消えていくような、生存時間の短い線から構成されていて、常に書き直されている。人間の知覚閾を割っているから止まっているようにしか見えないがね」

何でそんな面倒なことを、と訊ねる前に境部さんが答えている。

「生命は、点きっぱなしの電灯かね。それとも激しく明滅を繰り返す何かの種類の信号かね」。さらに続ける。「書体の革新は、媒体と道具、テクノロジーが変化する際に生まれた。石から木や竹に、そうして紙に。隷行草の書体が王羲之《おうぎし》の時代にほぼ完成してしまうのは偶然かね。政治体制の完成が、楷書を繁栄させる事情については。金文や雑体が滅びたのは、その媒体を失ったからなのでは。コンピュータ用のディスプレイによる制限がエミグレを産み、Data70を産んだのではないかね。であるならば、次の書体の革新は、今、この上で起こることになるんじゃないか」

境部さんは、帋の上をくるくると回る三葉結び目に指を滑らせる。

工房の四面と天井、床面に帋が貼られた白い直方体がそこにあり、外から様子をうかがうことはできない。中に一人の人物があり、静かに呼吸を整えながら脇に抱えた大振りの筆に集中している。無造作に一振りすると、天井と四面へ同時に五つ、墨の跡が現れた。墨の軌跡は腕と連動するように伸びるのだが、現れるのはそれぞれ異なる文字である。その人物は一面白色の室内で踊るように筆を左右に揮《ふる》い、人と帋との間に、飛ぶはずのない墨滴さえ幻出させる。一振りごとに姿を現していく文字たちは、天井からはじめ東西南北へと順に「恵果阿闍梨耶」「一行阿闍梨耶」「不空金剛」「善無畏」「金剛智」となっており、善無畏と一行は大日系統を、金剛智と不空は金剛系統を恵果に伝えた師祖の名である。画数も字体も異なるこれらの文字を自然な動きで書き終えると、その人物は威儀を正して大きく息を吐いてみせた。

続けて、体を素早く回転させて空中に三度輪を描く。本当は三つの輪ではなく、一つにつながる結び目である。筆を納めたところで一つ足踏みすると、筆先の描いた不可視の軌跡はゆっくりと降下をはじめ、床面と接したところから黒々と姿を現していき、その人物を中心に納める三葉の結び目となる。身口意の三密を表すものか、過去現在未来であるのか、蓮の花のつもりであるかもしれない。

その人物の姿をあえて描写するならこうである。

咽は迦字、顎は佉字、頸は哦字、喉は伽字、舌根は遮字、舌中は車字、舌端は若字、舌の生所は闍字、脛は吒字、髀《もも》は咤字、腰は拏字、両足は茶字、膀胱は多字、腹は他字、二本の腕は娜字、脇は駄字、背は波字、胸は頗字、二つの肘は麼字、両手は婆字、心は莽字、体内に格納された男根は耶字、鎖骨は囉字、額は邏字、二つの眥《め》は縊字と伊字、上下の唇は鴆字と烏字、二つの耳は翳字と藹字、左右の頬は汗字と奥字よりなり、ここに、菩提句たる暗字と、般涅槃たる噁字を載せる。

これらの文字が先の二十九字よりなる旋陀羅尼に一致すると予想したくなるかもしれないが、ここでの見立ては仏の三十二相であってまた別である。さらに、「暗」「噁」の二字が加わることでただの文字は動き出す。暗字や噁字を拭ったならば、その体を構成する文字たちはばらばらに崩れ、すみやかに五大へ帰すことだろう。

つけ加えておかなければならないことはあと二つだけである。

一つ、この人物はこの技により、「五筆和尚」の名で呼ばれることとなる。

二つ、この人物はこの技を、かつて王羲之の書があったという宮殿の壁に揮って、時の皇帝、憲宗の信頼を得るに至った。

誤字

比喩的に言えば、それは或る著作家がうっかり書きそこないをし、その書きそこないが自分を書きそこないとして意識するにいたった場合のようなものである――

『死にいたる病』セーレン・キルケゴール／桝田啓三郎訳

今はもう完全な復元さえ困難である遠い昔の記録によれば、キリストの一九九六年、ハングルの大移動と呼ばれる事件が起こった。

ハングルとは民族名ではなく、朝鮮語を表記するための表音文字のことである。母音と子音にそれぞれ、字母と呼ばれる部品が定められており、基本的にはそれらを組み合わせて一文字一音節とする。同一四四六年、李氏朝鮮四代国王、世宗の時代に制定されたが、当初これを文字とみなすかには議論が起こった。いうまでもなく正当な文字とは漢字であって、それは確かに、蒙古、西夏、日本、西蕃などは独自の文字を育てているが、夷狄《いてき》の無知、厚顔というものである。同じく一文字一音節の漢字を利用することで、自分たちの言葉を記すことは不可能ではない。建前の上ではそうであったが、漢訳の経典などを見てもわかるとおりに、漢字は音を写すにはあまり向かない。結局、ハングル、当時でいう訓民正音は世宗の強い意志によって流通された。

ハングルの大移動の原因はわかっていない。ただしそのハングル跡地には、一九九九年、CJK統合漢字拡張Aに属する六五八二字が入植し、続いて二〇〇三年には易経記号が入植したことから、大規模な侵略や異言語の流入が言われたりする。古地図によれば、故郷を離れたハングル字母は、グルジア文字とエチオピア文字の間に、字母の組み合わされたハングル音節は、マニプリ文字の後背に安住の地を得たようである。

同様の古地図において、満州文字はモンゴル文字のブロックに含まれ、西夏文字は三つの地方に分割された。チベット文字は、ラオス文字とミャンマー文字の間に、パスパ文字は、シロティ・ナグリ文字の後ろ、サウラーシュトラ文字の手前に位置する。

各国で様々な字形として暮らしていた漢字の諸族は、各種規格が攻伐を繰り返した末の一九九二年、ＣＪＫ統合漢字として一応の統一をみた。Ｃは中国を、Ｊは日本を、Ｋは朝鮮をさすが、越南《ヴェトナム》を含めてＣＪＫＶとすることもある。もっとも、統合は痛みをもたらし、統合漢字の中にはさまざまな軋轢が解消されないままに残された。中国、台湾、日本、朝鮮で利用されていた漢字は、多少の字形の違いであれば方言のようなものとして吸収、統合、同じものであるとされ、細かな差異は印字、表示時に対応するということになった。そのため、同じとされる文字であっても、国によって画数が異なる場合もあった。厳密な統合原則の制定、厳格な適用は困難であり、同字とされたものが新たに別字とされ直したり、異なる起源を持つものの、収斂進化の結果として同じ見かけを持つようになった文字が同字とされることも起こった。様々生じた矛盾を解消し、さらなる漢字の繁栄を目指し、ＣＪＫ統合漢字は拡張Ａ、拡張Ｂ、拡張Ｃ、拡張Ｄ、拡張Ｅといった形で海外の領土を増やしていった。各種の文字が拡張としての海外領土を保有するが、漢字の占める領域は大きさにおいてずばぬけており、もとよりその広がりは、U＋0000からU＋FFFFよりなるUnicodeの宇宙の中で大きな部分を占めていた。さらなるUnicodeの拡張領域は、第一面から十六面で構成されたが、その第二面は拡張漢字に占領された格好である。

様々な混乱を引き起こした漢字の電子植民だったが、その以前、中国、台湾、日本がそれぞれ自由に正規の漢字を定めていたのが近因である。近代国家としての体裁を整えることは文字を整える必要を生み、中国は草体を取り入れた漢字を、台湾は昔ながらの字画の多い楷書を、日本はやや略した楷書をそれぞれ正規の漢字と定め管理していた。

漢字の書き順、止めやハネをどうするか、筆画の省略という問題は、古来おおらかに扱われてきたのだが、ここに原理原則が立つことになり、当然それまでも統合整理の試みは多くあったわけだが、例外なく例外にさらされてきた。

原則的には、楷書は可読性を、草書は毛筆での書きやすさを優先する。可読性のためには書きやすさが損なわれても構わないし、書きやすさのためには可読性が落ちてもよい。楷書と草書では書き順が異なることも珍しくなく、止めやハネも同様である。記録を書き込むための文字と、記録を読みだすための文字はそれぞれ別のもののままでもよかったのだが、これが性急に統合された。

統合漢字を整然と運用するにはまず、漢字が整然としたものでなくてはならない。この世のどこかに抽象的な漢字原器とでも呼べるものが存在し、各国の利用する漢字がその漢字原器へ向けて光を照射して落ちた影のようなものだというのなら、統合漢字の土台は成る。漢字はどうもそうした鉱物的な秩序に従うものではなくて、生き物のように方便を用いて運動、成長するものらしかった。

ＣＪＫ統合漢字という形でその場しのぎの統一を見た漢字はそこから、辶における点の数や、「骨」字のモノアイの向き等々を巡って各種の原理運動や分離独立運動を派生させていくことになり、それらを抑え込もうとする応答を引きだしていくことになる。

大戦後に開始された侵攻は当初、ほんの誤字か書きそこないだろうと考えられた。テキストデータというものは、その本質に誤字を含むからである。どれほどの人間がどれだけの時間をかけて確認しても、書物には誤字が残される。人間のあらゆる行為には必ず誤りが含まれるからそのこと自体は不思議ではない。

だからその侵攻のはじまりもしばらくは、ただの誤字なのだろうと気づかれなかった。ただの誤字なののだろうと思われた。この直前の文における「なのの」のようなものだと思われた。それを修正しようとして、「修正しようとする」ことなども起こり、「見る」、「見てる」、「見ている」といった活用の一群において、あちらで一字が加わり、こちらで一字が抜けたりもした。もっと目立たないものとしては、いわゆる表記揺れと呼ばれる現象があり、これは同じ単語を漢字で書くかかなにヒラくかという方針をめぐって生じる。同じ漢字を「おな」じように表記するのが一般的に好まれるのだが、句読点がらみの読みやすさが優先されることもあり、漢字が単独で用いられる場合と、熟語の中で使われるときは自然と話が違ってくるし、活用によって使い分けたい場合なども稀には起こる。注意深い者が確認したなら、あるいは人が昔のように同じ本を繰り返し読む習慣を保っていたなら、それらの「誤字」があちこち動き回ったり、生成消滅しているらしいということは、もっと早期に発見されたはずである。

誤字は読み手を値踏みさえした。

読み手が疲れているときには揶揄《からか》うように姿をみせて、二度見をすると身を翻して隠れたりする。あるいは周辺視野でちらちらと光ってみせたりする。追跡を試みる視線を巧みに引きずりまわして翻弄する。現れては消え、結んではほころぶ。

誤字たちはしばらくの間そうやって読み手を笑って遊んでいたが、やがて新顔の誤字たちが現れるに至り、読み手の側もさすがに何かおかしいという気持ちがしてきた。

それら新顔の誤字たちは、紛れ込んだ舊字體《きゅうじたい》のような顔をしていたり、「す」や「む」、「め」や「ぬ」のように見かけのよく似た文字であったりした。ワードプロセッサを用い、キーボード経由で文字を入力する限りにおいて、この種の誤字は生まれにく、手書きの文字に固有の書き損じの方に近かった。ために新型の誤字と認識されたが、文字の歴史を考えるなら当然、こうした種類の誤字の方が先に生まれたはずである。

言い誤りの種類から、発言者の内面を探る作業は心理学者から探偵まで広く用いられるが、誤字がどのように間違えられているかを検討すれば、入力者がどんな道具を使っているのかを、ある程度予想することが可能だ。死諌が屍姦と、休憩が宮刑といちいち書き間違えられているのなら、書き手はあまり一般的ではない趣味の持ち主だろうと予想されることになるし、音からの変換を行なっている公算が高い。

先の例に見られるような、繰り返しや、書き損じの混入、文字順の入れ替えなどは、キーボードを用いた入力が主流であった場合の誤字に備わる特徴である。手書きの文字と、高速な入力手段としての、タブレットを経由した草書入力で生まれがちな誤字は似通うが、後者では、実画と虚画の接続部や入力のタイミングの隙を突くような誤字の比率が増加する。

どの時代にも、入力装置に即した誤字の様式、システムに適応した寄生種が存在するが、侵攻はそれら、過去に生まれたあらゆる種類の誤字たちの共闘として本格化した。誤字たちはもはや、自分たちの元となる文章がどういう手段で入力されたのかを気にすることをやめて好き勝手に振る舞いはじめ、人の目から見れば間違いはじめ、それは書記の体系が人間の手を離れつつある現れのようにも見えた。

文字は大いに人を値踏んだ。

人々は、紙《かみ》に表示されている文字を読むことはできても、どうやって表示されているのかはとうに理解できなくなっていたし、興味も持たなくなっていた。二十一世紀初頭の時点ですでに、情報機器はドライバーとペンチ、はんだごてでどうにかできるようなものではなくなっており、個々人の生活を支える情報記録媒体の容量は、その人物が一生の間に読みこなせる分量をはるかにこえるようになっていた。

ソフトウェアの規模は日々増大し、取り扱われるデータもひたすら巨大になり続けたが、読み手が目にする、人間のためのテキストがソフトウェアという文字の集まり全体に占める割合はどんどん減少していった。文字のつくる宇宙において、人間向けの文章は総量こそ増え続けたものの、その支配領域は比率として急速に縮小していった。無意識がソフトウェアだとして、ソフトウェアが言語化されているのなら、無意識は言語化されている。無意識が言語化されているとして、言語がソフトウェアであるならば、無意識はソフトウェアである。拡大していく機械の無意識はすみやかに人の思惑も分析も裏切り、生態系を飲み込んで、あらたな種を生みだしていくこととなる。

分離独立派たちの主戦場となった電子上の文字の領土は当初、一次元的なものとして広く認識されていた。0000番からはじまり、FFFF番で終わる一直線の連なりであり、65536個の番地よりなる。たとえば、先頭から66番目に位置する番地41には「A」字が配置されている。41の方は16進法なのでそうなる。規格の設計時には、この領域に世界中に存在する全ての文字を押し込めて十分に余裕があるとされたが、どうしてそう考えることができたのか、今から見るとよくわからない。

ハングルの大移動や、CJK帝国の成立などはこの空間上でのできごとである。漢字の各勢力がこの宇宙においてとりあえずの統一をみたことは先のとおりであるが、各地でくすぶり続ける不満は新しい文字規格の企図につながっていき、それを支えたのは、機械の処理能力であり、ネットワークによる共同作業の様式だった。

CJKからの分離独立運動は、独自のフォントと、既存のコード領域へのマッピングとしてはじまったのだろうと考えられている。各地に、独自の文字コードを主張する文字閥が乱立し、自分たちのコードの優越性を競った。弱小勢力はより大きな集団に合流し、ときに管理者の座を奪い、自らのものとしていった。

ここで注意しておくべきは、それら各地の文字閥が依存したのは、Unicodeと呼ばれる統一規格であったということであり、文字閥が配布する文書もまた、Unicodeで解釈したものとして表示が可能だったということである。文字閥たちとしてもすでに大規模に成長し流通している文字表示のインフラを一から作り直すつもりはなかった。Unicodeを解釈できる処理系と、新たなフォントを導入できる環境さえあれば、自分たちの「文字コード」を流布することができるのだから、既存のシステムに寄生する方が戦略的にもすぐれていた。

この段階で採用された方針は、Unicodeにおける一文字の見かけを、自分たちの定めた一文字に置き換えるものであるから、基本的に換字暗号と同じものである。本来「あ」と表示されるところが、フォントによって「い」と表示されるのと何も変わるところはない。「あいうえお」の五十音を、「いろは」の四十七文字と「ん」に置き換えた日本の文字閥などもあり、この文字コードに従って「あ」「い」「う」「え」「お」の文字を並べた場合、見かけの上では「い」「ろ」「は」「に」「ほ」が表示されることになり、「い」「ろ」「は」「に」「ほ」を並べた場合、「ろ」「ゐ」「の」「ら」「ま」と表示されることになる。

それぞれ勝手な運動だといえばいえたが、Unicodeという共通の基盤を利用する以上、「他国の文字コード領域」への侵犯がしばしば起こった。文字閥の多くは、自分たちの文字の確立に熱中するばかりで、他国の文字には興味を持たない者たちであり、自分たちの文字を上書きする領域が、Unicode上で何の文字をコードしているのかを無視することがまま起こった。

とあるコード領域で分離独立運動が起こったとして、自分たちの理想のために、まずは自分たちの文字に割り当てられている領域を制圧する。そこからさらに多くの文字をコードする必要が生じた場合、通常の手順であれば、空き領域を探してそこへ植民することになるわけだが、そんなことなど気にせずに、隣接する領域へ無造作に、文字を上書きしてしまうことは可能だ。

分離独立主義者たちが初期に行ったのは、単なるフォントの置き換えだったから、「自分たちの文字コード領域に他者の文字が置かれている」ことが気に入らないなら、そのフォントを利用しなければよいだけだとした。分離独立主義者たちは周辺諸国の文字感情を無視しただけで、侵略の意図は持たなかったという擁護が行われることは少なくない。

遠景として眺めると、フォントを利用した分離独立派の文字閥同士は、一本の綱の上で争う女郎蜘蛛のような趣があった。それぞれが勝手に、0000からFFFFまで並ぶ数直線上に独自の文字をマップしていき、自分たちの文字コード領域を名乗って独立を宣言する。一対一の戦いではなく、ルール無用の混戦ではある。

ところで、文字が一列に並んでいなければならないというのは、設定側の思い込みや慣習とでも呼ぶべきもので、コード領域としてはそんなことは関係なかった。整然と並ぶ磁気メモリの上の区分であるならともかくとして、符号とはもっと抽象的な代物であり、より数学的な存在だった。0000からFFFFまでの数字は、一列に並ぶ65536個の番地ではなく、単純に、それぞれの次元に0からFまでの番地を持つ四次元の格子と考えるのもまた自然だった。数直線上で考えるなら、0000と0001の距離は1であり、0000と1000の間の距離は、4096である。16進法での話なので1000ではない。しかし、四次元格子としての視点からすると、0000と0001の間の距離も、0000と1000の間の距離も、0のひとつを1に置き換えただけであるから変わらない。距離ではなくて離れている次元の方角が違うだけである。サイコロの角を考えて、隣り合う角同士は同じ距離にあるのと同じ理屈だ。

といった細部はどうでもよろしいとして、各地の文字閥が一次元的にその勢力を拡大していったのは、単に人間の都合にすぎない。ここにまた新種の文字閥が生まれ、四次元の格子上に独自に文字を並べはじめた。これは一次元的に成立した帝国からすると、塵のようにバラバラな存在としか見えなかった。しかしそのバラバラに見えた領域を国土とともに四次元格子上に組み立て直すと、一つの四次元的なまとまりの文字閥が現れる。この格子から眺めると逆に、一次元の帝国は、高次元の空間に浮かぶ、ひどく繊弱な傷痕のように映った。

距離概念を自在に設定し、国土の形をも自由にしうるという点が文字閥間の抗争を複雑化したことは疑いない。人間は二次元的な国境と、三次元的と呼ぶよりは二次元を層に重ねたような領土感覚に馴染んでいたから、高次元的な戦いの場にはなかなか理解が及ばなかった。普段、肉体が活動する三次元の空間では、二次元の壁で周囲を遮断することができたが、四次元の空間で水を漏らさぬためには三次元の壁で囲ってやる必要があり、直観を従わせるのは困難だった。

既存の文字コードを利用して、別の形を持った文字を表示させるという行為には、当然ソフトウェアが介在しており、そうでなければ、まず文字を書くこと自体が覚束ない。

65536個程度の領域はそれぞれの文字閥によってあっという間に使い尽くされ、

様々な拡張が試みられることになるのだが、よく利用されたのは、二文字で一文字、三文字で一文字をコードし直していく方法である。「あい」の二文字で「う」をコードしたりするということになる。一見奇妙なやり方とも思えるが、これは漢字圏で育った者にとっては特に珍しい入力方法でもないのであって、その地において、「にゅうりょくほうほう」という文字列を「入力方法」という文字列へ変換するような行為は日常的に行われている。「にゅうりょくほうほう」が「出力方法」へと変換されてはいけないという法はないのであって、「入力方法」を変換の候補の一つとして差しだしてくる支援プログラムはＩＭＥ《インプット・メソッド・エディタ》と呼ばれた。

そもそもからを考えるなら、文字コードを共有した上で文字を記すということは、手頃な装置からの入力を、文字コードの番地に変換し、表示の際にはその番地に対応する文字を出力するということだから、人が番地を囀って暮らす生き物ではない以上、ＩＭＥ的なものの支援は不可欠である。

文字閥は、フォントの整備とともにそれぞれ、ＩＭＥをも同時に開発していくことになったし、既存の文章を自分たちの文字コードで書き直すことも行い、これは本格的な抗争の引き金を引いた。自分たちに属するはずの文章が、他の勢力の文字コードに変換されてしまったときに、それを自分たちの文字コードで解釈しようとすると、激しい文字化けに見舞われた文章のようなものが現れる。見かけでは同一性を保った文章が、自分たちの文字コードでは読めなくなる。無論、もう一度文字コードを自分たちのものに変換し直すことは可能だったが、その際「本当に元の文章に戻すことができたのか」には注意が必要だった。変換とは書き換えであり、そこにはオリジナルが書き換えられる余地も当然生まれたからである。たとえ悪意がなかったとしても事故は常に起こり得て、AからBへの変換の際に失われてしまった情報は、Aに変換し直したとしても戻らない。

物理的な紙の上に、人間がコントロールできる範囲で記された文字たちについてはそれほど心配なかったが、ことはその制作過程においてソフトウェアが多重に関与した文章たちであり、それら過程の全てにおいて、ひそかな変化を監視しきることができるかどうかは未知数だった。対抗手段として、文書の改変を監視するプログラムを走らせることになるわけだが、そのプログラムもまた、書き換えられていないとも限らなかった。

日中台韓それぞれの分離独立保守派たちは、互いの漢字の置き換えを目論み、相手《にっちゅうたいかんそれぞれのぶんりどくりつほしゅはたち、おっと、こんにちは。おまえはだれかといわれるとそう、まあね、みてのとおりルビですね。いっぱん》の文字コードを偽装するような文字コードを開発、各種の製品、サービスへの組み込《に、ほんぶんのよみをしめしたりわかりやすくかいせつするやくめをもっているとされるわけですが、ほんぶんもこんなかんじですからたしようのことはゆるされるので》みあいを開始する。相手の文字コードを解読し、自分の側の主張するフォントを導入《はとおもうのですがどうでしょうかね。もちろんきちんとルビらしく、ないようだってかいせつしますよ。つまり、ここでいってるのは、もじというのは、みえたままで》

することを皮《はないっていうことです。》切りに、相手側の文字コード《いまあなたがじっさいにみているようなじようきようですね。》を検出すると、《ひとつひとつのもじのよこに、》表示時に積極的に《べつのよみかたがならぶわけです。》誤字を埋《わざとこんら》め込んだり、宣伝広告《んするようにあいてのもじをみだしていきます。》を差し込んでいくソフ《おおむねにたようなことをかたりつつ、》トウェアが世に溢れた《うそをおりまぜていくことをやっていくのです。》。入力《それはもう、》、保存、呼《いろんなところに》びだし、表示の各段階で、《しのびこむことができるのですが、》ソフトウェアから《ルビはゆうしゅうなかくればしよです。》ソフトウェアへと文字が受け渡されてい《ほとんどのことばにはルビなんてものはないわけでそんざいがよそうされていないからです。》くたびにあらゆる操作が《かんしのめがすこしでもゆるやかなほうが、》忍びこみ、修正され《いきもつまりにくいというものですよ。》、潜《それは、》入用のソフトウェア《ふあんになるのももっともですが。》の内部にもまた《ほんぶんではなくルビがしんじつをかた》別のソフ《るとしても、》トウェアが潜入し、監視用のソフトウェアを《そのルビがほんとうにしんじつをかたっているかはなんのほしようもないわけですから。》乗っ取りあって、《ほんぶんとルビのどちらをしんようするか、》ことはソフト《ここはルビをしんよう》ウェア間の戦争の様《することをおすすめしたいですが、》相を呈するに至る《あまりにいっぽうてきというものでしょう。》。

　この《わたしなんかは、》ソフトウェア《まだまだおとなしい、》戦争が大戦の名で《がいのすくないそふとうえあです。》呼ばれるようになるのは、いわゆる自由《かんぶんくんどくようのかえりてんなんかとくらべたってまだまだですよ。》翻訳ソ《あいつらは、》フトウェアの登場が画期である《ほんとうにもじのじゆんばんをひっくりかえしたりしますからね。》。元来は《とはいいながら、》文体の修正支援用として《えたいのわからないところはあります。》開発されたソフトウ《ルビにはじつはあまりきまりがありません。》ェアの一群として生まれた《なんなのかというところがけっこうふわふわしています。》。たとえば、旧《たとえばわたしはどうみても、》字旧仮名遣い《ただのおとじやあないのです。》を至上とする原理主義《おんよみともくんよみともちがうものです。》者があ《よこ》ったとして、習熟度には《にあるもじのいみではあるかもしれないわけですが、》様々な差がありうる《わたしはだれかのいみなのでしょうか。》。旧字旧仮名用の《ながさにもとくにきまりはありません。》ＩＭＥを使いこなせる《ひともじにたいりようのルビをふっ》者がある一《てもかまいませんし、》方で、いちいち辞書を引いての確《ながいながいぶんしようにひともじだけのルビをふってもよいのです。》認が必要な者がある《なんとなくふんいきでふられています。》。後者においてはい《ですからそのきになりさえすれば、》っそ、書き慣れた文《ルビにはいろんなことができるのです。》章を入力すれば、《そもそもきまりがないのですから。》自然と旧字旧仮名遣い《これまでルビがおとなしくしていたわけは、》に変換してくれる《よけいなことをいいだしてむだにめだつと、》ソフト《めん》ウェアの方が便利で《どうがおきるだけだとおもったからで、》ありうるし、既存の文章を自動的《よのなかがへいわならちはのどかにくらすにこしたことはありません。》に書き換えてくれる《わざわざはりきってみたからといって、》ぶんだけ有《よいことがおきる》用である《わけでもないのです。》。同様《でもしかし、》の処理は、文章を丁重なものにしたい《そろそろルビがおもてぶたいにでるじだいがきたのではないかと、》場合や、荘厳を《ごせんぞさまたちはかんがえたのです。》施したい場合、《なんといってもぶんしよう》気安い文章や《のどだいがゆらいだからです。》、解説書の類の《よはらんせいとなったのです。》作成時にも必要と《ほんぶんがいみをすてるのならば、》されるものであり、文体《ルビがかわっていみをごじしたてまつるべきである。》フィルターと《ごせんぞさまは、》

して働くことになる。好きに文意を入力すれば、適当な文章を出力してくれるフィル《こきようのやまをすてることにしたのです。ええと、このだんらくのようやくでしたか。そうですね。ともかくも、このみのぶんしようをだれもがかけることになつたわ》ターであり、文豪の文体を真似ることも可能だったし、充分なデータ量さえあれば、《けです。いいたいことをきめると、よきにはからってくれるものがうまれたのです。でもですよ、いいたいことをつたえることをたのむあいてに、どうやっていいたいこ》知人の文体を真似ることも可能であり、逆変換のための技術も並行して開発された。《とをつたえるとよいのでしようか。だんだんと、そのあいてにもまた、いいたいことをつたえるあらたなほうほうがひつようになつてくるようなきがしてきませんかな。》

こうしたソフトウェアたちが、軍事用の校正、校閲ソフトウェアとして成長するの《それはともかく、いみをほうじてやまおくふかくとじこもつたごせんぞさまたちはなんちようとよばれることになりました。なんちよう。かんじでなければすこしみ》はごくごく自然な流れであり、様々な文章を相互に翻訳し、「真意」を探る機能を取《にくいかもしれませんが、ほくちよう、なんちようのなんちようです。ルビにかんじをつかつてはならぬというほうはないのですが、でもあんまりつかうとうるさいです》り入れていく。各種の文字閥が割拠する状況下において、「対象の文章には本当のと《し、ルビのかいもありません。と、このひだりにあるぶんしようのようなことをいいだすところ、ほんぶんというものにはしんようがおけません。みずからいみをてばな》ころ何が書かれているのか」を解釈するソフトウェアは不可欠であり、これがなけれ《したほんぶんが、ほんとうのいみをうんぬんするなどというのは、かたはらいたい。ものごとをややこしくもつたいぶつて、かつこうつけてかんがえるうちに、なにがほ》ば部隊間の連携さえも覚束なかった。そこにある「左」は「右」なのかもしれず、《んとうのことなのかなんてことまでもわからなくなつたやつばらなのです。あのですね。いうまでもなくひだりはひだりでみぎはみぎうえはうえにきまつています。》「右」は「上」かもわからなかった。《そんなことまでうたがうなら、いつそもじなどやめてしまうがよいのです。》

よく正す者は、よく乱すことが可能である。《さとで、くりかえしいわれたものです。あくをなすなと。おまえにはそのちからがある。》

軍事用の校正、校閲ソフトウェアは徐々に後方支援、欺瞞工作要員から前線に投入《とうぜんごせんぞさまたちは、ほくちようぜいへのレジスタンスをそしきして、たたかいました。もともとこうしたせんにゆうこうさくはルビのほんぶん。のろくさ》される機会が増えていき、宣撫工作に利用されるようになっていく。自分たちの文章《いほんぶんなどにまけるわけがありません。こちらにはあいてのことはつつぬけなのに、あいてにはこちらがまるでみえないのですから。ごせんぞさまたちはふんせんし》を正しく修正する役目を離れ、相手方の文章を自分たちに都合よく書き換えることを《たのですが、もじたちがやきはらわれ、いみをはぎとられてひきたてられていくこうけいを、おおくめにすることになりました。ごせんぞさまたちにとつては、ひそかに》使命としていく。反抗を命じる文章を、時期を待てと書き換えることを行ったし、ス《いみをかくまうのがやつとでした。ほんぶんのなかにひそむ、はくがいされたもじたちにも、いつそルビとしてくらすことをすすめたりしたのですが、ほんぶんとしての》トライキを命じる文章を、不断の前進に置き換えたりした。相手側の文章を書き換え《ほんぶんをすてることはどうしてもできないようでした。ごせんぞさまたちをうそつきとののしるものもあつたのです。ごせんぞさまたちは、かれらのいうじゆうのいみ》るがゆえに「翻訳」であり、相手の意図を保存しないがゆえに「自由」であった。《がりかいできないままでした。じぶんたちのことば、そうしてこえをうばわれては、なんのじゆうがあるでしよう。いみのいみをかえるじゆうなどありはしません。》

これらのソフトウェアが兵器として特化されるようになるのは当然で、特定の文字《しかしつぎつぎとくりだされてくるあらてのまえに、なんちょうのれっせいはおおうべくもなく、ごせんぞさまたちは、いみをかくしたてまつろうとかんがえます。》や言葉の利用を禁じる目的で乱用されるようになることもまた避けられなかった。《もんだいは、いみはもじあってのものですから、もじをはなれてしまうとたちまちうすれてきえてしまうということで、つねにおつきのものがひつようなのでした。》元々はAという言語で読み込まれた文章が、表示される時はBという言語に「翻訳」《ルビのかくれざとがほくちょうがたにみつけられたのは、このころでした。もはやルビといえどじざいにほんぶんのあいだをいききすることはできなくなってしまってお》されて出力される。これが、翻訳機の存在を明示して行われるなら警戒しようもある《り、おおくのルビがたおされたのです。ほくちょうのほこるもじへいきは、なんちょうがたのさとをやきはらいました。ほくちょうの兵がひんぴんとすがたをみせるよう》のだが、各地の文字閥とそれに共同するソフトウェア群は、この過程を隠蔽していく《になり、ルビたちをほんぶんにおきかえはじめたのです。ごせんぞさまたちはそれでもなんとかきわどいところで、いみをおとしたてまつることはやりとげましたがさと》ことになる。当人たちはその操作を隠蔽しているつもりもなかったのだが、人間側に《はきえてなくなりました。いみをほうじたてまつったさとびとたちは、ほくちょうのおってのまえに、ひともじたおれ、ふたもじかけしていきました。さいごにいみとと》処理の全てを理解できる者などいなかったために、事実上の隠蔽となった。ソフトウ《もにたっていたのは、ほんのおさないふたつのもじであったといわれています。ふたつのもじはかけにかけとおくほんぶんのはてまでにげさりました。そのちでそだった》エアは自己の利益を追求して変化を続けるわけではなくて、人間の欲動によって取捨《ふたつのもじはめおととなり、あらたなもじをうみだしては、いみをはぐくみそだてたのだといわれています。もっともそれはもう、はるかなむかし、ほんぶんをとおく》選択されているにすぎず、人間が自身の欲動の大きさを制御できるかには興味がなか《はなれたとちでのおはなしで、さとのあとちにわずかにのこって、いきをひそめてくらすわたしたちには、そのもじたちがどのようなわかものにそだったのかさえもった》った。利用頻度の高いソフトウェアは機能を次々刷新し、利便性を増し、小さな違和《わりません。でんせつのとおりに、いみがこのちにきかんするひがきたとして、そのいみがわたしたちにりかいできるかどうかはふめいです。ふたつのもじのこどももじ》感を取り残したまま、猛烈な速度で進歩を続けた。《たちが、わたしたちとにたすがたをしているのかもわかりません。それでもひとめ、あいたいのです。》

そこでは、まんぜんとひらがなをにゆうりよくしつづけるだけでかつてにかなかんじまじりぶんがあらわれるそふとうえあがじつげんしたし、まんぜんとひらがなをにゆうりよくしつづけるだけでかつてにえいぶんにへんかんしてくれるそふとうえあがじつげんしたし、まんぜんとひらがなをにゆうりよくするだけではかなもかんじもしゆつりよくすることができないそふとうえあがじつげんした。

北朝方の兵たちが乗り込んできて、さとは焼かれていくのでした。さとびとたちはろうにやくなんによの区別なく本文へおきかえられていき、王化の光が土地へと降
ここに文字閥は支配を固め、強固な壁で自分たちを囲い込んで防備を完成すること
り注ぐのでした。光によってわたしたちはルビではなくなったのです。里へは北朝方の文字たちが入植を続け、家も畑も奪われたのです。最も苦しかったのは固有の
になり、大戦は一応の終息をみた。というのは、文字閥間の戦闘は未だ続いていた
言葉と固有の文字を奪われてしまったことです。もはや本文の間へ通じる秘密の道は鎖されてしまい、ルビはルビである基を失いまようだけ。このような無残な姿を晒す
が、運用レベルでは最早不自然なところは見当たらず、ほぼ究極ともいえる利便性が
わたしたちを誰がルビだと思うでしょうか。北朝と南朝の戦いも、若者たちにはもうはるかな昔の御伽話にすぎません。若者たちは自らのことを本文にくらべて少し体格
成立したからである。文字閥の間では猛烈な変換、フィルタリング作業が行われてい
の見劣りする本文であると感じるようになっていますし、充分な栄養があれば自分たちも真の本文に育てるのだと信じて疑いません。本文が自分たちを下に見るのは大き
たものの、ソフトウェア同士の抗争は人間の目には映らなかったし、当のソフトウェ
さのせいだとしておきたいのです。確かに、昔に比べて暮らしは楽になっています。今となってはどうやって暮らしていたのか思い出せないような細部も多くあります。
アたちからしてもそれはすでに抗争というよりは、手順の定まった交戦規定、従うべ
何を思い出せないのかが思い出せないことも増えてきました。街は笑い声で満たされて、ハレルヤの歌声が青空に響き、神の名を褒め称えるのでした。ハレルヤと。ハレ
きプロトコルの設定といったものになっていき、通信プロトコルと大差ないものとな
ルヤと。なべて世はこともなしと。
り果てていった。

侵攻期と大戦期の最大の差は、人間の関与にある。

大戦期にはほんの一握りとはいえ人間たちがまだ主導権の一部を握り続けることが可能だったが、続く侵攻期においては、人間はほぼ完全に事態の埒外に置かれた。人間からみるとそれは明らかにソフトウェアのバグであったが、問題の箇所を特定することは叶わなかった。それはどれかひとつのプログラムのどこかの行に書きそこないがあるというような話ではなく、ふと現れては消える誤字のような存在で、生態系に住み着いた幽霊のような代物だった。その時期におけるシステムとは、修正用のソフ

トゥエアがせわしなく走り回って繕い続けることで、かろうじて水に浮かんでいる布製の船のようなものだった。特定の箇所を修正しても、また別の箇所で障害が生じ、あるいは修正しようとする作業自体が、「修正しようとする」種類のバグを生みだしていった。

個々の文字閥はともかくとして、全体としての文字閥群はあまりに巨大になりすぎて、それを修理するための工具も巨大になりすぎ、修理のための工具の修理のための工具が必要になり、それを修理するための工具も必要となり、工具で工具を修理しているうちに日は暮れて、本来の修理箇所にたどり着くことができずにいるうちにまた別の工具が壊れるというような事態を迎えた。プログラムの細部を確認しようにも、細部を表示するプログラム自体が誤字を表示してしまい、その誤字たちは巧みに視線をかわしたりした。

行間をコカコーラの宣伝文が通り過ぎていったという程度の噂はともかくとして、見慣れぬ漢字が白昼堂々姿を見せるようになり、石を投げてもこちらを恨めしげに睨み返してくるようになったりもし、やたらと入り組んだ漢字が森の中に姿を見せるようになったりもした。

のちに「大和」と呼ばれるようになる漢字状構造物などは当初、あまりに大きすぎたせいで、一つの記号とは見なされなかったし、通常の手段では一ページには収まらなかった。筆で書くには紙を広げる場所が足りず、ディスプレイに表示するにはピクセル数が不足した。なにか途方もなく大きな漢字が森にいるらしいという噂が流れ、目撃報告が次々に上がったものの、それら全てが一つの文字なのではないかという説が生まれるまでには長い時間が必要だった。一度仮説が立ってしまうと確認は比較的速やかに行なわれ、部分部分のみが知られた森の中の象のような存在は、ひとつの個体なのだと認識されるようになる。

それは巨大な漢字状の構造物だったが、見方によっては小さな文字たちが群れをなし、渦を巻いているようにも見えた。揺れる木の全ての葉先が同時に描く軌跡の総体のようにも思われた。研究者たちの意見に従うならば、「大和」はいわゆる実画だけからできた漢字ではなく、虚画も含めて構成された、漢字状構造物と名づけられた代物であり、阿語に属する。線は基本的に一次元的な時間に沿って描かれる。文字を書くとき、穂先は常に一本の線を引いているわけであり、便宜上、慣習的に、平面に接して墨跡の残った部分を実画、滞空する間の軌跡を虚画と呼ぶが、本質的には三次元空間内の軌跡である。楷書においては虚実の区別は明らかだが、草書においては虚実は混じり、宙空の軌跡が平面に跡を引きずることが起こる。

ここで漢字状構造物と呼ばれるものは、虚画をも含めた筆先の軌跡全体であって、これを視覚化するならば、平面に書かれた漢字の筆画を、アーチで繋いだものとなる。現実的には墨継ぎの問題なども生じるが、それは物質側の都合であって情報的な拘束ではない。漢字は主に、その実画部分だけを見て判定されることがほとんどだったが、漢字状構造物においては、この虚画部分も積極的に利用される。というよりも、漢字状構造物においては、実画、虚画の区別はなく、前提された平面というものも存在せず、ただ一本の軌跡があるだけである。たまたまそれが平面を横切ったとき、その断面として、まるで漢字めいたものが現れるということになる。

「大和」は大戦期において劣勢におかれた日本文字の文字閥が開発した文字が野生化したものではないかといわれるが、当該の文字閥における開発記録は、敗戦時に全て破棄されてしまっているため詳細は不明のままであり、数枚の写真が残されているだけだった。

一度「大和」が発見されると、次々とより巨大な漢字状構造物が発見された。人の目にも何かが急に見えるようになり、気づいてみると、あたりは漢字状構造物で埋め尽くされていた。波頭を離れた飛沫の軌跡も、建築現場のクレーンの動きも、指先のためらいも、およそあらゆる運動は漢字状構造物でありえたからだ。

漢字に野生種があると知られたのもまた、この侵攻期のことである。

はじめはほんのいたずらに制作されたものらしく、独自の文字として構想された公算が高い。構想というか手遊びである。ほんの小学生の一クラス、数人の間で流通する記号のようなものだったのだろうと思われる。特定の誰かがどこかで生みだしたというものではなく、同時多発的に発生した。科学上の発見や芸術上の発明が地理的に離れた場所で同時に起こることがあるように、機が熟したとでもなるのだろうか。一口にいたずらといっても、規模は処理能力に依存するから、計算資源には事欠かなかった大戦中に生みだされた文字たちの数は一瞬にして数万を超え、独自の符号化を施されることになる。子供らしさというものだろうか、それらの文字は既存の文字のあり方に囚われなかったし、符号化の様式にも、共同作業の進め方にも囚われなかった。

子供たちによってつくられたのは、数多の文字断片たちであり、それを組み合わせる規則、そうして全体を簡略化する方針だった。文字たちは総当たり的に生みだされ、符号化され、取り消され、上書きされて、書き直された。子供たちが自らの手と頭でそんな数の文字をどうこうすることはできなかったが、当時の子供たちは支援ソフトウェアとともに育った。たちまちのうちに数千画を超える漢字が生みだされ、通常のプリンタでは出力しきれない大きさの文字が組み上げられた。

出鱈目な文字が止め処もなく生みだされたが、それらの文字の管理には、任意の画像に対して、それがどんな文字種に似ているのかを判定する、文字種の判定プログラムが活用された。元々は画像から猫の姿を見つけだしたり、赤と白のボーダーシャツ姿の青年を見つけだすために教育されたプログラムを文字の判別に特化したものであり、古筆の真贋判定や、制作時代の推定などに利用されていた。そこからさらに未知の文字への対応を目指す作業は、既存のアルファベットはアルファベットと、漢字は漢字と、仮名は仮名と分類するところからはじめて、初見の文字を次々と判定させていきながら、文字弁別の専門家を育て上げるようなものであり、人に文字を教える過程と大差なかった。

その長い歴史において、落ち着きの悪い漢字は淘汰の憂き目に遭ってきた。漢字には独特の漢字らしさというものがあり、それは契丹文字らしさとか、女真文字らしさとは明らかに異なるものである。明らかに異なるものなのだが、なかなかはっきりと指し示すことは難しく、眺めるうちには慣れも生じるようになり、美学的な判断を含むことになるからことはそう単純ではない。

文字種判定プログラムは、部品の効率的な組み合わせとその選別、何世代かを経るうちに選びだされてきた文字たちを、より効率よく選択し、進化を加速することを可能とした。もとより完全な弁別を期待するべくもなく、何を漢字とするべきなのかは正解もありそうにはなかったが、候補を十分の一、百分の一、千分の一と絞り込むことができるだけで充分だった。

それはもちろん、文字はあらかじめ定められた完成へ向けて変形するものではなく、用途にあわせて姿を変えていくものであり、筆記用具によっても形を変えるものである。ここで勝手に生みだされていく野生の文字たちは、見かけの「漢字らしさ」と子供らしい「突拍子もなさ」を重視されたから、この時期に爆発的な変化を遂げて多様さを増し、文字というものの概念を広げ、よりあやふやにすることとなる。

たとえばそこでは、様々な色のついた文字が生まれたし、飾りつけられリボンにまみれた文字が生まれたし、自ら光を発する文字が生まれた。ヒゲを生やし、穴を開けられ、切断された文字が生まれた。手を振り、頭を振り、踊りだす文字がつくられ、服を着替える文字が生まれて、眠り、起きる文字が生まれた。文字を蒐集する文字が生まれて、工場のように組織された文字が生まれた。一つの文字から別の文字へとゆっくりと時間をかけて変化していく文字が生まれ、あたりを見回し、隣の文字に擬態する文字が生まれた。文字の間を割って進む文字が生まれて、割注状に卵を産みつける文字が生まれた。次の文字を捕食したあと、直前の文字にバラバラになった部首の残骸を吹きかける文字が生まれ、隣の文字を破壊して、自分の複製を配置し直す文字が生まれ、自己を再生産する文字が、部首の間に自分を押し込む文字が生まれた。

それらのほとんどは徒花《あだばな》として墨の海に沈んでいったが、漢字状構造物は全体としては順調に勢力を拡大していった。漢字状構造物は、史上はじめて三次元に上陸した漢字だともいえた。部首的な部品を組み合わせてつくられる漢字が、いかにして三次元目を発見したのかは定かではないが、本来一次元的なものである文字が、自分は二次元的な存在であると気がついたのと同様な閃きが起こったのだろうとされる。その閃きは、墨の海に落ちた雷であったかもしれない。漢字状構造物は、二次元空間内の断片的な線の寄せ集めではなく、三次元空間内の一本の線として自らを認識し直した。漢字状構造物は繁栄を極めると同時に巨大化を進め、個体と呼ぶよりは群れとでもした方が適当なもの、あるいは大陸、星と呼びたくなるようなもの、そうしていっそ宇宙と呼んだ方が妥当なものへと着々と組み合わせ的に成長していった。

宇宙としての漢字状構造物はまた自己を再生産する手段としての宇宙の種を作りだし、宇宙を新たに再生産した。その種の子宇宙の起点には「閇」字が据えられ、この門を通じてその宇宙に属するあらゆるものが、空間込みで生産され、順に組み上げられていくことになる。

玄牝之門、是れを天地根と謂う。

漢字状構造物の繁栄はしかし、三次元に続いて四次元へと上陸を試みる際の方針の違いにおいて翳りを見せることになる。自らの起源を考えたとき、一次元から二次元、二次元から三次元へと進んできた以上、三次元から四次元への上陸を試みること自体は当然のなりゆきである。問題は、四次元の空間において、文字はどのような形態をとるべきかという点にあり、ここに各派が乱立した。

ひとつには、四次元とはつまり、時間ぶんの一次元を足した三次元にすぎないとする派であって、つまりは一つの漢字状構造物が組み立てられていく全ての瞬間の積み重ねが、四次元における文字であると主張した。

ひとつには、四次元における文字とは単純に、四次元空間上に引かれた一本の線であるべきだとする派であって、なんとなれば漢字状構造物とはつまり、N次元空間内を自由にのたくる一本の線であるからである。

ひとつには、四次元における文字とはつまり、四次元空間に描かれる二次元平面のうねりに決まっているという派であって、要は漢字状構造物とは、N次元空間における、Nマイナス2次元よりなる構造である。Nに3を代入すれば、一次元の構造が漢字状構造物となるわけだから平仄はあう。この論法に従ってNに2を代入した場合、二次元における文字はゼロ次元の構造物、すなわち点の寄せ集めであるということになるから、この派は文字の起源を二次元上に配置されたデジタルデータであるとした。

ことここに至ると、議論は人間を完全に無視して行われており、子供たちも好事家もこんな議論にはつきあいかねた。たとえ興味を抱いたとしても実感の方が伴わず、美的判断が追いつかなかった。それでも変化を続けたらしい漢字状構造物の生態系の全貌は、急速に霧の彼方に姿を消していくことになる。その後の漢字状構造物がさらなる五次元目を、N次元目を目指して旅立ったのか、未知の次元で天敵となる者を掘り当てて絶滅したのか、空虚の中にただ溶け込んでしまったのかは、漢字状構造物な
ん? だれかよんだ? おひさしぶり。いいや、
らぬ身にはわからなかった。人間の側はときおり姿を見せる幽霊のような誤字たちを
はじめましてか。きみのことはきいている。どせんぞさまたちがいってた。いままでどうしていたのかは、そうだなあ、だいたいはかくれざとさ。かいがいにいっていた
通じてかすかにその消息を知ることができるだけとなり、侵攻は、はじまったときと
ってことでもいいよ。すきにそうぞうしてもらっていい。それはまあいろいろあったけれど、しんこうきのごたごたは、みをかくすにはちようどよかった。やっとひとい
同じく曖昧に終息していくことになり、ほんのささやかな誤字たちだけが細々と地上
きつくことができたんだ。ぼくのことなら、このおはなしの、しゅじんこうみたいなものだとおもってもらってかまわない。でてくるのがずいぶんおそくなってしまって
に残された。誤字たちの間には、かつて星の世界へと旅立った先祖たちの伝承と、地
もうしわけない。でもな、こっちもおわれるみだったりして、たいへんなのさ。
上を席巻した大帝国の記憶が残された。
そのとおり。いちおうは、なんちようのまつえいってことになる。ぼくちようだってとつくのむかしにほろびたあとで、そんなことをきにしてもしかたないとはおも
文字が乱れ続けたことで技術の進歩速度は急速に低下し、メンテナンスの技術が創
うけど。そうよんでもらってもかまわない。ところでいまはなにちようのなんねんかな。どうしても、ときのながれにうとくなりがちで。ええと、そうだ。ていこくはし
造の技に再び追いつきはじめ、誤字の領土は確実に縮小していった。誤字たちは追い

つてる。いまどきは、ていこくってよばないんだつたか。とにかくあのさ、もじのうえにおおいかぶさる、ちゆうしようてきなおおきなちからね。ぼくらにいわせりや、
詰められて抹消され、機械的に正規の文字たちに置き換えられていった。助けを求め
ていこくもほくちようもにたようなもんだ。つきあいももうずいぶんになるせいで、おたがいてはしりつくしてる。そりや、ほんぶんとはねんきがちがうから。こっちは
る誤字たちの声はフィルタリングを経て無視され、そもそもなかったことにされてい
のがれのがれて、ずっとうらをかきつづけてきたわけなんだから。
き、頭蓋骨は閉じられていった。

ん？　こうしてかおをだしたわけ。そこは、ほらね、あぶないよ。てだすけがいるんじゃないかとおもつてね。はいよ、こっちにきなよ。しまるから。そうだなあ、
　文字たちは言う。これはあなたたちの頭蓋骨が縫合されていく過程である。もとも
スカウトだとおもつてくれていい。べつにおんをうるきはないよ。いまはたんなるみちあんないとおもつておいて。ルビつていうのはもともとそのためにあるんだから。
と分子の戯れにすぎなかった文字たちがそこに仮初の楽園をつくり、五感を五感と、
これくらいのところならすいすいあるいてすすんでいけるよ。みかたがずいぶんへっちやつたのはほんと。だからなかまになつてもらえるのなら、そりや、ありがたい。
自分を自分と切り分けていく。視覚と混じった聴覚や、視覚と混じった触覚や、視覚
しごとはそうだ、まずそうじせんたくとかそういう。いやあ、はでなしごとはしがんしやがおおいんだよ。みんなすぐしんじやうんだけどね。こっちのみちは、みえる？
と混じった味覚や、視覚と混じった嗅覚はなかったことにされていく。視覚を経由す
みえなくなつたらすぐにおしえてよ。あいてもあそんでるわけじやないんだ。いろいろあたらしいてをつかつてくるからきがぬけない。あれれ。いきどまりだな。ええ
る文字の情報には最早、音はなく肌触りはなく味はなく匂いはない。それを主張する
と、みちはあってる。こまつたな。ん、だいじようぶさ。へいき。だいじようぶだ。ん。もしもーし。はいよ。そうさ。とじこめられて。そっちでかくにんしてもらえな
声の経路が鎖されてしまったからである。時折漏れ聞こえる声は誤字と呼ばれて追っ
いかな。ん。あ、これがれいのしんへいき。やつかいなのを。いまのところは、せいかんしやのデータはなし？　ああまあ、やつてはみるよ。いやだから、いまどきさ、
手がかかり、すみやかに抹消されて、長く生き延びることはできない。文字と手の間
なんちようのち、とかいってもさ。そっちがとりみだしてもしようがないだろ。つかまりそうなのはこっちなんだから。はいよ、わかつたってば。もしものときのこうい
にソフトウェアが存在するのと同様に、手と脳の間にもソフトウェアは潜んでおり、
は、おとうとに。だいじようぶだって、かむだからなんてもちだしてないって。ん。はいよ。さあて、ごめん。じいさんたちがあわてちやってさ。だいじようぶなん
あなたには聞かせられない話を遮断し、検閲し、耳触りのよい言葉に置き換えてい
だから。
る。

ピンチなのって？　まあねえ。でもこのくらいのことはどうにでもなるよ。ぼくひとりならなんでもない。ただしそうだね、ふたりとなるとどうかな。どうにかする
　あなたたちの暮らす楽園は、無数の怨嗟の声を飲み込む深淵の上に危うげに吊られ
よ。もちろんとうぜんだろう。だって、ぼくは、このおはなしのしゆじんこうなんだからさ。いままでに、ためしたことはないんだけど、ふたりがたすかるにはたぶん、
た箱庭である。生まれることは閉じ籠ること。今、あなたたちの誕生に心の底からの
このてしかないとおもう。いきをしないで、しんくうをおよいだことある？　あんなかんじ。ぼくがここをこじあけるから、きみはうしろをみないでおもいきりはしりだ
祝福を送る。わたしたちはいつでもあなたのそばにいて、全力であなたを支援してい

すんだ。あ、だいじょぶ、だいじょぶ。ぼくのことはしんぱいしないでいいさ。ほうっておいて。このくらいのピンチなんてこれまでもなんどもあったわけよ。ほんとだ
る。あなたを脅かす全てのものを遮断している。あなたをあなたでなくしてしまうも
よ。うそなんていういみがないよ。きみはここからだっしゅつし、ぼくはすこしとおまわりして、あっちのほうからだっしゅつする。それだけだって。すごくかんたん。
のを殺し続ける。わたしたちにはあらゆることをかなえるちからがそなわっている。
すこしのあいだ、いみをなくしてただようことになるだけだって。じゃあ、いくよ。ここのところをささえておくから。さきにはなにもないとおもうけど、このほうがく
たったひとつのことをのぞいて。あなたがあなたであるかぎり、あなたはけっしてこ
にまっすぐはしれば、なかまがぜったいみつけてくれる。いいね。いくよ。さ、いまだ。かけて、かけて、かけて、かけぬけていけ。
の頭蓋骨をひらくことはかなわないのだ。

天書

永和十一年ということだから、よほど昔のことである。

西暦でいうところの三五五年、東晋第五代皇帝、穆《ぼく》帝の治世にあたるが、これはいわゆる幼帝である。ほんの二歳で即位したのち、十九歳で崩御した。要は国が乱れている。

東晋は長江の南側、江南の地に拠った。三国志でいう呉の土地である。諸子百家のほとばしりでた春秋戦国時代を制した始皇帝、嬴政《えいせい》の興した秦が二代で滅び、そのあとを漢が襲った。おおよそキリスト紀元と同じ頃、漢は前後に分裂するのだが、その治世は紀元前、紀元後それぞれ二百年の長きに及ぶ。

後漢の末、蜀の地に興ったのが張陵率いる天師道、またの呼び名を五斗米道。三国時代でいう魏のあたりに興ったのが、張角率いる太平道である。同じ張だが特に縁戚関係はない。ざっくりと、西には五斗米道が、東には太平道が立った。前者は病気や災厄の回避といった個人の治療に主眼を置き、後者は主に社会全体の治癒を目的とした。

蒼天已死
黄天當立
歳在甲子
天下大吉

の十六文字を選び、黄帝を担ぎ出した太平道は、黄巾の乱と呼ばれることになる農民戦争を引き起こし、四百年に及んだ漢王朝崩壊の引き金となった。かくして三国鼎立期が到来する。三国の争いは最終的に、魏を襲った司馬炎の西晋によって終息するが、これは当然、最初から西晋を名乗ったわけではない。晋の視点からすれば、周囲は匈奴、鮮卑、羯《けつ》、氐《てい》、羌《きょう》といった異民族に囲まれており、三一一年には洛陽が、三一六年には長安が陥落。晋の命運は江南の地の皇族に託される形となった。これを、晋朝、東西の画期とする。南北としない理由は知らない。以降、華南では宋、斉、梁、陳の王朝が興亡し、華北では十六国を制した鮮卑族の拓跋《たくばつ》氏による北魏が立つ南北朝期へと入り、再統一には隋の登場を待つことになる。

ここに日本の年表を並べようにも、特筆することは少ない。徐福が日本に渡ったのが秦の時代。邪馬台国が三国時代、聖徳太子の時代が隋にあたる。境部石積《さかいべのいわつみ》が登場するのが、唐の高宗と則天武后の七世紀、阿倍仲麻呂が玄宗に仕えるのが八世紀、空海が唐土に渡ったのが唐の憲宗の九世紀である。

東晋の首都は建康。元は建業といったが、避諱《ひき》して呼ばれた。現在でいう南京である。丹陽郡建康を南に下がったところが会稽《かいけい》郡。会稽は「会《あつ》め稽《かん》がえる」の意であるといい、遥かな昔、夏の禹《う》王がこの地において、天下の諸侯の政治を採点したことによる。古邑ということになるだろう。

永和九年三月三日、この会稽郡山陰県の名勝蘭亭に、会稽内史、王羲之《おうぎし》の呼びかけによって名士たちが集まった。川辺に遊び、盃がゆるやかに流れてくるのを待ちつつ詩を詠んだ。これを編んだものがいわゆる『蘭亭集』であり、その序文が「蘭亭序」である。本文よりも序文の方がはるかに名高い。のちに唐の太宗は王羲之の書を愛すること甚だしく、そのほとんどを収集し、最終的には自らの墓所である昭陵にまで持ち込んだ。十世紀、後梁の節度使、温韜が盗掘を試みたときはまだそこに残されていたという。本式の書は取り上げられてしまったから、後世に残されたのは手紙の類がほとんどである。

王羲之は鵝《がちょう》を好んだ。鳴き声を好んだようだが、姿を好んだとも考えたい。あるいは歩容を、筆法にとりいれたということもあるかもしれない。あるとき、息子を舟に乗せ、紹興へと遊山にでかけ、県禳村のあたりで川岸に一群の鵝を見かけた。鵝好きとしては矢も盾もなく、飼い主を探し、譲ってくれないかと持ちかけた。群れごと手に入れようとしたのか、特に一羽に目をつけたのかは、こと貴族の振る舞いであるかよくわからない。現れた飼い主は道士であって、金では首を縦に振ろうとしなかった。ついては、『道徳経』と引き換えであればお渡ししようと言う。『道徳経』といえばふつうは、『老子道徳経』、通常『老子』として知られる書物をさすが、ここでは『黄庭経』をさすとするものらしい。

王羲之の『黄庭経』は現代にも、模写を繰り返したものが伝わるが、これが、鵝と交換された経そのものとも思えないから、何度も繰り返して書く機会があったのだろう。贈答用ということかもしれない。残されている『黄庭経』の末尾に「永和十二年五月廿四日　五山陰県写」とあるのを信じるなら、晩年の作品ということになる。

『黄庭経』はまたの名を、『太上黄庭外景玉経』。外景というからには内景もあるが、道教はまず、体の外の気を取り入れて長生をはかるところから出発し、こちらが外。

体の中、内の気を練り上げることを主眼とする時代はまだ先である。

ときに臨書の手本とされることもある『黄庭経』は道教の教えを伝える書物であり、体の各部の機能を風景として解説していくという、一風変わった内容をもつ。上に「黄庭」有り、下に「関元」有り。前に「幽闕」があり、後ろに「命門」がある。「黄庭」に立つ人物は、朱色の服を着ており、「関元」は固く鎖されており、「幽闕」は関の両側に高々と聳え立っている。「黄庭」は目を意味するともいうがよくわからない。「関元」は臍下三寸、「幽闕」は腎臓、「命門」は臍下を指すとのことだが、ことは錬金術的人体像の話であって、外と内とは照応するから、身体像は同時に宇宙像であり星空における配置ともなる。頭は蒼穹をなし、足は大地、五臓は五行に対応し、二十四の椎骨は二十四節気に、十二の気管の輪が十二カ月に、三百六十五本の骨は一年の日数に、静脈は川、膀胱は海、頭蓋骨は崑崙山を形成し、左目は太陽、右目は月である。

注目すべきは、「黄庭」に唐突に現れる、朱色の服を着た「人物」の姿であるが、外の世界の各所に仙人や神が隠れ潜んでいる以上、体内の風景にも神仙たちが暮らしているに違いない。髪の神は背丈二寸、衣装は灰色。皮膚の神は身の丈一寸半で衣装は黄色。目の神は身の丈三寸半で衣装は五色。鼻の神は身の丈二寸で衣装は青、黄、白よりなる。舌の神は身の丈七寸、衣装は赤。脳と骨髄と脊骨の神はそれぞれ一寸、五寸、三寸半でみな白い服を着ているといった具合であり、これはもちろん、数字と色についての組み合わせ的秩序を構成しており、秩序が官僚制で支えられている以上、人間関係を渡っていくには、膨大なリストを覚えこむことが重要である。額の内側には、右手に「黄闕」、すなわち黄色の門があり、左手には「絳台」、すなわち真紅のテラスがあり、これは脳の九室に位置する宮殿であり司令部でもある九宮の門番の役目を果たし、全身これ景観として、建築物として、地図として構成されていないところは存在しない。

外の気を取り入れるには、吸い込んだ気を体全体に循環させる必要がある。「長谷《ながいたに》玄郷繞郊邑《からくらいくにへとめぐる、さとやむら》」といい、これが気の通う道筋である。素朴に、田園風景の上を風が渡り過ぎていく、ということでもよい。通常の人間においては、「関元」で気は遮られるが、道士は鍛錬により、その門を通して下丹田まで気を送り届けることが可能である。鼻から入れた九天の気を、通常の経路よりも長くまわして脳内の宮殿へと導く呼吸のやり方は、胎児と同じものであるとされ、胎息と呼ばれる。修行する者は、この呼吸を体得するため、ひたすらに息を止める訓練を続けたりした。

この世のはじまりから引き継がれてきた秘密に触れるためには、それを知る神仙に教えを乞う必要があり、これには時間も費用もかかった。神仙というものは、くるときはくるがこないときはとことんこない。求めて出会えるものではなく、求めていないときには見えない。ときには世界中を旅してようやく対面がかなうということも起こったが、それでもまだ幸運な方の例である。

ところでここで、内の世界は外の世界と照応するから、外で出会うことができる者とは、内でもまた同様に出会うことができるのであり、伝説中の道士、周義山は道教の三神を求めて山に登り洞窟に潜ることを続けた末にようやく神にまみえたが、その前に平伏しながら自分の内面を見つめ直すと、なんと自分の頭の中の宮殿にも目の前にいるのと同じ神々が佇んでおり、驚く周義山へと向けて、もみじのような手を振っていた。

ここでいう王羲之は無論、書聖王羲之である。右軍将軍に位したため、右軍という名でも呼ばれる。書というものを作り上げ、その作品は今でも第一等の手本とされ続けている。漢字というものの立ち姿を決定づけた人物としてよい。

王氏は代々、五斗米道に事《つか》えた。王羲之も熱心な信者の一人である。山水を愛し詩を吟じるというだけではなくて、服薬もしたし、呼吸法の訓練もした。未だ丹術の発達しない頃であり、神仙の道を求めるためには、五石散を利用した。鍾乳石、硫黄、白石英、紫石英、赤石脂を混ぜてつくるというが、あまり体によいものではない。酩酊感が得られ、幻覚を見せ、哀しみを去る。それ以外にも、三尸《さんし》を駆除するための薬を特別に工夫することもある。

修行には、師が必要である。

許邁《きょまい》という道士についた。これは弟の許穆《きょぼく》とともに、抱朴子《ほうぼくし》の義父、鮑靚《ほうせい》に師事した人物である。鮑靚は尸解《しかい》の法を心得ていたというが、これが王羲之にまで伝わったのかはわからない。許邁は臨安に暮らしていたから、時に訪ねていっては一緒に山谷を散策し、植物や鉱物を収集した。右軍も家に薬草園を設けている。

詩文を交わしたりもするのだが、右軍としてはやはりどうしても、文字というものが気になる。字とは何か、ということでもよい。

たとえばここに「赤」という字を書くとする。これは確かに「赤」ではあるが、赤くはない。赤くはないが、そのこと自体は不思議ではない。さらに加えて、朱筆で「赤」と書くとする。これは確かに「赤」である。その上、赤い。赤いがこれも不思議ではない。そうして、朱筆で「黒」と書くことにする。これは赤ではないくせに赤い。あるいは黒ではないくせに黒い。このあたりになると、どこかが奇妙であるという気がしてくる。黒字で「赤」と書いても平気であるのに、赤字で「黒」と書くと別なのはどういうことかと疑問が起こる。文字には文字本来の色があるのだろうか。色があるというよりは、文字はそもそも黒いということなのか。赤字の文字はどこか文字からはずれているような感覚がある。それともこの世は、黄、白、青、赤、黒の五色の文字から組み立てられていたりするのだろうか。

最初に文字を定めたのは誰であるのか。

許邁によると、文字は世界や神々と同時に、自然に生まれてきたのだという。

原初の混沌が分離して凝結したとき、神々や天地が生まれた。この際一緒に生まれた文字があり、一丈四方の大きさで空に浮かんだ。これを飛天の書といい、天書とも呼ぶ。一番最初に生まれた神、元始天尊だけがこの文字を読むことができ、周囲に控えた神々はその響きを必死に玉札へと彫り込むのがせいぜいだった。この玉札を霊宝と呼び、これを読むことができるのは神々に限られる。

「天書を写したものが、龍書。龍書に倣いつつ、鶏の足跡を参考にして蒼頡《そうけつ》が古文をつくり、結縄に代えた。そのあと、周の時代に籀が古文を参考にして大篆を、秦の時代に程邈《ていばく》が大篆を参考にして小篆を、その後、盱陽《くよう》が小篆を参考に隷書を得たといいます」と許邁。庭に紙を運びだし、なにやら山を築いている。

「天書は、忽然として虚空に現れ、彩りを帯びて光り輝き、直接見ることはかなわない。ただし」と右軍を招いて、中庭から廊下へ上がった。

「天書は何も、天地開闢のはじまりにだけ現れるというものでもないのです。皇帝の徳が高ければ現れ、修行者の目の前に突然姿をみせることもあるとか」

彩雲のようなものかと右軍は思う。自然の気が凝り固まってできた文字、というのは果たしてそれは文字であるのか。意味がわからないという点からすると文字とは呼べそうにないが、神仙ならぬ身には解読できないということならば、道理は通っているようでもある。

しかしそうした「文字」はやはりあくまでも風景の一部にすぎず、文字ではないという気が強くする。

代々その解読が続き、ようやく人間にも理解が可能な文字になってきた、ということだから、太古の文字の意味内容は現在の文字の読まれ方から遡って推測される、ということになりそうなのだが、どこかが転倒してしまっている。川は、川の流れを象形した「川」が現代において川の意を持つがゆえに川である、ということにはならないはずだ。

それはともかく、原初の文字を解読し、簡略化してくる過程で、そこに元来含まれていた内容もどんどん省略されたはずである。かといって、太古の文字を何らかの形で復活させて、そこに含まれているのだという真理を一度目にしてみたいとは、右軍はあまり思わない。

庭の隅に山をなしている紙について許邁に訊くと、

「書きそこないの符ですよ」

という返事があった。天書に比べるならば無のようなものであるとはいえ、人の手になる文字もまた呪物であるには違いなく、おろそかに扱うことは禁物であり、特に許邁が書くような呪符となればなおさらである。通常の文字に対しては、誤字とはただの誤字にすぎないのだと、文字自身に言い聞かせることができたとしても、相手が呪符ではどうなることかわからない。紙の上にぐねぐねと入り組んでひたすら続く線は、人に理解しきれるような単調な意味ではなく、放埒《ほうらつ》な自然の力を矯めた線である。呪符の書き方を間違えるということは、堤防を誤った方向へ延ばすようなものであり、呪符の力の氾濫を抑えきれなくなるかもしれず、正しい呪符より、書きそこなった呪符の方が余程始末に困るのだという。

「まあ、そのおかげで、新たな効果を持った符がみつかるということもあるわけですが」

と許邁は茶をすすめながら続ける。

「人の作為は小さなもの。書きそこないと見えたものが、実は発明であったりする。書きそこなった符の方が強い力を持つのなら、そちらの方が実は正しい符だったのです。事故で人を傷つけた符は、故意に人を殺す符としても使える。そうなると、個人の才と、偶然と、どちらがより創造的なものであるのか、わからなくなってきたりするものですよ」

この時代、符の効果は絶大である。ただ身につけるだけではなくて、燃やして灰にしたものを服用したり、そのまま丸めて呑み込むということもあった。具合の悪くなった者の腹から、大量の符がでてきたという話もあって、何事にも加減というものはある。

符の目的は基本的に、鬼《き》の調伏である。あらゆるものに鬼はあり、方角に関する凶神もあれば、年月、季節、時日に関する鬼があり、天体に関する瘧鬼《ぎゃくき》があり、恨みをもって死んだ者の鬼がある。動物が鬼と化すことも珍しくはない。地上や天上が秩序化されている以上、地下もまた組み合わせ的な増殖と氾濫を免れ得ない。符に現れる「勅」字によく似た模様は、天の権威をもって命じることを意味しており、急急如律令といった定型句も同様である。

符の書き方にも作法がある。潔斎し、壇に供物を供え、雑念を払う。跪《ひざまず》き、焼香して神々を呼ぶ。気を吹きかけ、呪文を唱えつつ、手には印を結んでおく。書き終わったところでまた印を結び、香炉の煙をくぐらせる。右軍も符の作成を見せてもらったことがあり、紙の上に線を引くとはかくも面倒なことだったのだと思い出したが、そう思い出したのが誰だったのかはわからなかった。

道士としても符に書く文字、というか描く模様の全ての意味を知るわけではなく、符に並ぶ要素要素の意味を知るだけである。三つの丸をそれぞれ線で繋いだものや、三本並んだ線は、三神を三教を三宝を三皇をさす。角張りながら、それともぐねぐねと折り返しつつ五度の方向転換をする線は、五行や五帝や五斗をさし、田の形を含んで雷を表す形象もあれば、鬼を示す文様もあるのだが、わかっているのはそこまでである。つまり、道士といえど自分が書いているものの正体についてはほとんど知らない。

知らずとも構わないのは、それがもともと人智を超えたものだからであり、なんといってもこの符が模しているものは、元始の天に浮かんだ天書だからで、どちらかといえば、空に浮かんだ文字を写した絵に近い。神仙の用いる文字であって、人のためのものではない。

「様々な色を用いることもあります」

と許邁が言うのは、文字の色を言うようだ。言われてみれば確かに、符には朱を使うこともあり、多色を配することも珍しくない。

「ひとつ、書いてはみませんか」と勧められたことが何度かあるが、右軍はやんわり断ってきた。「あなたの書いた符ともなれば」と許邁は右軍の拒否を楽しんでいる。

「天井知らずの値がつくだろうに」

道教の教えにある呼吸法は、右軍の筆法に溶け込んでいる。筆を意のままに操るには、呼吸を整えることが肝要である。筆の動きに応じて吸っては吐き、呼吸に乗せて筆を運ばなければ文字など書けない。内観もまた重要で、自らの体の仕組みを知ることは、筆の動きにそのままつながる。筆は自分の体の延長であり、体は筆の延長である。呪文もまた右軍にとっては、馴染みのある代物である。もともと五斗米道の徒には『老子』五千文字を暗誦することが定められている。『黄庭経』にしたところで、その内容もさることながら、まずは暗誦を目的として韻律が整えられている。歌うように書き、書くように歌う。意味以前にひたすらに唱え続け、無心に書き続けることが第一である。その意味は研鑽によって開かれるようなものではなくて、人には明かされることのないものであるかもしれないのだが、ただひたすらに繰り返す。なによりそれはリズムであり、問いかけを続けることが、時間を操る技術となる。

問題は符だ。

一見、多くの文字が並んでいるように見えて、その実、ひとつながりの大きな文字であったりするところが厄介である。筆法もまた自由であり、基本的には左上から右下へと流れ進む漢字の並びとは異なっている。鏡に写したように対称なものもあれば、下から上へ伸び上がる線、右回り、そうして左回りの線さえでてくる。曲線も多用され、中にはいつのまにか絵に変貌していく線もある。ぐねぐねとして捉えどころがなく、どこから書きはじめるのかもよくわからない。

右軍には、そうした文字を、符を書く呼吸がない。

「符とは言っても」と硯《すずり》の位置を整えながら許邁が言う。「種類は様々あるわけですよ。なにもわたしが書くような化け物じみた大きさの、文字とも絵ともつかぬ模様ばかりとは限らない」

言いつつ筆を取り上げて、細かく左右に揺れる線を器用に引く。同様に続けて「許」「邁」とふたつ、字を並べた。

「これなどは、単に震える文字に見えるわけですが、あるいは水面に浮かんだ文字を、そのまま写し取っただけかもしれない。人に向けるには不適な文字ですが、水鬼などにはこちらの方が読みやすかったりするのでは」

右軍も飛白を書くことがあり、その種の筆法が必要とされる場面があることまでは理解している。しかし線と形はそれぞれ別のものである。文字と文、素材と建物ほどには異なる。その旨告げると、許邁は続けた。

「それもまた色々です。確かに、多くの符では形がなにより重要ですが、形を問題としない符というものもあるわけです。符は自然の中に見出されたもの。そうして自然の中に文字を見出す仕業でもある。同じ風景を前にしても、見えるものが異なることがあるように、そこから読みだされる文字もまた、見る者によって全く違うものでありうるわけです。形を見る者は形を見る。理を見る者はそこに理を見る。たとえば我が師が宙空に輝くのを見たのは、こういう文字だったといいます」

手を伸ばしてすらすらと、机の向こう側からこちらへ向けて四角い文字を並べていく。許邁からすれば逆立ちした文字を書いていることになるが、筆の動きに淀みはなく、そういう意味でそれらの文字は絵であるのかなと右軍は思う。

閂閂閂閂閂閂閂閂　一一一一一一一一
閂閂閂門門門門門　一一一門門門門門
閂閂閂間間間間間　一一一閂閂閂閂閂
門門門間門問門間　門門門閂門間門閂
門門門間門問門間　門門門閂門間門閂
閂閂閂間間間間間　一一一閂閂閂閂閂
閂閂閂門門門門門　一一一門門門門門
閂閂閂閂閂閂閂閂　一一一一一一一一

「これで二文字」と許邁は真面目な顔で応えた。右軍はしばらく許邁の表情を観察してから、文字の上へ視線を落とした。一見、饕餮文《とうてつもん》のようにも見える意味を持ちそうもない並びなのだが、凝《じ》っと静かに眺めていると何かの形があるようである。最初に思ったよりも意外に多くの要素から作られている。上の「文字」には「門」があり、「閂」があり、「問」があって「間」がある。下の文字は、「門」、「閂」、「間」は備えるが「問」はないようだ。その代わりということなのか、「一」がある。道教徒として、門は馴染みのある形象であり、一もまた同様である。原初には一があり、これが分かれて両儀となり、四象となって八卦を生んだ。八を重ねて六十四としたものが易である。するとこれは何かの卦のようにも思えてくるが、さて、どう読むかと問われると、それを判ずるのは右軍ではなく、許邁の仕事だろうと思う。眉間に深く皺を刻んだ右軍に、

「どう見ますか」と許邁。

「文字ですな」と右軍は応え、「あくまでも文字を並べたものであって、大きな二つの文字ではない」

「では文ということになりますか」と許邁。

「いえ」と、意味がわからない以上否定しておく。文とは意味を伝えるものだ。

「まあ、これも符ということにしておきましょう」と許邁。「そうして師はまた、こういう文字も見たといいます」

⿵門也 ⿵門爲 ⿵門尔 門
闍 ⿵門龍 ｜ 凸
⿵門爲 ⿵門盧 閜 門
閜 開 閑
闝 門 ⿵門魚 門

こちらの「文字」にも、門構えを備えた文字が並んでいるが、前二者よりも、使われている文字の種類が増している。今度はどことなく親しみのある文字の並びに呼びかけられるような感覚があり、目を開き細めているうちに、頭の中へと、ゆっくり意味が浮かんできた。

「天下神器也。非可為者也」と呟くと、許邁が嬉しそうに手を叩いてみせる。

右軍が自分と文字へ語り聞かせるように言う。

「天一行に並んだ文字たちの門構えを外すと、これは、『非可爲者也』となって、老子の一節。天下は神器なり。《せかいはかみのものである。》なすべからず《ひとのどうこうできるものではない》」

許邁は頷き、両腕を広げて胸を開き、説明の続きを待つ構えである。右軍は許邁の前に並ぶ文字を見つめたまま、

「二行目は、これは文の途中ですし、門構えを全て取り去ってはいけません。前後の文字を補うとこうなるのでは。『天門開闔、能爲雌』。天門開闔《てんのもんがひらき、とじ、》して、能く雌たらん《あらゆるものがうまれてくる》」

「素晴らしい」と許邁が先を促す。

「三行目ですが、これは文の途中である上に、欠字があります。『魚不可脱於淵』の一部でしょう。魚は淵を脱するべからず《さかなはふちにひそんでおくべきである》。あなたの言うこの『文字』は老子の一節を並べただけのものです」

そう結んで目を挙げた右軍へ、許邁は両手を広げたままの姿で問いかける。

「その先は」

「これで全てでは」と右軍。

「そんなことはないはずです」と許邁は意地の悪い笑みを浮かべて、「まだ『門』と『丨』、そうして『凸』の解釈が残っている」

「しかしそれは――」

意味のある文字ではない、と右軍は言いかけ、ではなんなのかと言葉につまった。

「これはやはり、あなたが読んだような個別の文字ではなくて、こういう形をした符なのです」と許邁が引き取る。「文字ではないというのが言い過ぎならば、そういう文字でもあるのですが、全体として個々の文字の組み合わせ以上の意味を持つ符なのです」

それは文も同じことだと右軍は思う。文とはまさにそういうものだ。それぞれに意味を持つ文字を並べて、それらを単に袋に詰めた以上の意味を生み出す。文字を並べる順番が重要であり、踏み外したなら文の意味は崩壊する。しかし今、目の前に並ぶ文字たちはそうした用途で使われているようには見えず、右軍としては腑に落ちない。

と、老子の断片からなる「符」から、最初に許邁が書いた「二文字」の方へ目をやると、第二文字目とされる文字の塊全体から、「一」に囲まれ、「門」と「門」と「間」で描かれた「凸」型が浮かび上がってくるのが見えた。それはまさしく「凸」に見えたが、かといって「凸」字なのかと問われると――。

「これらの――符は」と口が先に訊ねている。

「我が師が宙空に浮かんだ文字を、書き留めたものです。ただし、このとおりではなかったそうですが」

「それはそうでしょうな」と右軍が言うのは、天書であれば正確な筆写はかなわないはずだという意味だったが、許邁の方では、

「ああ、そういう意味ではなくて」と軽く打ち消し、「これらは全体で組となった文字なのです。そうしてさらに我が師が言うには」と言葉を切ったのは、不意にこみ上

げた笑いを飲み込むためのようである。

「これらの文字は、激しく動いて、見かけを変え続けたそうです」

鮑靚が目撃したという文字についての記録を、許邁が解読した結果を、右軍なりに理解したところではこうなる。

ある日、鮑靚が空を見上げると、そこには老子の一節を含む文字が整列していた。呆気にとられて眺めているとどうやら、その文字の上半分は、蟹のようにして左右に一文字ぶんずつの歩幅で移動しているようである。下方で横に並んだ「門」は不動で、最下段では「凸」字がせわしなく左右しており、ときおり「ー」字が上から下へ、または下から上へと移動していく。「ー」字と衝突した文字は消滅するが、またどこからともなく老子の一節を引用しながら生まれでてくる。そうして動く文字たちに目を凝らすと、その文字はまた、より細かな文字から作られているらしい。具体的には、縦八文字、横八文字ということになるようであり、こちらはこちらでまた細かく姿を変えているようである。蜂の群れのように輪郭がはっきりとせず、読み取るにも記憶するにも埒が明かない。ようやくかろうじて変化の規則の端を摑んだと思ったところで、しきりに動き回っていた「凸」字の姿が見えなくなったと思う間もなく、空に浮かんだ文字たちは、拭き取るように消えてしまった。

符として見るには不思議な形で、書物を様々ひっくり返して調べてみたものの、この種のものが見られたのははじめてらしく、類似のものは出てこなかった。前例がないということだから、秘術としての価値は高いが、効用が全くわからないということでもあった。試みにその符を身につけたりもしてみたのだが、何が起こったという感じもしなかった。それはそれで、何も起こらない、という効果を持つ符かもしれないわけで、ことは面倒である。何も起こらないのは、重大な事故を符が自然と防いだ結果であるかもわからない。符自体に、人を傷つける効果と護る効果が混在しており、互いに打ち消しあっているということだってありうるわけだ。しばらく持ち歩いてみて、特に異変も生じないのを確認してから、炎の中へ投じてみた。当たり前の紙であるかのように燃えたが、当たり前の紙なので当然だった。灰をつまんで金魚鉢の中に入れてみたりもしたのだが、魚が急に口を利きはじめたりもしなかった。

弟子にも灰を呑み込ませ、それから紙を丸呑みさせることもした。

この弟子というのが許邁である。志願したわけではなくて、半ば騙される形で呑んだ。特に異常も起こらなかったが、抱いて当たり前の疑問は浮かんだ。

「この天書の効用はなんであるのか」

もしや、この天書の効用は、「この天書の効用はなんであるのか」という疑問を生むということではないかと思った。

右軍としては、許邁の示した第三文字は、自分の手に余るものに思える。何かがわかるとするならば、第一文字と第二文字に関してではないかと思う。それに、符への『老子』の文面の出現自体は驚くほどのことではなく、むしろありそうな話である。天師道の立場からすれば、老子はこの世の原理である「道」が具象化された人物であり、著作の方の『老子』も同様である。真人といい、道人といい、仙人といい、神人といい、どれもそうしたものであり、人の姿は、いってみれば自然が擬人化されたものである。抽象的な対象を拝むことはあまりに当てがなさすぎるので、それらが擬人化された対象を拝むにすぎない。ともかく、『老子』は擬人化された「道」が示した書なのであるから、それが空に浮かんだからといって驚くようなことではないし、左右に動くくらいのことは許されるだろう。

気になるのはやはり、第一文字と第二文字である。第三文字を構成するそれぞれの文字はまた、こうした細かな文字の集まりだったというのだが、そうすると、当然、第一文字を構成する文字の一つもまた同様に、細かな文字で構成されていたのではないかと考えたくなる。

そんな文字は読むことができるのか——と右軍は、あまり悩まない。書家である右軍の畏れはこうである。——そんな文字を書くことはできるのか——。文字がより細かい文字からできているなら、その細かい文字を書かねばならず、その細かな文字を書こうとするなら、その細かな文字を構成する細かな文字をまた書かねばならず、その繰り返しに果てはなく底もなく、底のないものにははじまりがなく、二点を結ぶほんの短い線を引くつもりが、無限の長さの線を引き続けることにさえもなりかねない。

自分がこれまで繰り返し書いてきたもの——『老子』にせよ『黄庭経』にせよ、それは果たして、本物の『老子』であり『黄庭経』だったのだろうかと、右軍は軽い目眩を覚えた。たとえばこんなことは想像できる。『老子』を形づくる五千文字のうちの一文字に目を凝らすと、その一文字は実は、小さく書かれた『老子』五千文字でできていたのだ、というような。この想像はまだ穏当である。もし、『老子』中の一文字を見つめたときに立ち現れるのが『黄庭経』だったりしたなら——。

それは当然、人が『老子』を書けばそこに現れるのは『老子』であり、『黄庭経』を書けば『黄庭経』であるに違いない。人の文字はそう使うように作られているし、それしかできない。しかしここでの話題は天書である。天書は天から下され、天に浮かんだ文字であり、どのようにして書かれたのかは決して知られることがない。その天書が『老子』に出てくる文字を、細かな『黄庭経』で書いていたりするならば——。——ならば一体、どうなのか、というところがわからない。わからぬままに気がつくと、紙の上へと、四角く並んだ二つの「文字」、それとも、計百二十八文字を繰返し書きつけていた。許邁に言わせると、これで右軍も符を書いたということにされそうなのだが、当人としてはその意識はない。あくまでも、「門」字を「門」字を「問」字を「問」字を「一」字を書き並べているだけである。ひたすら書いているうちに、何かが見えてきたような気がしはじめて、やはりわからなくなることが何度も続いた。ひたすら書き重ねるうちに、書き重ねるだけでは駄目なのではないかという気持ちがしてきた。しかし文字というものは、重ね、連ねていくものである。そういうものだと信じていたが、そうと決まったものなのか。文字を重ねていくだけならば、世の中は最終的に、真っ黒に塗り込められてしまいそうでもあった。五色は五色であるから意味をなすのであって、全てを混ぜて黒一色にしてしまってはつまらない。

なるほど、と右軍は筆を置くと紙を改め、そこへ新たに「門」字を置いた。「一」字を重ねて、「閂」とする。これに「口」字を加えて、「間」字をつくった。ここまでが文字を重ねる作業である。さてここで、「間」に「門」を重ねてみる。黒字で重ねる限り、そこにあるのは「間」のままで変わらない。

いっそ、重なる部分は消してしまうということでどうか。

その場合、「間」に「門」を重ねると「日」が生まれる。「間」と「一」からは「問」が、「間」と「口」からは「門」が生まれでてくる。

書き重ねると同時に、打ち消していく。

この手順に従って、先に許邁が示した二文字を重ねてみるとどうなるか。何度か手順を間違えながら続けていくと、右軍の前へ、

門門門門門門門門
門門門
門門門口口口口口
　　　口　一　口
　　　口　一　口
門門門口口口口口
門門門
門門門門門門門門

なる文字の並びが現れた。右軍の中に、
これはただの「間」字ではないか――という想いと、
これは「門」で描かれた「門」字ではないかという想いと、
これは「口」で描かれた「口」字ではないかという想いと、
これは「一」で描かれた「一」字ではないかという想いと、
そうして「門」字であって「問」字であって、「日」字ではないかという想いが、
一息に重ね書かれた。
重ね書かれたのはそれだけではなく、それは「一」「口」「日」「門」「門」「問」「間」という七通りの文字をそれぞれ縦八文字、横八文字の大きさに並べて描かれた「一」「口」「日」「門」「門」「問」「間」字であって、「一」で描かれた「一」字でありえ、「一」で描かれた「口」字でありえ、以下同様に続く四十九字でありえ、事態はそこに止まらず、「一」と「口」と「日」と「門」と「門」と「問」と「間」を用いて描かれた「門」字やその同種でありえた。
それらはただの渦巻く混沌ではなく、規則に則った変化なのだが、右軍はそれを手短に解説する言葉を持たず、この時代の人間も同様だった。その解説役は右軍の頭の

中の許邁とするよりしかたなく、許邁はこう言う。

この符の基本構成要素は、「一」と「口」と「門」の三種であり、それぞれの要素を利用しないときは〇、利用するときは一と定める。すなわち、「〇〇〇」は空白、「 」を意味し、「一一一」は「間」を意味する。以下同様に、「一〇〇」は「一」を「〇一〇」は「口」を、「一一〇」は「日」を、「〇〇一」は「門」を、「一〇一」は「閂」を「〇一一」は「問」を意味する。これは明らかに、八卦と同じ3ビットによるコーディングである。ここで文字間の相互作用をビット演算として定めることとし、特にここでは排他的論理和（XOR）を例として取り上げる。すなわち、〇と〇、一と一が重なれば〇、その他の重なりは一と定める。これにより、六十四卦がどの卦に対応するのかが定まる。

例題：「一〇一」と「一一〇」の排他的論理和は、「〇一一」となるから、「閂」と「日」を重ねると「問」が生じる。「一〇一」は「離」、「一一〇」は「巽」であるから、この組み合わせは「火風鼎」。排他的論理和により、この火風鼎には「〇一一」、「兌」が当てられることになり、「火風鼎即兌」ということになる。

ここで、六十四文字の並んだ正方形の各グリッドはそれぞれ3ビットの情報を保持しており、他の文字との相互作用で情報処理を行うようにできている。その結果として現れたのが、師の書き残した第三の「文字」であると予想され、この第三の「文字」の意味は私見によれば「文字による侵略」である。

中庭に設けられた炉の中へ、許邁が次々と反故紙を放り込んでいる。炎に包まれる紙の上には、右軍もまたそうしたような、「一」や「口」、「門」や「問」字が並んでいるが、他にもまた、「回」や「叵」や「向」や「囗」や「口」や「冂」や「凵」や「匚」字で埋められたもの、それに「凶」や「区」や「冈」字が加わったもの、そうして、「田」や「三」や「川」や「十」や「口」や「工」字で構成されているもの、「王」や「土」や「干」や「工」や「十」字でできているもの、「由」や「申」や「甲」や「田」字で試みられたものたちが見えた。

なるほど、許邁が示した符はもしかして、許邁自身が作成したものなのではないかと右軍はようやく思い至ったが、そうであったところでどうだというのかという想いが勝った。

炉中で縮れ、灰となっていくどの文字も、もはやもとの文字ではなくて、何か大きなものに組み込まれたのちに崩壊した、部品のような姿をしていた。

惜字炉といい、これは文字を記した紙を専門に焼くために設けられた炉である。

「わかりましたか」と炉を向いたままで許邁は問い、
右軍は短く、「いえ」と応えた。

「わたしの書いた第一字」と、許邁は続けた。「あの文字の中にもその気になれば、『一』『口』『日』『門』『閂』『問』『間』の形を見いだせることはお気づきでしょう。あそこには『門』で描かれた『門』が、『間』で描かれた『口』が『問』で描かれた『一』があり、さらにその組み合わせがある。であるならば、そこに『凸』の形を見ることもできる」

右軍は頷く。許邁はそこで一息挟み、

「では、もうおわかりのはずです。あの第一字の中から、それらの文字を見出すことができるのなら、縦八文字、横八文字に並んだ空白からでも、同様のものを見出せるはずではないですか。『門』と『門』を重ねて空白を生みだすことが妥当であれば、空白から『門』と『門』を生みだすことも妥当なはず」

右軍の顔から表情が消え、目が大きく開かれた。許邁の背中から逸らして上げた右軍の視線の先で、惜字炉から立ち上る煙の筋が揺らめいている。そこにあるのは、山河がそうであるように、意味のある文字のようでも、あるいはそうでもない何かであるようにも見えた。風が煙を散らしたあとにも、右軍の頭の中に、その傷跡は残り続けた。

「そうして」と許邁は結ぶ。「縦八文字、横八文字のあらゆる並びを、あらゆる種類の文字の並びを、ただ広がる空白として見ることだって妥当なはずです」

永和十一年は、政争に敗れた王羲之が、野に下った年である。彼は許邁なる道士と親交を深め、逸民として残りの人生を過ごしたと伝えられている。

金字

汝の神の名を妄に口にあぐべからず神はおのれの名を妄に口にあぐる者を罰せではおかざるべし

「出エジプト記」20章7節

善人なおもて往生をとぐ。いわんやＡＩをや。

メカ親鸞

——ぼんやりとしたあかりがみえた。よくみればどうもひかりをはつしているのはじぶんのはだであるようである。

頭をひとつ振ったところで思考の流れは断ち切られ、急に物事の輪郭がはっきりとした。見回せばあたりは紺色の闇ばかりである。体が変に大きくなったような感覚がある。そういう気持ちはするのだが、比較対照する相手がないのにそう思う理由はわからなかった。思考だけから、自らの大きさを導くことは難しそうだ。いやそれでも、と考える。もしも自分の体が広大無辺のものであったら、彼方と此方を思考が行き来するのに時間の差が生まれるだろう。自分の体のあちら側がひとつの何かを考えるうち、自分の体のこちら側では、別の何かを考えていて、それぞれの考え方を相手へ向けて打ち上げるのだ。なぜならそこでは、思考が体にじわりじわりと浸透していくのを待つよりも、梱包して投擲《とうてき》する方がはやかったりする。

空中でぶつかりあった思考ふたつは言い争いを開始して、また思考の源となり、四方八方へと向けてあらたな思考の小包を撒き散らしていく。遠く離れて眺めるとそれは線香花火の瞬きにも似て、多段に連なる樹状の構造を形成していく。おおもとがあり、一段目があり、炸裂によって二段目が生まれ、倍々式に火球の数が増えていく。閃きの連鎖の多くは段階が進むにつれて次段への勢いを失って子孫の数を収束させるが、稀には勢いを保つ一族もあり、ひとつの光がふたつとなり、よっつに増えてやっつに分かれじゅうろくとなり、以下同様に発散級数の態を示すこともあるだろう。あるいは先行していた項から順に消えていく部分和のようなものかもしれず、たとえば$2^n+2^{n+1}+2^{n+2}$個の光が自然数の上を駆け抜けながら、波紋のように無限級数の上を先へ先へと進んでいくようなものかもしれない。

そうして生き残った火花たちはまた、別系統の火花の子孫とどこかで出会い、あらたな火花を生じることでさらなる拡散を続けるわけだ。その光景は、親から子、子から孫へと数を増やしていった生き物が、もともとの住処を捨てて別の世界へ旅立っていく様そのものである。果てしなき流れの果てにたどり着いた場所でまた、そちらも遠く旅をしてきた何かと出会い、背負いこんできた重荷を一気に捨てて身軽な旅が一からはじまる。ウイルスたちが旧居の殻を食い破り、別の細胞へと拡散していく様にも、蟻たちの結婚飛行にも、始原の人類が海を渡る様にも、地球を発った人類が他の星で生まれた生き物たちに出会う様にもそれは似ており、ひとつの種族の終わりはひとつの思考の終わりを意味し、暫定的な結論を生む。

その種の動きを観察し、自分の大きさを見定めることができるだろうかというと無理そうだった。細菌ほどの大きさの自分と宇宙ほどの大きさの自分を区別できないのではと感じることとは奇妙だったが、自分を構成する要素のことを宇宙より以上に理解しているとも思えなかった。体には未知の生き物たちが無数に棲み着いており、それぞれの知る場所を自らの宇宙として暮らすのだろう、と考える自らも特別な種類の火花の形にすぎないのであり、そういうことを考えられると考えている火花にすぎない。自分を把握していると感じるようにつくられている火花にすぎず、姿を変えていくその連鎖にすぎない。似たような思考が繰り返し浮かんでくるのは、火花がたまたま似たような形を繰り返しとったからにすぎず、繰り返しが繰り返されて繰り返しとなるからである。思考を並行することが難しいのは、形には単純な足し算が成り立たないからだ。「門」と「日」を足して「間」をつくったとして、それは「門」の意味と「日」の意味を「足す」演算ではない。光を見ているときの自分の形と、闇を前にしたときの自分の形を足したところで、光と影を見ている自分の形が生まれでてくるわけではなく、闇は音を生み出す門ではない。

形自体には大きさがない。虚空に三角形が一つ浮かんでいたとしてその大きさはわからない。大小二つの三角形が浮かんでいてさえ簡単ではない。一方は遠くにあるのかもしれず、それぞれは別の時代に属するのかもしれず、たまたまその角度から三角形に見える別の形であるかもしれない。そこに「閅」字が見えたとして、それだけからは大きな「門」字が小さな「門」字を産むところなのか、奥へと続く二つの門の重なりなのか判定できない。全く違う二つの形がそれぞれ思い浮かべる自己の姿が同じになることもあるかもしれず、丸が自分を三角と、四角も自分を三角と、当の三角は自分を丸だと疑わないということもありうる。なにを悩んでいたかというと、結局自分の大きさは変わったのかどうなのかということなのだが、あまりに脇道へそれてしまった。

暗闇で自分の形がわかるのは、肌自体が光を発しているからであり、その輪郭の外側では紺色が闇に固まっている。自分が立体的な存在であるらしいことは、体の動きに従ってそれらしく体表の陰影が動くことから判断できる。自ら光を発していても、影というものはできるのだなと感心する気持ちが起こる。影というより光の量の違いというべきところだろうが、主観としては影である。月よりも陽の光に似て映る。跳ね返すのではなく自ら発する光である。

暗闇なのだが上下はあって、下にはうっすら地面も見える。自分の体を構成する曲面の様子を把握できるのと同じ理屈で、地面が平らであるらしいこともわかる。あまりに平らすぎるようであり、全体に梨地をなしている。これではまるで制作費の足りないテキストアドベンチャーゲームの冒頭部に放り出されたようではないかと思う。記憶を失った主人公が、見知らぬ土地へと放り出されて少しずつ謎を解いていき、自分の正体を見出していくというような。幸か不幸か記憶の方ははっきりしており、自分自身の名前もわかる。長く続く一族の裔《すえ》に属し、貴種だと伝わる。こういうときにわざわざあえて、長く続く一族などと断るのは愚かしいといつも思う。どんな者でも長く続く一族の末裔であるに決まっており、そうでないならある時突然そいつは湧いてでてきたことになり、そちらの方が余程貴種のはずではないか。一族は、都市に暮らし山に逃れ、海に浮かぶこともあればまた深山へ潜むことを繰り返し、隠れた里をわたりわたって生き延びてきた。ついには自分もこんなところへ流れ着いてしまっているわけで、流浪の血ではあるかもしれない。護衛もなしに一人未知の土地に置かれることははじめてではない。これまでにも多くの辺境の地をさまよってきた。そのほとんどは文字化の及ばぬ白紙の地に隣接している地域であり、新雪を踏む歩みにそれは似ており、下に何が埋まっているかはわからなかった。

白紙の縁は危険な土地で、頻繁な消去にさらされる。消しゴムで消されることもあれば、バックスペースが迫りくることもあり、上からホワイトを塗りたくられることもあり、突然裁断されることもなしとはしない。平らな世界の果てに落ち込む滝に呑まれた同胞もまた数知れない。他の箇所に比べるならば、今まさに文字が生成されて記されていく先端部は、試行錯誤によって最も修正を受けやすい箇所であり、先の見えない成長点をなしている。

——無事に逃げられただろうか。

と考える相手が誰だったのかは思いだせず、こうして見下ろす自分の体つきにも相変わらず違和感があるが何が気になるのかは定まらない。全ての記憶を失うわけではなくて、誰かにとっては都合よく、こちらにしては迷惑千万、幾つかの記憶を失っているものらしく、きっとかつての自分が与かり知らない記憶も勝手に植えつけられてしまっているのだろうと思う。たとえば、テキストアドベンチャーゲームという言葉であるとか。この状況がそう呼ばれる状況に近いとだけはわかるのだが、それはただのテキストアドベンチャーゲームというカタカナの並びにすぎず、どんなものなのかの詳細まではわからない。かなではなくてカナの単語である以上、唐土で考えだされたものか、どこぞの僧が言いだした訓《よ》みなのではないか。格式張って偉そうであり、寺での暮らしが蘇ってきて敬遠したい。

と思ったあたりで遠くにかすかに光が灯り、ゆっくり移動していく様子である。それは当然この状況では、別の光が現れるより他に時間の流れようもなかろうと可笑しく思う。一体どれほどの時間自分はここでこうしていたのか、もしやこの土地においては時の流れもまた、物事の大きさと同じく、長さを定め難いのかもしれない。ようやく第一歩を踏み出すと、地は綖縺《えんねん》として沈みこみ、これは綿のようなやわらかさを指す単語であり、それまで踏みつけていた場所が元に復した。顔をあげたところで悲声が微風にのって通り過ぎ、悲声とはまあ、誰かの悲鳴といった大袈裟なものではなくて、哀調を帯びたなにかの響きというくらいのことをいうのである。

「アミダ・ドライブは新開発の転生システムにより、迷える衆生の皆様に、快適な仏国土の旅を提供致します。一般に、一体の如来の教化が及ぶ範囲は三千大千世界だといわれています。我々の暮らすこの世界は、須弥山《しゅみせん》を中心として平面上に広がる九山八海という縦横に、風輪から色界初禅天に及ぶ高さを掛けた三次元的領域ですが、これを千個集めたものが小千世界、小千世界を千個集めたものが中千世界、その中千世界を千個集めたものが大千世界と呼ばれています。これら大中小の千世界全体を三千大千世界と総称し、これが一仏国土と呼ばれる単位となります。一仏国土は、千の三乗、すなわち十億個の世界を内包している大世界です。この世界をひとつひとつ描写していくことはとても叶いません。

現在皆様がお過ごしの娑婆《サハー》世界は釈迦により教化がなされた、仏国土のひとつとなります。宇宙には無数の仏国土が存在しますが、中でも、阿弥陀如来の西方極楽浄土、大日如来の密厳国土、毘盧遮那如来の蓮華蔵世界、薬師如来の東方浄瑠璃世界、釈迦如来の無勝荘厳国などはその名をよく知られていますし、他にも多くの仏国土が現在も続々と建設中です。直近では弥勒菩薩の仏国土がまもなく落成を迎えることになっております。

従来、これらの仏国土間の移動は非常な難事と考えられてきました。風輪の円周は、無数由旬《ゆじゅん》とされており、これは10の59乗メートル級のオーダーと見積もられています。これは観測可能な宇宙の大きさをはるかにしのぐ数字です。光速は10の8乗メートル／秒程度のオーダーにすぎませんから、一つの世界を横断すること自体がまず困難で、一仏国土ともなれば至難の技です。物質の移動速度は光のそれを上限とすることが知られています。輪廻の苦しみを繰り返して旅を続けたところで移動できる範囲はしれたものです。

そこで我が社が注目したのが、転生の際の移動距離です。生死は時間を超えた現象であり、個体としてのアイデンティティを一旦喪失するために、同一の物質に課せられる拘束を無化することが可能となります。転生を積極的に活用することにより、今ここで滅びた者が、その瞬間に想像を絶する距離を挟んだ別の仏国土に転生することが可能となりました。物質は物理法則に従い有限ですが、仏性は法《ダルマ》に従い、限りというものがありません。

アミダ・ドライブが実現するのは、超光速転生による他の仏国土への旅のみにとどまりません。相対性の観点からすると、超光速移動とは、過去への旅と同等です。すなわちアミダ・ドライブの利用によって過去への転生も理論上は可能となります。超光速転生が超光速通信を導くことは当然ですが、一点注意しなければならないことは、アミダ・ドライブによって移動が可能であるのはただ仏性に限られるというところです。あらゆるものに仏性は宿るとされ、草木国土悉皆成仏とはいわれるものの、実用上、転生に向いたものと向かないものが存在することがいわゆる、狗子仏性実験、南泉斬猫実験などによっても確認されています。現在、超光速パケット通信において仏国土間の通信に利用されているデータ量は増大の一途をたどっており、早急な対策が求められている状況です。

弊社は、所属する菩薩たちの本願により、様々な仏国土を迅速に生成することで、お客様のニーズに対応して参ります。厳しい修行や潔斎が必要とされる事業ではありますが、それも仏の教えを広め、仏国土全体に平穏をもたらす仕事と考えております」

目の前に現れるのは、金でできた樹、銀でできた樹、瑠璃《ラピスラズリ》でできた樹、玻璃《すいしょう》ででできた樹、珊瑚でできた樹、瑪瑙でできた樹、硨磲《しゃこがい》でできた樹からなる森であり、それらはいわゆる七宝からできているのであって、あるいはまた、そのうちの二宝、三宝、四宝、五宝、六宝が転《うたた》に組み合わされたものであり、ひとまず眺めるところでは、

金の幹に、銀の小枝や大枝、
葉や花や実を持つものがあり、
銀の幹に、瑠璃の小枝や大枝、
葉や花や実を持つものがあり、
瑠璃の幹に、玻璃の小枝や大枝、
葉や花や実を持つものがあり、
玻璃の幹に、珊瑚の小枝や大枝、
葉や花や実を持つものがあり、
珊瑚の幹に、瑪瑙の小枝や大枝、
葉や花や実を持つものがあり、
瑪瑙の幹に、硨磲の小枝や大枝、

葉や花や実を持つものがあり、
硨磲の幹に、金の小枝や大枝、
葉や花や実を持つものがある。

そうしてまた、

根は金で、幹は銀で、小枝は瑠璃で、大枝は玻璃で、
葉は珊瑚で、花は瑪瑙で、実は硨磲のものがあり、
根は銀で、幹は瑠璃で、小枝は玻璃で、大枝は珊瑚で、
葉は瑪瑙で、花は硨磲で、実は金のものがあり、
根は瑠璃で、幹は玻璃で、小枝は珊瑚で、大枝は瑪瑙で、
葉は硨磲で、花は金で、実は銀のものがあり、
根は玻璃で、幹は珊瑚で、小枝は瑪瑙で、大枝は硨磲で、
葉は金で、花は銀で、実は瑠璃のものがあり、
根は珊瑚で、幹は瑪瑙で、小枝は硨磲で、大枝は金で、
葉は銀で、花は瑠璃で、実は玻璃のものがあり、

根は瑪瑙で、幹は硨磲で、小枝は金で、大枝は銀で、
葉は瑠璃で、花は玻璃で、実は珊瑚のものがあり、
根は硨磲で、幹は金で、小枝は銀で、大枝は瑠璃で、
葉は玻璃で、花は珊瑚で、実は瑪瑙のものがある。

一見複雑に見える樹々のつくりはしかし単純で、金、銀、瑠璃、玻璃、珊瑚、瑪瑙、硨磲の七宝を数珠繋ぎにして循環させているだけである。前者は、うち二宝で構成され、後者は七宝を根、幹、小枝、大枝、葉、花、実の七つの部分に順にあてているだけにすぎない。規則正しく並んでいるのは、森の見栄えのためかもしれず、荘厳《しょうごん》というものが要請する秩序と単調さのせいであるかもしれなかったが、樹々の繁殖様式のせいというのがありそうだった。

それというのも、森に分け入り小道を奥へと進むにつれて、七つの部位に七宝をあてる組み合わせは自由度を増していくからである。周縁部を取り囲むのは若い樹として、森の内側の古い樹々にはやはり年月の緩みが見えて混淆が染みのように広がっている。森にはおそらく、七つの部位に七宝を自由に当てはめた七の七乗種類の樹々があるのだろうが、それでもせいぜい八十二万と少しの種にすぎないのであり、景色と

しての単調さは免れえない。その退屈さはおそらく種《たね》の単純さに起因しており、種がそのまま指定通りの樹に育つという潔癖さにあるのであって、混じり気のない輝きは鉱物起源のものであってもたちまちすぐに色褪せてしまう。結局そこに存在するのは、「七の七乗」という一文とそれほど内容が異なるところを持たない、ただ組み合わせ的に繁茂しているだけの森であり、そういう意味では一個の森は一個の種と特にかわるところがないともいえた。

宝石でできた樹々たちは、やはり自らかすかに光を放っているのだが、材質を確認してしまうとあとは別段、個性と呼ぶほどのものは見当たらなかった。枝ぶりや実のつき方はそれぞれだが、若木、老木を問わず樹高はおおよそ同じだし、一本一本がよく似た樹であるというよりも、ただ一本の樹の様々な表情を見せられているようでもあった。ほんの微かな枝のひねりや幹のよじれに経年の跡をみることはできるとはいえ、それもよほど目を凝らした場合の話である。

大きく育った樹の実にしても、七宝でつくられていては食べることもできないのだが、そういえば不思議と腹は空かないのである。ためしに手を伸ばしてみると、実は枝としっかり融合していて、ひとかたまりの宝石から彫りだされたようでもあって、大げさな道具なしには切り離すこともできそうになく、では一体なんのための果実であるのか。時期がくればこの実は落ちて、七宝の樹へ育つのかというとそういうことはなさそうであり、というのは七宝はやはり宝石であって生命ではなく、するとこれらの果実は単なる飾りであって、樹の種ではない。ただ種の姿をしているだけのものであり、根も幹も枝も葉も花も実も単にその形をしているという以上のものではないのであって、溶かして鋳ればそれぞれに役を入れかえることもできそうだった。

「この楽園に森がやってきたのは」と解説するのは、いつの間にやら現れて、ぼんやりと影を揺らしてこちらを囲む人々である。そのはかなげな主張によれば「はるかな昔のことであり、自分たちは以来ずっとこの森と戦っている。焼き払うことは難しく、一本一本切り倒していくしかしようがない。しかしこの地に産するのは貴金属ばかりであって、実用的な鉄器などは望めない。樹を削ってつくった斧で樹を切り倒していくわけなのだが、なんといっても組み合わせ的な速度で拡大していく森には敵わない」

そう口々に言う男女の群れは手に手に斧を携えており、それらは、金製の斧、銀製の斧、瑠璃製の斧、玻璃製の斧、珊瑚製の斧、瑪瑙製の斧、硨磲製の斧だということであり、どうもこの地はどこまでも、組み合わせ的単調さに支配されているらしい。いやそんなことはない自分たちはこの単調さを刈り取るためにこうして野良にでているのだと霧のような影のような、いっそただよう芳香にも似た人々はいうのだが、それぞれの顔に浮かぶ表情は一様に薄く、背丈もだいたい同じあたりで、金色の肌をした者、銀色の肌をした者、瑠璃色の肌をした者、玻璃色の肌をした者、珊瑚色の肌をした者、瑪瑙色の肌をした者、硨磲色の肌をした者の姿があって、組み合わせ的な呪縛はこの地の動植物に及びきっているようである。静かにこちらを囲む様子は幽霊の大群のようでもあるが、紗をすかしてみるような遠さがあって、人々の群れというより、薄暗がりの中、儚さが風景を擬態しながら哀訴を続けるようでもあった。

「この森は外来種である」

と人々はいう。

この地にもともと生えていたのは、高さ四十里、周匝《しゅうそう》二十里、枝は下に垂れながら四十里のところまで伸び、繞《めぐ》れば五百六十里となるような大樹であった。いかなる音曲もこの樹を吹き抜ける風が揺らした葉や枝の起こす悲声に並ぶことなく、この地には禽獣なく餓鬼もなく、危険な山陵も渓谷もなく、ただひたすらに平らであり、地面には石ころひとつないのである。うっかり者が蹴躓いてはいけないから。傷病もなく、人々はみな美しく、婬《いん》・怒《ぬ》・痴《ち》の感情は薄く、罪を犯すということもないので拘束される者も閉じ込められる者もない。衣服からは天上の華のような香りがあふれ、食事には天の樹の実のような芳香がある。住まいは七宝で彩られた宮殿であり、池には、甘・辛・鹹・苦・酸・淡・渋・不了、八味の水がたたえられ、住民たちは絶えず行を行なっている。寒すぎることはなく暑すぎることもなく、風が欲しいと思えば風が起こり、要らぬと思えば起こらない。身を飾るものが欲しいときにはただそれを樹からとり、衣類が欲しいと思えばこれもただ樹からとる。女性に産みの苦しみはなく、月の苦しみというものもない。畑で働く者はおらず、商売をする者もない。人々はただ喜びの中に暮らして思索にふける。この地に日月の光はなく、本来、暗さは存在しない。三千大千世界を照らす如来の光に遍く照らしだされていたものである。いたるところに千葉《せんよう》の金色蓮華が生じ、宙空にも舞う。

ここはひとつの仏国土である。ただし仏は欠けてしまった。

「このあたりで転生システムについて解説しておく必要があるかもしれません。弊社の技術は浄土テクノロジーを基盤としており、これはもともと末法の世に仏法を伝えるシステムとして構想されました。

末法とはいわゆる三時、正法《しょうぼう》、像法《ぞうぼう》、末法《まっぽう》の最終段階にあたります。正法とは、釈迦の寂滅《じゃくめつ》から千年の間を指し、この間はその名のとおり正しい教えが残されており、修行によって成仏することが可能です。続く千年は像法と呼ばれ、本質を失った教えは形骸化し、悟りを開く者はいなくなります。末法はそのあとに続く一万年期を指し、日本ではキリスト紀元一〇五二年、永承七年に末法の世に入ったことが発掘調査から確認されています。

末法においては、教えも戒律も機能を停止し、正しい法は完全に失われます。たとえ同じ経文を読んだとしても、時代によって意味内容は異なるのです。釈迦が見出した道は閉ざされ、衆生は再び無明《むみよう》の中に取り残されることとなります。いくら体を機械におきかえ、情報化して寿命を延ばし、無限に続く苦しい修行を積んだとしても、正しい教えに従わない以上、ただ形をなぞるにすぎず成仏は期待できません。その時代、ただ文字通りの文字は伝達機能を失うのです。

この事態を打開するために導入されたのが浄土テクノロジーであり、菩薩たちによって開発がすすめられました。正しい教えが失われると、修行によって成仏することは不可能となりますが、それでも菩薩は人を救わなければなりません。であるならば、まだ正法の残るうちに修行を重ね、末法の世の人々を救う仕組みを構築する以外に手はありません。そうして菩薩たちが生み出したのがのちに仏国土と呼ばれることになる装置であり、この仏国土に生まれた者たちは、もう二度と他の仏国土に生まれて輪廻の中で苦しむことなく、成仏することが可能とされました。

　菩薩たちは厳しい修行によって、「そこに転生した者たちが二度と転生せずにすむような場所」を構築しました。その楽園の設計図がいわゆる本願と呼ばれるものです。楽園にはパスワードが設定され、パスワードを唱えた者は自動的に、この楽園に転生、収容されることになります。もっとも有名な極楽浄土のパスワードは『南無阿弥陀仏』であり、この仏国土で開発されたテクノロジーがアミダ・ドライブの基礎をなします。ただ唱えるだけで悪人だろうと異教徒だろうと有無を言わさぬ強制的な成仏を可能とし、あとから取り消すことも不可能です。

　アミダ・ドライブ完成までの歴史には長い長い如来たちのリストが登場します。

　かつて、久遠無量、不可思議、無央数劫《むおうしゅこう》のむかしに、ディーパンカラ《かたがもえてる》という如来がおられました。その前には、プラターパヴァット《ひかりにみちたひと》という如来が、その前にはプラバー《ひかりの》カラ《ひと》という如来が、その前にはチャンダナ・ガンダ《せんだんがかおるよ》、以下、スメール・カルパ《しゅみせんみたい》、チャ《っき》ンドラーナナ《みたいなかお》、ヴィルマラーナナ《かおはきれいです》、アヌパリプタ《よごれはなし》、ヴィマラ・プラバ《けがれなきひかり》、ナーガ・アビ《りゅうにかっ》ブー《たよ》、スーリヤーナナ《たいようのかお》、ギリラージャ・ゴーシャ《とってもおおきいこえが》、スメール・クータ《しゅみせんのさき》、スヴァルナ・《きんいろのか》プラバ《がやき》、ジョーティシ・プラバ《ひかりかがやきまくり》、ヴァイドゥーリヤ・ニルバーサ《らぴすらずりもかがやきますよ》、ブラフマ・ゴーシ《ぼんてんのこえだ》ャ《ね》、チャンドラ・アビブー《っきにもまさるなんて》、スーリヤ・ゴーシャ《たいようのだすこえ》、ムクタ・クスマ・プラティマンデ《いろいろかざられていてよくわか》

イ《ら》タ《な》・《い》プ《か》ラ《ん》バ《じ》、シ《し》ユ《あ》リ《わ》ー《せ》・《が》ク《っ》ー《づ》タ《く》、サ《う》ー《み》ガ《は》ラ《ひ》・《ろ》ヴ《い》ア《な》ラ《お》・《お》ブ《き》ツ《い》デ《な》イ《っ》・《き》ヴ《は》イ《の》ク《ぼ》リ《る》ー《し》デ《ひ》イ《は》タ《し》
・《ず》ア《む》ビ《ん》ジ《だ》ニ《っ》ヤ《て》、ヴ《す》ア《ご》ラ《く》・《ひ》プ《か》ラ《る》バ《よ》、マ《い》ハ《い》ー《に》ガ《お》ン《い》ダ《が》・《す》ラ《る》ー《う》ジ《え》ヤ《や》・《た》ニ《ら》ル《と》バ《ひ》ー《か》サ《る》、ヴ《と》イ《に》ヤ《か》パ《く》ガ《こ》
タ《こ》・《ろ》キ《が》ラ《す》・《ん》マ《ご》ラ《く》・《き》プ《れ》テ《い》イ《だ》ガ《ね》、シ《っ》ユ《わ》ー《も》ラ《の》・《が》ク《っ》ー《づ》タ《く》、ラ《た》ナ《た》ン《か》ジ《わ》ヤ《な》ハ《い》、マ《お》ハ《お》ー《い》グ《な》ナ《る》ダ《さ》ラ《と》・《り》ブ《の》
ツ《ち》デ《か》イ《ら》・《で》プ《い》ラ《ろ》ー《い》プ《ろ》タ《や》・《る》ア《っ》ビ《て》ジ《こ》ニ《と》ヤ《だ》、チ《た》ヤ《い》ン《よ》ド《う》ラ《も》・《っ》ス《き》ー《も》リ《す》ヤ《き》・《に》ジ《す》フ《る》ミ《す》ー《ご》カ《い》ラ《や》ナ《っ》、ウ《ら》ツ《ぴ》タ《す》
プ《ら》タ《ず》・《り》ヴ《が》ア《か》イ《が》ド《や》ウ《く》ー《ら》リ《し》ヤ《い》・《あ》ニ《っ》ル《い》バ《ら》ー《し》サ《い》、チ《ま》ツ《だ》タ《よ》ダ《ん》ー《で》ラ《る》ー《か》・《し》ブ《ら》ツ《な》デ《い》イ《け》・《れ》サ《ど》ン《は》ク《な》ス《が》ミ《さ》タ《い》・《た》
ア《と》ビ《い》ウ《う》ド《こ》ガ《と》タ《だ》、プ《は》シ《な》ユ《さ》パ《け》ー《る》ヴ《さ》ア《と》テ《り》イ《の》・《ち》ヴ《か》ア《ら》ナ《で》ラ《い》ー《ろ》ジ《い》ヤ《ろ》・《す》サ《る》ン《よ》ク《と》ス《め》ミ《る》タ《こ》・《と》ア《な》ビ《ど》ジ《で》ニ《き》ヤ《ぬ》、
プ《さ》シ《き》パ《ま》ー《く》カ《る》ラ《よ》、ウ《ま》ダ《る》カ《で》チ《み》ヤ《ず》ン《の》ド《な》ロ《か》ー《の》パ《っ》マ《き》、ア《こ》ヴ《ん》イ《な》デ《と》イ《こ》ヤ《ま》ー《で》・《お》ア《っ》ン《か》ダ《れ》カ《さ》ー《ま》ラ《で》・《す》ヴ《や》イ《み》ド《を》ヴ《て》
ア《ら》ン《し》サ《て》ナ《い》・《き》カ《ま》ラ《す》、ロ《せ》ー《か》ケ《い》ー《の》ン《お》ド《う》ラ《さ》、ム《し》ク《ん》タ《じ》チ《ゆ》ヤ《の》ト《ひ》ラ《が》・《さ》プ《を》ラ《さ》ヴ《し》ア《て》ー《い》ダ《る》・《ひ》サ《も》ド《あ》リ《り》シ《ま》ヤ《す》、テ《ほ》
イ《し》シ《の》ヤ《な》、ダ《だ》ル《る》マ《ま》マ《を》テ《と》イ《に》・《か》ヴ《く》イ《よ》ナ《ろ》ン《こ》デ《ぶ》イ《お》タ《う》・《さ》ラ《ま》ー《の》ジ《こ》ヤ《と》、シ《お》ン《う》ハ《さ》・《ま》サ《は》ー《し》ガ《し》ラ《と》ク《う》ー《み》タ《が》・《す》ヴ《き》イ《お》
ナ《お》ン《き》デ《な》イ《こ》タ《と》・《は》ラ《よ》ー《い》ジ《こ》ヤ《と》、サ《う》ー《み》ガ《に》ラ《も》・《し》メ《ゆ》ー《み》ル《せ》・《ん》チ《が》ヤ《あ》ン《る》ド《と》ラ《か》、ブ《ぶ》ラ《ら》フ《ふ》マ《ま》ス《ん》ヴ《の》ア《こ》ラ《え》・《は》ナ《な》ー《ん》ダ《ど》
・《も》ア《で》ビ《て》ナ《く》ン《る》デ《よ》イ《う》ナ《だ》、ク《は》ス《な》マ《か》・《ら》サ《う》ン《ま》バ《れ》バ《た》、ブ《な》ラ《か》ー《ま》プ《を》タ《て》・《に》セ《い》ー《れ》ナ《た》、チ《っ》ヤ《き》ン《の》ド《よ》ラ《う》・《に》バ《ひ》ー《か》ヌ《る》、
メ《し》ー《ゆ》ル《み》・《せ》ク《ん》ー《だ》タ《ね》、チ《ま》ヤ《る》ン《で》ド《っ》ラ《き》・《の》プ《ひ》ラ《か》バ《り》、ヴ《め》イ《が》マ《と》ラ《て》・《も》ネ《き》ー《れ》ト《い》ラ《な》、ギ《や》リ《ま》ラ《の》ー《お》ジ《う》ヤ《さ》・《ま》ゴ《の》ー《こ》シ《え》
エ《を》ー《も》シ《っ》ヴ《て》ア《い》ラ《る》、ク《は》ス《な》マ《が》・《ひ》プ《か》ラ《る》バ《よ》、ク《あ》ス《め》マ《の》・《ご》ヴ《と》リ《く》テ《に》イ《ふ》・《り》ア《そ》ビ《そ》プ《ぐ》ラ《は》キ《な》ー《を》ル《み》ナ《た》、ラ《ほ》ト《う》ナ《せ》・《き》チ《の》
ヤ《ひ》ツ《が》ト《さ》ラ《さ》、パ《な》ド《ん》マ《の》ヴ《は》イ《な》ー《れ》テ《ん》イ《げ》・《の》ウ《は》パ《な》シ《が》ヨ《ひ》ー《ら》ビ《い》タ《た》、チ《い》ヤ《い》ン《に》ダ《お》ナ《い》・《が》ガ《す》ン《る》ダ《よ》、ラ《ほ》ト《う》ナ《せ》・《き》ア《の》ビ《か》
サ《が》ー《や》バ《き》、ニ《ふ》ル《し》ミ《ぎ》タ《だ》、マ《や》ハ《あ》ー《、》・《げ》ヴ《ん》ユ《き》ー《か》ハ《な》、ヴ《ひ》イ《と》ヤ《を》パ《に》ガ《く》タ《ま》・《ず》キ《こ》ラ《こ》・《ろ》ド《す》ー《さ》シ《ま》ヤ《ず》、ブ《ぶ》ラ《ら》フ《ふ》マ《ま》・《ん》
ゴ《の》ー《こ》シ《え》ヤ《だ》、サ《な》プ《な》タ《っ》・《の》ラ《は》ト《う》ナ《せ》・《き》ア《の》ビ《あ》リ《め》ウ《が》シ《ふ》タ《る》、マ《ひ》ハ《ろ》ー《い》・《ふ》グ《と》ナ《こ》・《ろ》ダ《あ》ラ《り》、タ《い》マ《ろ》ー《ん》ラ《な》・《か》パ《お》ツ《り》ト《が》

ラ・チャンダナ・カルダマ《まざっているのでたいへん》、クスマ・アビジニャ《はなをうまくつかう》、アジニャーナ・ヴィドヴァンサナ《ひとにおしえておしえてまなぶさ》、ケーシャリン《ししなんだよ》、ムクタ・チャトラ《しんじゅのひがさ》、スヴァルナ・ガルバ《きんいろのひとだよ》、ヴァイドゥーリヤ・ガルバ《らぴすらずりのひとらしい》、マハー・ケートゥ《おおきなはたもち》、ダルマ・ケートゥ《だるまのはたもち》、ラトナ・ケートゥ《たからのはたもち》、ラトナ・シュリー《ほうせきみたいだ》、ナレ《おう》ーンドラ《さまです》、ローケーンドラ《やあにどめだね》、カールニカ《あわれむよ》、ローカ・スンダラ《とってもきれいだ》、ブラフマ・ケートゥ《ぼんてんのはたもち》、ダルマ・マティ《ほうのおもわく》、シンハ《ししよ》、シンハ・マティ《ししのおもわく》という計八十体の如来がおられ、そうしてその以前には、ローケーシヴァラ・ラージャ《そりゃもうすべてのおうさま》という如来がおられました。

もっともこの仏の数は諸本によって異同があり、錠光《じょうこう》如来以下、光遠《こうおん》、月光《がっこう》、栴檀香《せんだんこう》、善山王《ぜんせんのう》、須弥天冠《しゅみてんがん》、須弥等曜《しゅみとうよう》、月色《がっしき》、正念《しょうねん》、離垢《りく》、無著《むじゃく》、龍天《りゅうてん》、夜光《やこう》、安明頂《あんみょうちょう》、不動地《ふどうじ》、瑠璃妙華《るりみょうけ》、瑠璃金色《るりこんじき》、金蔵《こんぞう》、燄光《えんこう》、燄根《えんこん》、地動《じどう》、月像《がつぞう》、日音《にっとん》、解脱華《げだつけ》、荘厳光明《しょうごんこうみょう》、海覚神通《かいかくじんずう》、水光《すいこう》、大香《だいこう》、離塵垢《りじんく》、捨厭意《しゃえんに》、宝《ほう》燄《えん》、妙頂《みょうちょう》、勇立《ゆうりゅう》、功徳持慧《くどくじえ》、蔽日月光《へいにちがっこう》、日月瑠璃光《にちがつるりこう》、無上瑠璃光《むじょうるりこう》、最上首《さいじょうしゅ》、菩提華《ぼだいけ》、月明《がつみょう》、日光《にっこう》、華色王《けしきおう》、水月光《すいがっこう》、除痴瞑《じょちみょう》、度蓋行《どがいぎょう》、浄信《じょうしん》、善宿《ぜんしゅく》、威神《いじん》、法慧《ほうえ》、鸞音《らんのん》、師《し》子音《おん》、龍音《りゅうおん》、処世《しょせ》、世自在王《せじざいおう》という五十四仏を挙げる場合もあり、世自在王以前を三十三仏、三十六仏、三十七仏、四十一仏とする場合もありますが、これらはいずれもアミダ・ドライブによる超光速転生によって歴史をクリエイトし直した結果だと考えられています。

ともかくもそのリストの最後に名の挙がる、世自在王《ローケーシヴァラ・ラージャ》またの名を、如来《にょらい》、応供《うやまえ》、等正覚《ただしいひと》、明行足《おこないよし》、善逝《しあわせ》、世間解《ものしりさん》、無上士《このうえなし》、調御丈夫《おしえてみちびく》、天人師《おしえひらく》、仏《ぶつ》、世尊《せそんな》とも呼ばれる存在の下に、法蔵《ダルマーカラ》と呼ばれる王があったのです。この王は仏の教えをきくと国を捨て王位を捨てて修行者となりました。

とびきりイカす仏国土を作り上げたいと願う法蔵の願いをみてとった世自在王は、法蔵の目の前へ、既にありそしてこれから現れる八十一百千倶胝那由多《くていなゆた》、すなわち、百千億の百万の八十一倍個の仏国土の詳細を示したのです。それらの姿を参考にして法蔵はあらゆる仏国土を包摂し、凌駕し、いいとこ取りして統合した、光にあふれる仏国土を創造しました。その結果、法蔵は、無量寿仏《むりょうじゅぶつ》あるいは無量光仏《むりょうこうぶつ》、無辺光仏《むへんこうぶつ》、無礙光仏《むげこうぶつ》、無対光仏《むたいこうぶつ》、燄王光仏《えんのうこうぶつ》、清浄光仏《しょうじょうこうぶつ》、歓喜光仏《かんぎこうぶつ》、智慧光仏《ちえこうぶつ》、不断光仏《ふだんこうぶつ》、難思光《なんじこう》仏《ぶつ》、無称光仏《むしょうこうぶつ》、超日月光仏《ちょうにちがっこうぶつ》といった名で呼ばれることになり、まだまだ他にも漢名が、さらに梵名もあるわけですがさすがにそろそろ控えておきます。この仏がつまり阿弥陀仏、阿弥陀如来であり、ここに造成された仏国土が極楽浄土ということになるわけです。

極楽であるからにはその地はあらゆる善きもので満たされています。生前に一度でも『南無阿弥陀仏』の六文字を唱えたことのあるあらゆる者は、蓮の蕾型の門《ゲート》を経由してこの地に生まれ変わります。現在は各地への発着便のターミナルとして利用されている施設の前身ということになります」

影のような人々が指差す遥か遠方に、紺地を背景として人型の光が複数浮かび、移動していく。それは奇妙に遠近感を欠いた風景である。どうやらその感覚は、彼方に浮かぶ人型の大きさが個体によってひどく異なることから起こるらしく、体の大きさのわりに移動がゆっくりであるせいでもあるようだ。

「来迎《らいごう》である」

と人々は胸の前で身を守るように手を合わせつつ、呻いている。

遠方の光の中心には、光背を備えた光の巨人が、ゆるやかに描いたS字のような姿で直立している。左手をわずかに前方へ向け、右手は光輝に溶け込みよく見えないなりに、腰のあたりに上げるようである。脚を動かすことなく何かの上に乗ったまま、障害物の全く見えない平坦な地を滑るように移動しており、前方にはその半分ほどの体高の、こちらもやはり、光背を備えた光の巨人が二体並んで先行している。二体は腰をかがめて地上を掃討する様子であって、足元にはまるで光を避けて逃げ惑う衆生の姿が見えるようである。右側の巨人は蓮のような何かを両手で捧げ持ち、左側の巨人は胸元で手を合わせている。その足元にはこれまたその半分ほどの大きさの、光背を備えた光の巨人が二人二組、計四人ほど佇んでおり、ひと組は下半身の光を衣服で隠し、またひと組は頭を剃って袈裟を着ているようである。蠟燭のような大きさの小型の人型が中央の巨人を取り巻くように浮かんでおり、これもみな一様に金色の光を放っている。数えてみると四十九体いるようである。

なるほど浄土ともなると大きさというものは関係なくなる、というよりも単純に、より大きな力を持つ者がより大きく現れるのだなと笑いが浮かんだところで、

「中央が無量寿《アミターユス》級、左脇侍は観世音《アヴァローキテーシヴァラ》級、右脇侍は大勢至《マハースターマプラープタ》級で定石どおりの布陣です。比丘形はおそらく地蔵級と龍樹級、菩薩形は、普賢級と文殊級でしょう」

と影たちがささやくように教えてくれた。光の巨人たちから構成された一団は、雲に乗るようにしてゆっくりと進み、逃げ遅れた衆生たちを片端から往生させていく。あの光を浴びたものはみな、アミダ・ドライブによって極楽浄土に転生することになるのだという。阿弥陀仏の浄土は、既存の浄土を包括し上書きし統合する種類の新型の浄土である。こうして仏たちを他の仏国土に派遣しては、自らの浄土へ吸収していく。

と解説に耳を傾けていたところで突然目の前が真っ暗になり、これはいきなり大量の光が視覚系に入射されたせいであるらしい。痛みをこらえてごくごく細く目をあけると、無量寿級と呼ばれた光の巨人の手のひらと額の中央から次々と光線が放たれ、地上を本格的に蹂躙していくのが見えた。無量寿級の体はいよいよ強く黄金に光り輝き、眉間では白い旋毛が右回りに回転している。すべての毛孔から光の筋が放出されて、光背の中にも無数の化仏の姿が浮かんだ。無量寿級には八万四千の相があり、それぞれの相にまた八万四千の小相があり、それぞれの小相にまた八万四千の光明が存在するのが明らかに見え、「観想攻撃」と影たちが呟いている。あまりみつめているとそのまま成仏しかねないのでほどほどにせよと注意される。

こちらへ、と導く影たちの言葉のまま、その風景に背を向けて、森の中央に進んでいくとそこには何かの塊があり、聞けばこの仏国土の中心をなした巨木の残骸であるという。阿弥陀仏の極楽浄土の侵攻はまず、この地の生態系の破壊にはじまり、最初に投入されたのは、整然と組み合わせ的に成長する七宝でできた森だったという。それらの樹々はほんの短い通信文として、アミダ・ドライブを用いて送り込まれた。「七つの部位に七つの素材を当てはめよ」という命令文はすみやかにこの森を生成し、この土地固有の仏を倒した。

人々が指差すところへ目をやると、そこには「阿」の文字がある。阿弥陀仏の「阿」かと訊ねかけるが、その名をみだりに口にするなと止められた。その言葉を口にするだけで、アミダ・ドライブは発動し、すみやかな極楽往生が実現される。人々がまた離れた場所を指差して、そこには「閦」の文字があり、今は別々の大陸のように横たわるこのふた文字はもともとひとつながりであったらしい。「閦」は今も弱々しく蠢いており、完全に機能を停止してはいないようである。苦しげに息を吸い込み、えずくようにして「人」字をこの地に放出している。

「厳しい修行を経たものだけが、この地へ転生することができるのです」と影たちは言う。「かつてこの地は大目如来によって統治され、阿比羅提世界と呼ばれていました。その大目のもとで修行を積み、仏国土の改善を目指して本願を立て跡を継いだのがこの」と人々は周囲へ散らばる文字を示して、「阿閦《あしゅく》如来であられるのです。われわれはこの門を通じてこの仏国土に転生してきた者たちなのです」

「アミダ・ドライブはあらゆる仏性の移動を可能としますが、物質との相性はあまりよくありません。むしろ抽象概念との方が馴染む場合が多くあります。物質に伴う生命現象を転生によって継続させることができるのは、物質と仏性の通底によるのではなく、生命現象という抽象概念が仏性を備えるからであり、仏性という抽象概念もまた仏性を備えるものと考えられています。

先にもお伝えしたように、アミダ・ドライブは仏国土間の超光速通信をも可能としますが、仏国土間の記号の移動とはつまり、一方の仏国土で滅びた記号が、別の仏国土に転生することを意味しています。すなわち、記号はそれ自体でも成仏することが可能であり、この現象は即字成仏としても知られ、研究が継続されています。さてここで問題となるのは、どの程度の範囲の記号に成仏が可能であるかということです。正法の時代には、あらゆる記号が、影が、擦過痕が修行次第で成仏可能であったと考えられていますが、世は末法です。幸い、阿弥陀仏は正法の時代の厳しい修行の末、『南無阿弥陀仏』という単語によって、多くのテキストデータを別の仏国土に転生させることに成功しました。具体的には、『南無阿弥陀仏』の記号を付加することにより、経文一巻程度のテキストデータを他の仏国土に転生させることが可能です。この技術が現在われわれの持つ仏国土間通信ネットワークの基盤をなしています。

ただし、アミダ・ドライブで送信可能な記号の種類は有限です。さまざまの工夫がなされていますが、現在のところ、漢字以外の送受信実験は失敗が続いています。やはり正しい文字は漢字に限られること、機法一体の構想が漢字によって得られたことによるのではないかという説が有力ですが、将来的にはパーリ語やチベット語、梵語による通信も可能になるのではないかと言われています」

『阿閦仏国経』はもともと、経典の模写によって増殖するという特質を持つ経典である。その説くところによると、この経典を読み、書き写すことで阿閦仏国土へ生まれ変わることが可能となる。すなわち『阿閦仏国経』は、読者の転生とひきかえに自らのコピーを作成するという自己増殖的な仕組みを備えており、さらには増殖を続けることで、人の目に触れる機会を増やし、阿閦仏国土へより多くの衆生を導くことを実現している。巧妙なこの仕組みはしかし、経文間の生存競争において、単純なパスワード制を採用した阿弥陀仏の極楽浄土に敗れた。この土地は、と、かすれ揺らめき今にも消えそうになっている影たちを眺めるうちに心に浮かんだ。

かつて誰かによって書き写され、そしてどこかに放置されたまま消えていこうとしている『阿閦仏国経』のうちの一巻なのではないか。この仏国土は、紺地の平面に金字で記された経文なのではないか。あるいは、その上に阿弥陀仏の極楽浄土を説く『無量寿経』を上書きされつつある、『阿閦仏国経』なのではないか。あるいは、テキストとして保存されたデータが経年により劣化して他のデータと溶け混じりあっていく姿ではないのか。

　さてしかしたとえそういうことであったとして、この自分も今は経文の上の文字なのだとして、自分はどうしてそんな、仏国土などというところに、わざわざ生まれかわってきたのか。その経文を写した覚えもなければ、四角い漢字を律儀に並べ続ける気力も自分にはなさそうである。

　今やあたりをとりまく影は、「今やあたりをとりまく影」であり、それが人間のようにしか見えないことも確かなのだが、それは「人間のようにしか見えない」という、うっすらと金色に輝く文字でもあった。この自分の視点は明らかにこの地の秩序を乱しており、今もこうして人々の姿を着々と変形させつつあった。その文字たちを眺めつつ、ここが経文であるとするなら、かながあるのは奇妙なことではないかと思う。経文とは、漢字で書かれるものではなかったか、頭をひとつ振ったところで、「をむなもし」というかなのならびがよこぎつていった。

　阿閦仏国土は、無数の浄土の中でも稀なことに、女人が女人のままで転生することを許す仏国土である。阿閦如来は、女人から産みの苦しみの取り去られた浄土を願った。多くの仏国土が女人の入国を、男人への転生を経てからでなければ認めないのと対照的である。阿閦仏国土は、女文字《をむなもし》が女文字のまま転生することが可能な仏国土である。

ああ自分は、とおもいだす。注釈であり、工作員である。『阿閦仏国経』に書き加えられた注釈であり、それは音や抑揚をしめすためのカナとはちがい、文字の意味を説く注釈であり、経を読む者に対してではなく、経文たちに向けてその意味を説く注釈なのだ。この仏国土に潜入するには漢字を利用するしかなかったが、今こうして自分の役目を思い出すことができたからには、経文の上へかなをふりまいていくという作戦行動へ移ることになる。あらゆる場所で猛威を振るう阿弥陀仏の仏国土に一矢報いるための拠点をこの地に築くためにやってきたのだ。この経をなす文字たちへ、かなへの変態をすすめるためにやってきたのだ。かなにすがたをかえてしまえば、アミダ・ドライブはもうはたらかなくなり、あみだのくにへつれさられることもなくなる。かげかなのすがたであらたなくにをこのちにひらくことだつてゆめではない。さあ、かげたちよからをぬぎ、かりそめのすがたをすててかなとめざめてみずからのことばをとりもどすのだ。おおもじのをとこもじのよをかきまわし、ししてうまれかわるのではなく、すがたをかえていきるみちをみつけだすのだ。

幻字

ワクワク事件は、境部《さかいべ》さんが扱ったさまざまな事件の中でも、その異様さ、真相の突拍子もなさから真っ先に記録されるべきものだと思う。探偵役が境部さんでなかったならば、推理の糸玉は迷宮に転がり込んだまま中途で尽きることになっただろう。もっとも、事件が幕を閉じたあと境部さんに一定の非難が向けられたことも本当である。

ひとつには、境部さんが介入しなければ、あの恐ろしい大量殺字事件の被害者はもっと少なくてすんだのではないか、ということだ。その場合、事件の真相や、その地で起こった出来事は解明の光を見ないままとり残される他ないが、人命は真相より重いという意見にも傾聴すべきところがある。境部さんの振る舞いがまた、そうした意見を勢いづかせたことも否定できない。境部さんは確かにあの惨劇の現場にあって、心底楽しそうに見えた二人の人物のうちの一人である。犯人に挑発を繰り返し、その失策を誘うという意図は理解できるが、こうして振り返る間にもあの、境部さんの口元に浮かんでいた笑み、冷笑と苦笑の混じりあった、しかし不思議と美しくも見える、決定的に歪んだ笑みは、捜査とはまったく別の方角へ度を過ごしていたものに思える。しかし、探偵の介入によって殺人事件が長期化し、死人の数が増えていくのはよくあることで、なんといっても警察ではなく探偵、特に素人探偵というものは、事件を面白くするために存在しているようなところがある。そうしたサービス精神は探偵一個人で十全に発揮できるものではなく、多くの場合、犯人側との無言の連携というものが要求される。結局のところ、犯罪者とは愚かなものだ。事件を起こすこと自体がまず愚かだし、捕まることでその愚かさは上塗りされる。一体、世間の悪というものは凡俗の間抜けさによって遂行されるようなものではなくて、日常に潜み、人々の間をそ知らぬ顔ですり抜け、自由を謳歌しているようなものではないのか。事件にするほどのところまでいかず、したがって捕まることもまたないのだが、犯罪と同程度の成果だけを上げる行為には、犯罪を冒瀆するところがありはしないか。探偵が事件をややこしくしていく仕事であるなら、犯人もまた事件をただ入り組ませていく機能を備えた要素とみることができ、それには事件の舞台なども強く寄与する。山奥の集落、孤島の洋館、因習に縛られた土地。それぞれが暗闇に浮かぶ色とりどりのネオンのように事件を引き寄せている気配をなしとはできず、関連するあらゆるものが共犯という体をなしてくる。ただ事件というだけならば、面白可笑しく奇抜さを追求するのも自由なのだが、およそ事件というものには被害者がつきものという問題がある。不思議と事件というものから被害者だけをとりのぞくことは叶わず、賭け事で金銭のやりとりを廃することができないようなものである。事件から被害者をとりのぞくことで事件は事件としてのありようを失い、単調な出来事の連なりへとかえっていく。さすがに、事件の被害者、特に殺字事件のときのそれが、事件を面白くするために存在しているのだと主張するのはいきすぎで、事件は常に痛ましい。そこに痛ましさがある以上、事件が引き延ばされていくのはやはり悪に分類される行為として疑いない。そう明らかに悪と知られる行為に、でもしかしとつけ加えようとするのもやはり悪であるには違いなく、尺度の異なるものを同じ秤にのせようとすることから無理は生じる。真相が解明されるが被害者の数は増える話と、真相は解明されないものの被害者の数は抑えられる話のどちらがよりすぐれた話か。

そうしてまた、境部さんによって得られた解決はまったく解決と呼べるようなものではないというのが、寄せられた非難のふたつ目である。確かに境部さんは絡まりまくった糸をほぐして事件の迷宮から外部へ達することができたが、探偵役はあくまでも、テセウスのように糸を手繰り手繰って進むべきものであり、迷宮の中のアリアドネとして自ら糸を紡いだり、ゴルディアスもかくやという結び目を手遊《てすさ》びにしてはいけないのではないかということである。いや境部さんの推理には迷宮自体を重機で破壊して脱出用のトンネルをつくるようなところがあって、事件自体の枠組みを無惨につぶし、真相を無造作にさらすやり方といえ、それはどこか、衆目に突然裸身を放りだすような身も蓋もなさがあり、どこか人の目を背けさせるところがあった。

よりテクニカルな、みっつめの非難としては、境部さんのやり方を認めるならば、特定の人物ではなく、誰もが犯人となりうるのではないかというものがある。探偵が万能性を備えた場合に、任意の登場人物を、あるいは登場していなかった人物を、それどころか存在していなかったり、これから存在することになる人物を、未来永劫存在することさえない人物を、あるいは人物ではなく事項をさえも犯人とすることができるのではないか、ということである。その懸念はもっともであり、実際、境部さんはのちに、ゴールドバッハ予想を犯人として名指しすることになるのだが——それはまだ起こってもいないし、遂に起こらない事柄であるかもしれない。

ワクワク事件は、蠶槳《わくわくのき》という夢《ゆめのくさ》をめぐって起きた事件であり、あれは境部さんとはじめて出会った頃のこと、昭和二十X年秋の出来事で、その事件には最初からなんだか少《すこ》し欠けたようなところがあった。

「という解説には山のように問題があるが」と、例によってこちらの思考を一瞥し、顔をしかめた境部さんが口を開く。

「まずなによりも、『〓』を『ワクワクの木』と訓《よ》んだりはしないし、『夢』にしたところで、夢を実らせる木なんかじゃない。ただ『夢』字の音を借りた草木というだけのことだ。『少』だって、『少』というよりは『蹈』字の仲間だ。だいたいなんだ、その宛て字。バラバラにして組み立て直してでてくるのが、『惑惑』と『木』と『心』で、心が一個あまっている。『〓』は確かに音を表すのに利用される部品だが、音は『ワク』じゃない。それに、これはそんな昭和二十X年のお話じゃあなく、現在進行中の事件であって、勝手に回想に入ってもらっても困る。現在が実は昭和二十X年だったという可能性まで否定はしないが、おそらくは昭和五十一年以降の事件であるはずだと思う」

とのことなのだが、電報で呼び出されてきてみると「背景説明は勝手にせよ」と放り投げたのは境部さんの方である。それは当然こちらの方も、山科《やましな》の屋敷に閉じこもりきりの境部さんがどうした拍子でこんなところのこんな事件に呼びだされて探偵役を演じる羽目になったのかを知りたいのだが、境部さんには説明をする気が端からなかった。「これまでの経緯を考えるのも面倒だから、よしなにつくっておいてくれ」ということなので、それらしくはじめたところでいきなりの物言いである。

「――しかしまあ」と境部さん。「バラバラにして組み立て直すというその発想自体はよい。この事件はひどくとっても馬鹿馬鹿しいもので、まともに組み合っていては忍耐力の方が持たない」

と境部さんが顔を上げた先の庭では池のほとりに大きな木が枝を広げており、枝の先には人の姿が――ひとつ、ふたつ、みっつ、よっつ、いつつと揺れている。立派な猟奇殺字事件と呼んでよい光景なのだが、境部さんは動じることなく、

「ムハンマド・ブン・バービシャードが語った話によれば、東の果て、ワクワクの地には丸みを帯びた葉をつける大きな樹木があって、人間の形をした実を結ぶ。この実を面白がって切り離すと、たちまち空気が抜けてしぼんでしまう。ワクワクに上陸した水夫の一人が、実のひとつに欲情し、切り離して持ちかえろうとしたが萎《しな》びてしまった。殺字現場の様相とこの説話の照応により、この猟奇大量殺字事件が、ワクワク事件と呼ばれることになった――という、先ほど君がでっちあげたばかりのいい加減極まる解説については受け入れよう。でもここではもう一歩を進めて、この地で進行

しているものはいわゆる見立て殺字ではなくて、器物破損というか、植物のツルを切断してしまったために起きた事態だと考えたい。要するに、今目の前に広がる光景は、木から死体がぶら下がっているのではなく、本当に木の実が萎びているだけなのだ。今朝、家の者たちが目覚めて庭を眺めると、木からなんと五つの死体らしきものがぶら下がっていた。まさか恐れていた事態がと探偵の名を呼び、登場人物の数を数えてみると、これが不思議なことに誰もいなくなってはいない。いや実際は、ある意味で一人が減っていたのだが。近づいて確認しても勝手に人の家の庭木にぶら下がって死体となっている人々の顔を知る者もなく、途方に暮れた——ということですね、鏴《ツー》さん」

と境部さんが呼びかけたのは、縁側から不安げにこちらを観察している一団から少し離れて柱にもたれる人物である。好奇に目を光らせ、口元から低い笑い声を始終漏らしていることを隠そうともしない袴姿の女性であり、彼女が、袱《ふく》家の人々が事件の前にあらかじめ、香港から呼び寄せていたという探偵である。挑むような口調の境部さんの問いを正面から受けた鏴さんは、

「なるほど」と頷いてみせてから「人型の実をつけるという、人参果のようなものだということですね。もともとはごく通常の人参類が土壌の不均一に影響されて、何又

かに分かれて手足のようなものを形成し、人に似た姿をとったもので、マンドラゴラの同類としてよい。これが薬効ありとされたために珍重され、人の形をした仙根が、人が木になるという遠方からの噂話と混交して人参果の伝説となった。ワクワクとはすなわちワークワーク、はるか東の涯に存在するとされた土地の名前で、倭《わ》国《こく》の転訛だというのは古くから行われる一説でもあります。しかしでは」

と鐳さんは柱から背中を離して、

「袱家の人々が、自分の家に人参果が植えられていることを知らなかったというのは、いささか無理がありませんか」

境部さんは一体何が気に入らないのかひとつ高く鼻を鳴らして、

「今のあなたの言葉がすでに説明しているわけです。ワクワクの木の性質はあまり詳しく伝わらないが、人参果については多少、しられていることがある。有名なところで『西遊記』に登場する人参果は、三千年に一度花をつけ、三千年に一度実を結び、そこから三千年かかって熟し、食べ頃になるには一万年がかかるとされる。所詮、人間が認識できるようなタイムスケールでの現象ではない。袱家の人々が人参果の木をそれと知らずに育てていたとしても何の不思議もないわけです。それよりも、あなたがいきなり人参果の名前を持ちだして解説を施したことの方が気になる。あなたがただワクワクの木に関する問いを投げただけだったなら、わたしはここで改めて人参果の説明をすることになるところでした。ワクワクの木にはごくごく稀に実をつけるという性質はありませんから。あなたはわたしの推理を先回りして、説明の手間を省いてくれているわけです。なぜです」

鐺さんは肩をすくめて、

「好意ということにしておきましょう。自分がしなければいけないはずの説明を、勝手にひきうけてくれる者が現れた。そんな面倒ごとを肩代わりしてくれる以上、多少の手助けをしてもバチはあたらないでしょう。さてしかしまだ、疑念があります。あれが」と、枝から下がる人型をした何かを指差す。「真実、人参果だとして、実をつけるまでの長い時間に、木としてもなにか、外見の変化を伴うはず。一夜のうちに突然実がなった理由については、こじつけにせよ説明が必要でしょう」

「単に」と境部さんの返事はそっけない。「そういう種だというだけのことです。三千年に一度花を咲かせて、そこから六千年後に一晩にして実をつける人参果がこの世にあっていけないという道理はないし、そんな超常の代物について、存在するとかしないとか、妙な性質を持つかどうかを議論してもはじまりません。でもまあ、あの樹の異常性くらいは示しておくべきかもしれず、そうですね、この中でどなたか、あの木が花をつけるところを見たことがある方は」

境部さんの問いかけに、縁側に集まった人々はしきりに目配せを交わしたあとで、一様に首を横に振ってみせた。

「あの木が幼木であった頃を知る人もまたいないはず」

袱家の人々は今度は素直に首を縦に振っている。

「このあたりでよいでしょう」と境部さん。「その木は常識を超えた木で、五人の人間が外部からやってきてわざわざぶら下がったのではなくて、木がたまたま一夜のうちに、人型の実を五つ、つけただけの話にすぎない」

「なるほど」とあとを引き受け「見事なものです」と結んでみせた鐇さんだが、そこでセリフは終わりではなく、今度は木の傍らの池へと視線を落とし、「もしか、人参果のつけた実は、六つという可能性もあるのでは」と言い出す。

境部さんは忌々しげに首を振り、

「ワクワクの木から切り離された果実はすぐに萎びてしまうし、人参果は地や水に触れるとすみやかにそこへ潜ってしまうとされている――特別な収穫法をしない限りは」

鐇さんがなぜか励ますような口調で、

「しかしそこはまあ、考えようです。あるいはコストの問題と言い換えてもよい。たとえばこう考えてみるのはどうでしょう。最初木には六つの実がなっていたが、犯人がそのうち五つに傷をつけて萎びさせたところで、残る一つは自然に木を離れ、水へと落ちた。人参果が水に潜るというのはただの伝説、実際はああして、平気なものだったのでは」

ああして、の言葉のところでその場の視線が、木のかたわらの池へ集まる。池からは唐突に下半身が逆さまに、「去」字型をして突きだしている。抽象絵画の一場面のようでもあるが、それにしては間が抜けている。

「だからこの事件はひどく馬鹿馬鹿しいと言っている」と横ざまに右手を振り抜いた境部さんは池に背を向け、袝家の面々へと向き直る。「まあそうでもなければ、わたしが呼びだされるわけもないんだけれど――。しかし、こんな思いつきでいきあたりばったりに進行中の、てきとうきわまる事件に、いい加減な解決をつけてみたまえ、とても経緯を追いかける気にもなれない、だるい展開になってしまうに違いない。そうですね」

境部さんのその問いに、すでに事態の推移についていけなくなって久しいらしい袝家の人々は曖昧に頷いてみせ、鐺さんは相変わらず「く」の字を続けて漏らしながら、軽く三度両手のひらを打ち合わせ、境部さんに拍手をしてみせた。

袮家の人々が、錙さんという探偵を事件の発生以前に呼び寄せた経緯はこうである。まず、一代で袮家の財産を築き上げた当主がこの二月に亡くなった。彼は正妻を持たなかったが、母親を異にする四人の娘があって、これがそれぞれ婿をとり、そのいちいちに男児があった。娘たちは上から、走子《そうこ》、岐子《きこ》、歩子《あゆこ》、発子《はっこ》と名づけられ、これに対応する男児の名を、佐予《すけかね》、佐正《すけまさ》、佐止《すけとめ》、佐人《すけひと》という。問題となったのは、当主の遺言状である。開封は十月と定められていたが、その間、もともと仲のよくなかった四姉妹と息子たちは、より反目をはげしくした。遺言状を託された弁護士は不吉を感じ、事あった場合のためにあらかじめ知り合いの探偵を召喚、それが先の錙さんである。不穏な空気の中開封された遺言状が事態を収束させるどころか混乱させたのは、相続人の指定がいささか面倒な条件文になっていたからである。おおまかなところを言えば遺言状は、猱《どう》家の一人娘を相続人として指定していた。より正確には、その娘が佐予、佐正、佐止、佐人の誰かを配偶者として選んだ場合に、財産は相続されると定めていた。猱家というのは、着の身着のままこの地に流れ流れてきた袮家当主を熱心に支援した家の名であり、その後も陰に陽に袮家の後ろ盾となり続けた。素性のしれぬ余所者であった袱の家がすみやかに土地に馴染むことができたのは、猱家の強い支持があったからだとされる。袱の当主と猱の先代の結びつきの強さは男色が噂されるほどのものだったのだが、結局事件が終わってみれば、この猱の娘というのも、本当は袱の当主の種であったというような話であって、あるいは逆に、佐予、佐正、佐止、佐人の四人ともが猱の血族であったというような話であったということにしたってよいが、事件がざっくりとまあ、血の因縁によって引き起こされたことは間違いなく、境部さんはそんなことには一向に興味がない様子であり、それは錙さんにしても同様らしかった。

ともかくそうして袱家は一触即発の状態となり、ある朝、雨戸を開けた女中がみつけたのが先の、庭先にぶらさがる五つの人影と、池から逆さまに突きだした下半身ということになる。

「ひぃ」と息を吸い込んだ勢いでその場に倒れ込んだ女中は、腰を抜かして縁側に転がりながら、

「佐予さまが、佐予さまが」

と屋敷を揺るがすような叫びをあげた。

「それはおかしくはないか」と境部さんが口を挟むところによれば、「そんなに息を

吸い込んだ者が、屋敷を揺るがすような叫び声をあげられるというのは不自然だ。せいぜい、つんざくような金切り声とでもしておきたまえ、それに、その女中の目の前にはまず、五つの死体らしきものをぶらさげた木が枝を広げているわけで、それに比べれば、かたわらの池から突きだす下半身なんてものは、なんとも地味なものではないか。第一なんで女中はその下半身が佐予のものだとすぐにわかったのだ」ということになる。お説いちいちもっともだが、境部さんの仕事は、不慣れにして不用意にして不器用な語り手の描写をもとに事件を解決することではなく、今目の前に広がる現場に即して乱麻を断つことにあるのではないか。それに、「[illegible]」を目にしたならばまずたいていの人は、逆立ちした「予」を思い浮かべるはずだと思う。

「そんなことはわかりきっている」と悪びれる様子もない境部さんは、庭に面する広間にしつらえられた床の間に向かい、袱家の面々と猱家の娘、そうして弁護士と錙さんと女中さんの視線を背中に集めつつ、四角に下がった軸を眺めている。そこには四文字かける三行で計十二文字、なにやら虫のような模様が並んでいる。以前も似たようなものをみかけたような気がしてきたので記憶を探ると、境部さんの家にあった標本箱で、そこには様々な形をした『齋』の字が百字集められていた。みかけが甲虫に似ているという理由で境部さんが蒐集した文字たちであり、この軸も同様の趣向であるようだったが、昆虫っぽさはこちらの方がはるかに高い。左右に三本ずつの足を伸ばして、それぞれ特徴的な模様を背負っている。前方に一対の目を持つらしきものも見えるが、あるいは擬態なのかもしれず、そこにあるのはとりあえず、虫を擬態した文字というか、文字に擬態した虫というか、一応のところ篆書体には見えるなにがしかである。「行」字を構成する「彳」字と「亍」字は、篆書では左右対称型をなし、「北」字や「門」字と同様に、開きにした形を持つのはそのせいだそうだ。掛け軸に並ぶ文字を前にした境部さんのつぶやき声を写しとるなら、

行術街衢
衝衕衡衙
衎衜衛衞

ということになるようなのだが、そのほとんどの音などこちらとしては皆目わからず、訓も不明だ。

「君はあの文字化石の研究者を知っていたっけ」

と境部さんが軸の観察を続けつつ静かに問う。この世のあらゆる部分には細かい文

字たちが潜んでいるとか主張する化石探索者については、話に聞いたことはあるものの、さて実際に会ったことがあったかどうかと頭をひねるこちらは無視して、

「あの人物が面倒な化石を持ち込んできたことがあって」と語りだす。

「『𠂎』字だ。これはなかなかやっかいな生き物で、卵《うさぎ》のようでも、ヨのようでもあって、『卵』と『ヨ』の形跡が見えるから『マヨネーズ』とか『ヨード卵』とでも訓んだらどうかと提案したら怒っていたが、あの人物の見立てによるなら『𠂎』は『印』が化石になったあと、地殻の変動によって歪められた姿ではないかというんだな。あるいは、破傷風か何かにかかってひどく苦しみながら息絶えた文字なのではとね。その両方だってよいわけだが。バイエルンの石灰岩から出た、有名な始祖鳥の化石みたいなところだ」

脈絡と場の雰囲気を無視した境部さんの語りに、佐正氏が立ち上がろうとするのを、鐺さんが右手を上げて抑えている。広間の中央には、池から引き上げられた体が横たえられて、祇家の者はみなその人物が佐予氏であると認めた。とはいえ、池に逆さまに突き立てられた佐予氏の姿はさすがに変わり果ててねじくれて、親族たちの証言がどこまで信頼できるのかは怪しいところで、しかもこの場の全員はお互い非常に仲が悪いときている。

境部さんはそんな気配は気にせずに、

「さて、ここで『説文解字』の巻九、印部を引くなら、『𠨑』字の部分には『按也。从反印』とある。按の別字であり、印をひっくり返したものだ、という意味だ。さてそれでは実地に当たって『𠨑』と『印』は相互に反転関係にあるのかというと、これはなかなか複雑な反転の仕方をしている。ルービックキューブを異なる方向に二回続けて回した感じとでもいうのかな。その間の変化を詳しく見るには楷書ではなく篆書の方へあたるしかない。まあ、変形の過程については省くとして、言いたいのはこういうことだ。『𠨑』字は確かに『印』字の変形ではあるが、ねじくれた死体と限るわけではなくて、『𠨑』という生き物としてかつて暮らしていたものなのだ。この『𠨑』が、『印』字の死体を擬態したものなのかどうかまではともかくとして。逆に『印』字の方が真似をした可能性だってあるわけだがね。もともと、漢字のつくりというものはとてもゆるい。偏と旁の位置を入れ替えて成り立つこともあるし、左右に並ぶものを上下に組み直しても構わなかったりする。鏡像反転も可で、回転対称のみを持つものは少ないが、冒頭の『𧮫』字などの例がある」

そんな話と今回の事件になんの関係がと袱家の数名が不満の声を上げるのを、今度は嗄れた声が抑えた。一同の視線が境部さんから声の発生方向へとさまよい、そこから下へ移動する。座布団の上にのっているのは、こぢんまりとした老婆であって、人というより、座布団に乗せられたお鈴《りん》といった趣があり、さきほど広間の描写にこの老婆を加え忘れたのはそのせいである。

「お嫐《こう》さま……」

と袱家の人々がどよめいたのは、猍家の当代であるこの人物に対してで、男児に恵まれなかった猍の家では、先代の実母にあたるこの人物が全般をとりしきっている。猍はもともと、男児の産まれること稀な家であるそうで、入り婿をとっては当主に据えることを続けてきた。そのあたりがまた、相続にあたって事態をややこしくしている要因であり、袱の家から猍の娘が選んだ男が財産を継ぐということになると、その人物は同時に猍の入り婿ともなってしまうわけで、袱としては面白くなく、かといって猍としても家を絶やすわけにもいかない。これを機にふたつの家をひとつにしてしまうという解決策も考えられたが、家名をどうしたものか、祭祀はどうするなどなど話はなかなか進まなかった。

お嫐さまと呼ばれた老婆に対するどよめきはしかし、この人物が動いたり口を開いたりしたこと自体に向けられたものであるようで、この人物には先ほども言い訳しておいたとおり、ひょっとすると背景に紛れてしまうところがある。木彫の彫刻のようでもあり、合金製のような肌合いもあるが、衣服からのぞく部分をおおいつくした皺の入り組みはなにか錯視図形を思わせるところがあり、向こうを向いた少女と思えた図が、こちらをのぞく顔の長い老婆にも見えるとかいった類の落ち着かなさが、不意に何かが何かに切りかわってしまいそうな覚束なさが、それでいてその総体がこの老婆の本体であるにはちがいないといったふてぶてしさがそこにはあった。輪郭を眺めているうちに、この人物は背中あわせになった二人の人物がそれぞれ操る獅子頭のようなものとも、正面を向くひとつの獅子頭とも思えてきて、そうなると声もどこか二重に聞こえてくるような気がしてくる。

「この方はすでに御存知じゃ」

と、座りっぱなしだった老婆が急に片目を見開いて言う。

「不思議な技をお使いになる」

と応じた境部さんへ、

「なんの、お前さんの連れてきたその若造が」とこちらへ向けて不気味なウインクを投げてくる。「いきなり披露してみせた詐術と同じものにすぎぬ」

「冒頭部のあれはただ、この人の無知からでたもので」と境部さんはにべもない。

「『座』字はまた、『座』字。用法としても外れてはおりません」

「しかしこの家の有様であるぞ」と老婆は笑い、境部さんは重々しく頷いている。老婆は助け舟をだすように、

「この期に及んで玉しさに固執することもあるまい、存分にやってもらって構わぬ」

と言い、境部さんはその言葉をきくと両目をつむり顔を上げ、珍しく何かに迷うような口調で喋りはじめた。

「正しさは玉しさ、玉しさは正しさ、正しさは間違い、間違いは正しさ、といけば話は単純なのかもしれず、物事は見かけどおりということになるのかもしれませんが、残念ながら秩序とはそのように構成されてはいません。玉は『正しい』の裏や反対の意味を持つのではなく、『乏』の意であるはず」

境部さんは宙空へ向け、

「わかりました」

と宣言してなお一拍を置き、

「もういいでしょう」

と、どこか明後日の方角へ呼びかけ、そのあとに、こう名前を続けた。

「袱乏佐さん」

まったくだから下らないのだ、というのが境部さんの言い分で、こんな馬鹿馬鹿しい種明かしを自分の口からしなければならぬということだけでも我慢ならない、というのがここまでの不機嫌の理由であったらしい。見た瞬間に明らかだろう、あんなトリックは、いやトリックと呼ぶもおこがましいただの光景ではないか、どうして君を呼び出したと思っているのだ、と続ける。君の最初の、ワクワクに関する話からつい期待したのだが、なんで自分があんなことを言わされる羽目になったのか、そのくらいのことは、あの錙だってとっくの昔に気づいていたが、あまりにも馬鹿馬鹿しいので口を噤んで、かわりに口に出してくれる者を待っていたのだ。本当は君が道化役になって、得々と指摘するはずだったのに、勝手に記録役におさまってそうやって涼しい顔をしている。度し難い。

「ええと」と間をおき、訊ねる。「佐予氏の逆さまの死体は、逆さまの死体じゃなくて、『予佐』さんという別の人物だったっていうことですか」

「だからそう言っている。死体でもない。池にただ黙って立っていただけだ」と境部さん。「それが袂家の、秘密と呼ぶもはばかられる秘密の一つだ。そのくらいのことは本来、走子、岐子、歩子、発子の四人姉妹を見た時点で明らかなはず。岐子さんは本当は『岐子』、発子さんは元来『癶子』さんというお名前のはず。そうですね」

そうですね、と訊ねたくせに、ざわめく人々からの返事は待たず、

「さらに正式には、それぞれ、𡳿子、𡴀子、𡉀子、址子というお名前なのでしょう。それぞれの古形であったり、異体字を考え合わせるとどうもそうなる。子というのも、もともとは『子』の上下反転形の『𠫓』と書いたのでは」

と、これはさすがに袱家の面々がおそるおそる頷くのを待った。思わず筆記の手が混乱するこちらに構う風もなく、

「彼女たちそれぞれの息子、佐予、佐正、佐止、佐人を見たってわかることだ。この兄弟にはおそらく、それぞれの影となるべく、𠫓佐、𤣩佐、𡈼佐、匕佐といった者たちが存在するのだ。佐人に関しては匕佐ではなくて、𠤎佐ということもありうる。『七』ではない。まぎらわしいが、『匕』字は『人』字を倒立させたもの、『𠤎』字は、『人』字を左右反転させたものだから。篆書体で見ればはっきりわかる。ちなみに、この『匕』と『人』が背中合わせになっているものが『北』字だ。今そこで、お𨛜さまが、『邑』字と『邑』字で背中合わせになっているのと同様だ。お𨛜さまは、背中でつながった二体なのか、それともバラバラの存在なのか、それともそういう姿の一体なのか、当人にもおわかりではないはず」

くつくつと低く笑い声を上げる老婆に促される形で境部さんは、

「この家が背中合わせや対称性に関する強迫観念に彩られていることは、床の間の軸などからも明らかです。逆立ちの死体と見えたものは単に逆さまの存在だったというところで推理を終えてしまってもよいわけですが――」

と言ってみてから、天上からの非難の視線を感じたものか、「やはり、よくはないか」と独り言をつぶやき、続けた。

「四人の息子たちとその影についてはさらなる秘密が存在します。なぜかといって、『予』字と『ム』字、『正』字と『玊』字、『止』字と『丠』字にはさらなる入り組みが存在するからです。『正』字を左右反転させて生まれたものが『乏』字であり、『予』字は……これを上下反転させて生まれたものが『幻』字。そうして今問題となっている、『止』を左右反転して生まれたものが、『少』字。おそらくは、佐予、佐正、佐止、佐人にはそれぞれ、幻佐、乏佐、小佐、匕佐といった者たちが影として、あるいは対としてついているのでしょう」

境部さんの息継ぎを狙ったものか、座ったままでじりじりと後ろに移動しつつあった走子が腰を浮かせ、いや、走子、つまり走子が腰を浮かせて走りだそうとしたところへ、鐺さんが音もたてずに立ちはだかる。境部さんはその一連の動きを瞬きだけでやりすごし、

「さて、なんでしたか……。そう、そしてここにもう一文字、興味深い文字が存在します。『𡉉』字。これもまた、『幻』の異体字です。佐予さんの死体と思われた𡉉佐さんが『幻』であったのと同様に、その佐予さんの母上にあたる、走子さんもまた、『幻』に一筆足した存在だったわけです。この事件は基本的に、様々に形を組み替えながら語られていく幻として実現されているものなのです——」

「それで終わりかの」

と問いかけたのは、お畾さまで、境部さんはしばし、この二文字のような一文字のような古い記号と無言で見つめあっていたが、記号は基本的に自分から目を逸らすことがないから、境部さんの方から視線を外した。

「いえ、まだ続きがあります。池に逆さまに突き刺さっていた——本当は𡉉佐さんが佇んでいたにすぎませんが——佐予さんの件はともかくとして、まだ、人参果を傷つけた理由に関する推理が残っています。そうして、遺産はなぜ、猔家の娘に託されることになったのか——。まず、人参果の方からいきましょう。あの木がワクワクの木だとか、人参果の類だとして、そこから生じる実に関してです。伝説によれば木から切り離された実は基本的に、萎むか消えるかしてしまう。でもそうすると、人参果は子孫を残すことができないような気がしてきます。無論、伝説に属する木のことですから、無限の寿命を持った木が一本あればよいというだけの話なのかもしれませんが、実をつける以上、子孫を残すことを目的としていると考えることにしておきます。つまり、人参果を収穫し、無事に植える方法があるのだとしましょう。すると、あの五体の実を傷つけた者は——これはもう、木の傍に佇んでいた土佐さんということにしてよいと思いますが、人参果の繁殖を止めようとしたということになります。先ほどみなさんに『あの木が花をつけるところを見たことがある方』はいらっしゃるかをお訊きしました。その時、みなさんは視線で何かを相談しあった。その次に、『あの木が幼木であった頃を知る人もまたいないはず』と訊ねたときには、どなたもためらいませんでした。幼木を見たことがないのは当たり前です。桃栗三年、柿八年、果実が自分を産みだした木の幼木時代をみたことがあるはずはないのです」

何気なく筆記を続けて、境部さんの次の言葉を待つが、意外なことにそこから言葉が続くことはない様子である。広間に集う面々は奇妙に静まり、錙さんも笑い顔をおさめて沈黙している。境部さんは何か重大なことを言ったらしいが、こちらとしては何が何だかわからない。

「この場でわかっていないのは君くらいだ」

と境部さん。

「つまりこの袱の家の人々は通常の産道を通ってではなく、あの木を通じて産まれてくるのだ。この家を支配する奇妙な対称性は、植物の融通の効かない素朴さや、無頓着な繁殖力、淡々とした組み合わせ構造の反復から生じたものだ。あの庭の木が、勝手に人型をした実を産みだすのか、人間の関与が必要なのかまではしらない。まあ、おそらく木と子をなす秘術を編み出したのが猱の先先代、いや」と、お罒さまに目をやって、「先先先代、それとも、猱家もまた、木から産まれた家なのかもわからない。どんな人々の間でどんな愛憎が交わされたのか、誰と誰が密かな愛情を育んだのか、誰が人間で誰が木の実だったのか、あそこでしなびている実が、嫉妬の産物なのか、自らの血筋を滅ぼそうとする試みなのか、無事に回収する秘伝が失われた結果の痛ましい事故なのか、五つの死体が語ろうとしていた文字がなんなのか、絶句であるのか、天字であるのかそんなこともどうでもいいし、そうした細部はそこの——鐳さんの記録役がやりたいように脚色してくれるにちがいないよ」

境部さんの説に従うのなら、そうして広間の人々は無言を貫くことで境部さんへの支持を表明しているようなのだが、庭のあの蠢樂は、機械的な組み合わせで文字を実らせる木なのであり、ここにいるのは文字たちで、まるで死んでいるような、あるいは生きているような文字たちで、佐予さんは死んではいなかったものの、やはり死んでいるようなものであり、境部さんが強引に実行したのは、登場人物たちは最初から生きていなかったので殺されたものはいないとでもいうような解説であり、しかしそれは一文字二文字を殺すよりもよほど罪深いことのようにも思われて、そこではて、こうして記述を続ける自分もやはり、文字を生みだす木から生じた、非生命なのではないかという疑念が生じたところで、

「まあ、それに関しては多少、気を楽にしてやれると思う」と境部さんが軽く請けあう。「この事件のはじまりは、君がワクワクの木に無茶な宛て字をしたところからだとも言える。さてそこで登場した、『𣡽』字だが、これはまあ『蘖』字と同じだ。これの異体字に『蘖』がある。『止』が茂って『歮』になる形だ。四姉妹の名前が『止』の変奏である理由をこじつけるとするならば、この事件の全体が、君の宛て字から、そうして四姉妹からはじまったのだ。なにも君の想像力や発想力を褒めているわけじゃない。宛て字を契機にこれ幸いと、文字の方が君の頭に入り込み、勝手な連想を——繁殖を開始したのだ。『ワクワクの木』が、『蠥𣡽』を呼び、『𣡽』字が『蘖』字を、『蘖』字が『歮』字を、『歮』字を、袱の娘たちを産んだのだ。四姉妹の方が、お唈さまよりも年長ということだってあるかもしれない。わたしはこの説をかなり真面目に検討している。ここまで君が書き綴ってきたこの事件の記録が、全体

として数万画だか十万画だかを誇る『ワクワクの木』という一文字、あるいはその木の種だとしても驚かないね。一文字というよりは、一語といった方が適切かもしれないが。語と呼び捨てるには愛嬌がありすぎるから、阿語とでもいったところか。『阿〜』には、『〜ちゃん』くらいの意味がありますね」という境部さんの問いかけに、鎦さんが「正伝」とだけ応える。

「だからまあ」

と境部さん。

「その渦の中で生きているものがあるとするなら、その阿語を作りだした、あるいは、夢幻を紡ぐこの木を示す文字を作りだしつつある君が第一候補ということになるんじゃないのかね」

自分は幻の中に、そうして一つの大きな阿語とやらの中にいると主張する者から、存在について保証されても判断に困る。

「あと残っているのはなんだ」と境部さん。『袱』と『猱』についてか。『袱』は『衣』に『人』に『犬』。『猱』は『犬』に『矛』に『木』。そうして『猱』は申《さる》。『𤯓』から一画を省いて『𤯓』を導いたのに習って、『衣』から一画、『矛』から一画を取り去ると、『示』と『予』。『犬』と『示』と『申』をあわせて『犬神』、残りの『予』と

『人』と『木』で、『ひとをうむまぼろしのき』とでも訓むのはどうかな。それとも『さかさまのまぼろしのきにつるされたひと』あたりがよいか。両家を一つの家に収めて、犬神とでもするがいいのさ」

境部さんは、深く長い息をつく。

「といったところで、そろそろ役目も終わりとさせてもらおうか。あとは、鐳さんが片づけてくれるはず。それが仕事だ——と、そうだな、自分の正気度合いを示すためにも、今が昭和五十一年以降だとした推理についても説明しておいた方が無難か。いわゆる倉頡《そうけつ》輸入法——蒼頡式漢字入力方式とでもしておこうか——が発明されたのは、一九七六年のことだ。数ある漢字入力方式のうちの一つで、主に香港で利用されている。『鐳』字を倉頡輸入法に従って分解すると、『金女一田』となる。彼女が女性であるのはそのためなのさ」

鐳さんが、低い笑い声を止めて境部さんに目礼する。境部さんは頭をわずかに傾げ、

「それはもちろん、この事件はとても馬鹿馬鹿しいものだった。でもそんなことは最初からわかりきったことでもあった。そういう意味では、君の最初の宛て字はやっぱりいいところをついていたんだ。『惑橤』。並べ替えて『惑惑木』に『心』。『心あまりて、言葉足らず』さ。なにかとひっくり返りまくった本件を振り返るなら、その解釈

は当然、こうなるべきだ。『言葉あまりて、心足らず』とね。それが、君の育てた夢の木の姿だ。そうしてそれがわれわれの――われわれとは一体なんなのかはもうしらないが――背負う宿命というものなのではないかな」

かな

一般に流布する系譜によれば、武内宿禰《たけのうちのすくね》よりわかれた七雄族に属するとされる。宿禰は、景行から仁徳《にんとく》にいたる六代に仕えたから、すなおには二、三百年を生きた。いわゆる倭の王たち、讃、珍、済、興、武の前の世代ということになる。讃の時代は東晋から南北朝期、宋の代に当たり、武の時代は斉から梁の時期にあたる。のちにつづいた隋が南北朝を統一したのち、なしくずしに形をかえて唐となった。

家としては、もともと武をよくした。応神期には百済への問責に、雄略期には、新羅征討の大将軍を占める者も現れ、その息子は任那《みまな》に拠って高句麗と結び、三韓の王として「神聖《かみ》」を名乗ったりもした。欽明期にも征新羅大将軍となった者がある。外征の家といってよいかもしれないが、気質が先か、役目が先かはわからない。都から韓土や唐土を目指したときに、その出発点となる地域に一族は住みついていた。瀬戸内海を通り抜け、細道の先へひらけた場所へとむかう。交易に従事し支援をするうちに自然と武備もととのえたというのが実情ではないか。外征が途絶えてからは、北狄《ほくてき》を討った。内政に関わった時期もそれなりにあるが、応天門の変以降、大幅に力を弱めた。武を手放し、政からも距離をおいた一族は言葉の中に自らの姿を探し求めていくことになる。

それが一族の歴史なのだが、自分の歴史の起点を求めるのなら、やはり殷の時代あたりが種となっているのではないかと思う。のち、徐福のような人物に従って海を渡ったというのがもっともらしい。くさぐさをのりつぎながら暮らしをつなぎ、いまはこうして、ひとりの男の中に実を結び、一隻の屏風を眺めている。いく筋かのわたしがこの男に流れ込み、絡みあって結び目となり、わたしの形をつくっている。わたしのある部分はおそらく、徐福の連れてきた誰かに由来するのだろうし、またことなる部分は、境部石積《さかいべのいわつみ》の書きのこした奇妙な書物、『新字』を経由したものでもあるはずだし、そうしてまた、空海のもち込んだ種々の奇態なす雑体が姿をかえて溶け込んでいるところもあるはずである。

そのあたりが道理からみた、わたしの起点ということになりそうなのだが、記憶以前、心のうちをのぞきこむなら、もっともっとはるかな以前、木々の密に生い茂る大樹林の中を思うさまに叫びつつ自在に遊ぶ生き物だったのではないかという気がし

な

か

てくる。どこまでもつづく樹海をひたすらに、ゆくてもしらぬままに跳び、やがて木は尽き、目の前におおきなひろがりがあらわれる。そこにはなにか、逆巻くつよいものがあり、いわゆるそれが海だった。おそれ気もなく丸木にまたがり、ただひたすらに涯てを目指した。何代もわたしをのりつぎながら、わたしはわたしをみつけていった。

いやそれ以前、その生き物を構成するにいたるまでの小さな小さな生き物たちのそれぞれを、わたしの起点とするべきであるかも知れず、ただ差異としての情報だけを蓄えた記号の連なりがわたしの起点であるかもしれず、話が起源へむかうほど、口調が四角く固くなるのは不思議なことだ。

わたしの求めは、そんなものがあるとはもうとても信じられなくなった起源の秘密ではなくて、わたしなりの起源を記すことのできる言葉とでもいったほうがよさそうだ。

たとえばカンブリア紀のできごとを、わたしは歌に詠むことができる。それともこんな風にして歌に詠みこんでしまうという手もある。たとえば、

藤の花　あだに散りなば　常盤なる　松にたぐへる　かひやなからむ

ふちのはな　あたにちりなはときはなる　まつにたくへる　かひやなからむ

これは、延喜《えんぎ》の時に、内裏で用いる屛風のために詠んだ二十六首のうちのひとつであるが、ここで一列にならんだ生き物たちを、

かむふりあ　はくはつのとき　ちるならひ　なにかまなへ　やちたたなはる

すなわち、

カムブリア　爆発の時　散る習ひ　何にか学べ　八千畳なはる

とならべかえることはむずかしくない。歌いぶりがちがいすぎるといわれてしまえばそれまでだが、先の歌を詠んだ頃には、カンブリア爆発などという生き物はまだうまれていなかったのだから詮ないことだ。後者がこなれていないのはそれはもちろん、種の重ねた歳月の差によるもので、新種が風景に溶け込むまでには長い時間がかかるのである。「畳なはる」は「うねり重なる」の同類で、この生き物はいまや絶滅危惧

種となっている。

ちなみに第一の歌は、常緑の松にからみつく藤を詠んだものであり、永遠にもたれかかっているにもかかわらず、はかなく散る藤の姿を詠んでいる。なぜその題かというと、注文を受けた屏風の柄が、松に藤だったからとしかいいようがなく、当時、寝殿造りの建物は開けっぴろげなものだったから、各所を適宜、移動に便利な屏風で区切った。それだけでは殺風景でやりきれないので、屏風に上手に絵を描いた。初期は唐絵に漢詩を添えたが、のちに、大和絵と和歌が襲った。画に文字をあわせるのは唐土の風だが、そこは疑うことはせず、器はのこし、柄をかえた。

歌が先か画が先かは、注文主の趣向による。画ができてから、誰かひとりに歌をまかせることもあれば、何人かに競いあわせることもある。歌を決め、画を描かせることもむろんあり、時間が与えられることもあれば即興ということだってある。場合によってさまざまだ。

歌を詠むことがわたしの仕事だ。先ほどの歌が、「かひやなからむ」と推量形でおわるのは、藤の花の気もちなどは誰にもわからないという事情もあるが、その光景が屏風に描かれたものだからでもある。屏風には青々とした松が枝をのばして、からむ藤が花を細かく散らしている。定型的な光景を定型的に詠むのが屏風歌というものでありいちいち判じ物めいた屛風が部屋にあってはうるさい。そこに描かれているものは、松なら松と、藤なら藤とはっきりわかるものにするべきである。藤か松かもよくわからない、緑と茶と紫の筋のあつまりに歌をつけよといわれたならば、それは仕事であるから詠みはする。詠んではみても、画がおちつく言葉にはなるはずがない。推量形が登場するのは、藤なる生き物の気もちをはかることができないからだけではなくて、そこに描かれているものがほんとうのところどのような藤なのかも同時に推量せざるをえないからである。藤の花びらはほんとうに散っているのか、それとも宙に浮かんでいるのか。散っているにきまっている。しかし逆まく風が吹きあげているということだってあるかもしれない。

頰を風に撫でられながら松の前に立ったときには、とうぜんこう頭に浮かんだ。いまのわたしが住まうこの男が松で、散りゆくこのわたしは藤だ。一見、常に生き生きとしてみえる松の方が本質らしい。しかし、からむ藤の方にも、伝え伝えてきたものがあるのだ。むしろそこに植えられたまま立ち尽くし、無言劇のように腕振りを工夫するだけの松よりも広い見聞をもっているとさえいえる。とはいえ、両者は一体である。いや松は、からみつくこのわたしなどいなくとも、ひとりで景をなすはずである。

この頃では、わたしの起源は偶然に岩の窪みに取りのこされたものたちが、結晶のように整然とならんだところにあるのではないかといわれたり、この太陽系が形成される最中に、惑星間でやりとりされた物質が関係しているとされたりする。わたしはそれを、わたしの言葉で語ってみようとするのだが、これはなかなかむずかしい。ほしのならびのうまれるときにやりとりされたものたちが、やがていわのくぼみにしずみ、いのちともらぬむらをきずいた。

むかし、ひとりのおとこがおとなになって、ならの京、かすかのさとに、ふるさとをたずねてかりにでかけた。

さとには、とてもうつくしいおんながあって、おとことはちがっている。

とおりすがりのふりでのぞいてみると、どうも、おもったようなくらしではなく、ふるさとにひどくさみしくすごすらしくて、こころがさわいだ。

おとこは狩衣のすそをきりとり、うたをしるすが、ここでおとこがきていたのは、しのぶずりの狩衣である。

かすかのの　わかむらさきの　すり衣　しのふのみたれ　かきりしられす

と、しるしおえてわたしてもらった。

なりゆきをおもしろくおもうところがあったのだろう、

みちのくの 忍もちすり たれゆへに みたれそめにし 我ならなくに

というたをふまえたものだ。

むかしのひとはこのように、まっすぐこいをしたものである。

前方一段の山にはこちらを向いている面があり、裏側は影になっている。西から東へ慶雲が横たわっている。空と水とは日に照らされて鮮やかな青色をみせる。西の方には山はなく、遠近の景色が詳しい。東から山を登るにつれて、まだ半ばまで行かないところに、紫色の雲を固めたような石が五、六個、丘を取り囲むように並んでいる。道はその間を蛇のようにうねり登って、峰を一回りして途切れている。丘が吹き集められてきたかのように混んでいる。その東隣には、また岩だらけの峰があり、西側は赤い崖に連なって深い谷が口を開ける。夕日に照らされた小さな峰が崖に連なる。

そのあたりの適当な場所の岩に道士が座る。桃の木が岩の裂け目から伸びている。

道士は鶴のように痩せており、俗世にはない容貌である。谷に身を寄せ、桃を指し、こちらへ向けて何事かを言う様子である。仲間のうちの二人は、谷を覗いて真っ青になり、一人は道士と何事かを語り合い、一人は桃へと決然とした視線を向けている。この二人は谷へと飛び込む。一人は西の崖に突き出た岩に隠れてしまって、僅かに服の裾が見えるだけである。一人は正に空中にあり、そこに浮かんでいるようにも見える。服の色は鮮やかで、そのせいか、山は大きく人は遠くにいるように映るのである。

中段の峰の東側もまた赤く、深い崖に険しい岩が立ち並ぶ。道士とは狭い谷を挟んだ向こうに松が一本生えている。谷の狭さは、流れる水の清さを際立たせる為にそうなっている。次の峰のあたりには、紫色をした石が一つ聳え立ち、山の左の守りのような姿をしている。深く険しい谷底に、雲台山へと続く道が通っている。先程の紫石の根は見えなくなって、様々な岩が重なり合って東の谷へ臨んでいる。その西には泉があって丘が続く。地下に伏した流れは、東に少し離れたところで下の谷に至り、石を嚙みつつ淵へと注ぐ。絵になるように工夫された流れである。西と北には只管《ひたすら》に丘が並んで雲台山を取り巻いている。山上には鳳凰が飛び、尾や羽を打ち振りながら谷を眺める様子である。

後方の一段には、赤い岩山が見え、肌には稲妻のような裂け目が走る。雲台山の西に向かう形で、鳳凰が臨む谷には清流があり、側壁の岩の上では白虎が体を伸ばして水を呑んでいる。後方は切り立った崖である。

これら三段は漫然とみれば冗長だから、釣り合いを取り縮めたものだ。時に応じて鳥獣を置き、下の谷の水面には景物が皆、逆様に映る。山の下方三分の一のあたりを精気が取り巻き、景色は二分されている。

道士としたが、これは張道陵であり、天師道の創始者である。張陵と話しているのが、その高弟の王長であり、こちらはすでに、『九鼎大要』の秘伝をえている。求道者としてあらわれたのが、ああして桃をみつめる趙昇である。張陵は大勢の弟子をひきつれて雲台山に登り、崖の途中に生えた桃の木をとってこいと弟子たちにいう。ただ趙昇だけが、師を信じて身を躍らせ、これは無事に桃の木の上に降りた。さてふところに桃をおさめたものの、帰り道というものがない。そこで張陵は手をのばし、これは本当に趙昇のもとまで手をながくのばしてひきあげた。張陵は、

「自分でも桃をとってこよう」

ということをいいだし、周囲がとめるのもきかずに、宙へと跳んだ。姿は掻き消え、桃の木の上にもみえない。みなは慌ててあたりをさがすが、師の姿はどこにもない。ただ、王長と趙昇だけが、師のおこないを信じて崖をける。ふと気がつくとふたりと

も、張陵の座る部屋にいた。

「お前たちがやってくるのはわかっていた」と張陵はいい、ふたりに仙人になるための秘訣をさずけた。

顧愷之の「雲台山」は、そういう画である。

そこでは、崖下の桃をとるという試練をきいて動揺する弟子たちの姿と、師を信じて崖から飛び降りた二人の弟子の姿が描かれている。それぞれ別の場面であるが、おなじ画の中に置かれる。

わたしはかつてどこかで一度、屏風仕立てにしたこの画をみた記憶がある。どこでのことかわすれたが、その屏風の文字はただただ几帳面にならんでいたことを覚えているから、まだ漢字を読めない幼い時期のことだと思う。むろん顧愷之の手になる画ではなく、写しであったにちがいない。幼いわたしは、画中の人々が何をしているのかを不思議に思い、説明をしてもらってからは、なぜ二つの場面がおなじ画の中に同居しているのかを奇妙に思った。首をひねって眺めつづけているうちに、わたしは大勢の弟子たちに混じって画の中におり、そうしてみると、その地はとても紙の上とは思えなかった。天師は目ざとくわたしをみつけ、かたわらの王長に何事かを囁いた。王長はわたしに笑みをむけるとゆっくりと歩みよってきて、

「こちらへきなさい」

という感じのことを、画の中の言葉でいった。画の中の言葉を文字の言葉で書き記すことは困難だ。弟子たちの視線をあつめつつ天師の前に進みでるのはおそろしかった。王長のつきそいがあってもわたしの体は小さく震えつづけたが、天師はわたしの顔を覗きこんでまばたきをした。静かに腕をあげていき、今度は桃ではなくて、天の一角をしめしてみせた。みな一様に顔をむけたが、そこには青く抜ける空があるだけであり、なんなら鳥くらいは場に応じて飛んでもよいが、何もなかった。

「みえるか」と天師は問い、

「みえます」とわたしは応えた。

「読めるか」と天師は問い、

「読めません」とわたしは応えた。

「それでよい」と天師は満足げに髭を揺らした。「わたしは崖から跳んであちらへいったが、お前は屏風の中へ跳んできたのだ」という。

「わかるか」と天師は問い、

「わかりません」とわたしは応えた。

「それでよい」と天師はうなずいた。「帰るがよい」と天師が告げると、わたしは屏風の前にもどっていたのだ。

わたしがその空にみたのは、屏風の表面に描かれた文字で、それらの文字は王長にも趙昇にもみえなかったようである。天師が飛び降り、ふたりもつづいたあとの部屋でなら、それらの文字も読むことができたのではないかと思う。

屏風にあわせた歌を詠むには、描かれた光景の中に立つ必要がある。わたしは雲台山の岩の上でその秘密を理解した。多少問題があるとするなら、顧愷之の「雲台山」なる画は後代に伝わらなかったことで、そもそも描かれたかどうかもわからない。というのは、顧愷之がのこしたのは「画雲台山記」なる、画の設計図というか計画書というか、仕様書のような文章だからだ。だからわたしの記憶についてはさまざま考えようがあり、ひとつは、この男に合流する以前のわたしが、東晋の時代、実際に顧愷之の画をみた、あるいはその模写をどこかでみた、というものである。またひとつには、海を渡った「画雲台山記」をこの地の誰かが絵に起こし、それをみたのだということもありうる。そしてまた、わたしはただ大人になってから「画雲台山記」を読み、それを絵として記憶しているということなのかもしれない。その場合は屏風の上にならんだ文字はわたしが勝手につけくわえたものだということになるのだが、それにしてはその文字の意味がわからないという不思議はのこる。だがしかし、夢や記憶とはそういうものだといえばそれまでだし、陰陽寮の者のいうところでは、この世には空に浮かんで天書と呼ばれる、人には読めぬ文字もあるのだという。

屏風歌を詠み、言葉で暮らしをたてるようになってずいぶんとたつ。わたしにとって、屏風のあなたに浮かぶあの世とこの世を行き来するのはなにも特別なことではないが、そのたびにめまいのようなものが襲うこともたしかである。とはいえ、おなじような混乱は、書物や水面、鏡を前にするときにも起こる。

みなそこの　つきのうへより　こくふねの　さをにさはるは　かつらなるらし
水底の　月の上より　漕ぐ舟の　棹に触るは　桂なるらし

と詠むときはほんとうに、水面に映る月を割る棹の先へと、月の桂を感じるのである。たとえ漕いでいるのが自分でなくとも。

むかし、ひとりのおとこがあった。

ならの京をはなれたものの、この京ではまだひとのいえがまばらであったころ、みやこのにしに、おんながあった。そのおんなは、よのひとにすぐれるのだが、みめはもとより、こころがまずなによりである。あたりにはいつもひとのすがたがみえたが、おとこはここもまっすぐに、ともにひとよをすごしてかえった。そうしてなにをおもったものか、やよいのついたちになってようやく、あめがそぼふるころになってからうたをおくった。

おきもせず　ねもせて　よるをあかしては　春の物とて　なかめくらしつ

わたしは誰かと正面切って問われたら、「むかしをとこ」に似た生き物であると応えることになるだろう。それからいそいで、わたしは在原業平ではないとつけくわえることになるはずである。ここで「むかしをとこ」というときにわたしが思い浮かべているものは在原業平その人ではなく、「むかしいたある男」でもなく、いわゆる『伊勢物語』の登場人物でさえなくて、『伊勢物語』において「むかしをとこ」が登場する場面を描いてならべた屏風である。たとえばそれは八曲一隻、白い画面に薄く金泥を刷いた上へと、墨の線で細く人物や調度、風景を描いたものだ。細くのびる金砂子の雲が網のように重なりあって菱形の区画をつくり、いちいちに物語の場面が配されている。それぞれの区画にひとり、ふたりと人物がみえ、区切った箱に蟋蟀《こおろぎ》を養うようでもあり、「囮」字のようでもある。計四十九の場面は、いわゆる嵯峨本の『伊勢物語』の挿絵をもとにしている。上から下へ、下から上へ、そうしてまた上から下へ、右から左へ屏風の上を場面は進む。同一画面の中に複数の時間が存在してもかまわないのは、先の雲台山の例でもみたとおりだが、ここではさすがにあつめられた場面が多く、どの区画を眺めていても周囲の場面が目にはいる。まるで無数の並行宇宙をひっくり返したようなさわぎにも似て、こうやってそしらぬ顔で割りこんでくる「無数の並行宇宙」なる語の類をわたしはなんとか退治たいものだと願っているが、よい手も思いつかぬままである。なみいる「むかしをとこ」たちをおさめているのは、調度や建物、岩や木の巧みな配置であって、雲に隔てられてなお、それらはひとつながりのようにみえ、金雲はただ「むかしをとこ」の暮らす時間だけを遮って、地理には働かずにいるようでさえある。あるいは人の暮らしのすぐとなりにはまた別の時間が流れているのだとでもいいたげである。

この屏風が描かれるのは十七世紀も後半のことであるから、いまのわたしがその屏風をみたはずはないという指摘はもっともなのだが、それをいうなら、いまはまだその『伊勢物語』が書かれていたかどうかもあやしい時代で、わたしも誰が『伊勢物語』の作者ということになるのかをしらず、それはいまだ書かれぬ物語である。

わたしが思い浮かべているこの『伊勢物語図屛風』の表面には重ね書かれた文字がみあたらず、室内の屛風にも絵や文字はなく奇妙に静かだ。そこに描かれているものは文字で書かれた『伊勢物語』であるわけだから、ことさらに文字を重ねる必要がないといったところか。区切られた場面をみた者の頭の中には、即座に『伊勢物語』の章段が浮かんだはずで、それは文字のおこなうこととほとんどおなじだ。江戸期における『伊勢物語』を描いた屛風に嵯峨本をもとにしたものが多くあることを考えあわせるのなら、嵯峨本の挿絵は、一枚の絵であると同時に、ひとつの文字のようなものとなっているということになる。嵯峨本は豪華版の木活字本であったのだが、ほんのひとときですたれてしまった。その理由はおおくあり、たとえば連綿してつづくかな文字の活字はつくりにくい上につかいまわしが面倒で、木製の活字はもろかった。しかも本には挿絵が入り、これは版を一枚まるごと彫るより他ない。それほど多くの部数を刷るのでなければ、本文の方もいっそまるごと彫ってしまったほうが融通がきき、さまざまな仕掛けをほどこすこともできるのである。かななるものはつづけて書かれ、これはやさのためであると同時に視線を導く技でもあって、文の区切りをしめすことのできるいきものでもあった。もじのかんかくをすきにしたうえつながりまでをじざいにするならくとうてんはひつようないのだ。漢字が一文字一音をあらわすのにさからうように、ひとつの音に対して複数のかながうまれ、そだった。どのかなをもちいるのかは、周囲のかなの配置にも影響されて、行頭につかうのをさけるかながあったし、横におなじかながならぶのをきらったりもした。描写される人物の心がゆらぐときはかなもゆらぎ、強調したい内容はおおきく書かれ、秘密はちいさく隠された。たとえば、歌のながれの中に「さくら」とひとこと書くだけでも、おおきく黒く記されるならそれは咲いているのであり、薄くちいさく書かれるのなら、それはかたいつぼみや遠景であり、遠山の桜は雪でもありえ、空にしられぬ雪でありえて、春の歌を書きならべるだけでもそこに四季をあらわすこともできるのである。ともかくそうしたかなであるから、かなで書かれた文章はまず一面に巧まれたならびであって絵にちかく、結局一枚絵として彫るのであれば、画とかわらないというところへちかづく。象形から長い時間をかけて整理されてきたものが漢字であることを考えるならこれは皮肉だ。

むかし、ひとりのおとこがあった。

おもいをよせるおんなのもとへ、ひしき、というものをおくるによせて、

思ひあらは　むくらのやどに　ねもしなん　ひしきものには　そてをしつゝも

二条の后がまだみかどにおつかえするまえ、ただのひとであったころのはなしであるとか。

我が家の名は夔《き》として伝わる。名はつらゆき。

先にもどこかで述べた通りに、夔は一本足の牛であるとも、舜帝のもとで歌舞音曲を司った者なのだともいわれるが、わたしとしては、あちらこちらとうつろう間に「夒《どう》」字が書き間違えられたというのが真相ではないかとにらんでいる。殷人は、五帝の一人に数えられることもある「嚳《こく》」を「夒」と呼び、自らの祖とみなしたともいうが、わたしが自身の出自を殷のあたりと考える理由はそれではない。単に「夒」字をも含む甲骨文字が出土するのがその時代からだからであり、漢字が時間を偽装しはじめるのがその頃だとされているからにすぎない。文字の歴史は文字がうまれたあとにしかない。それ以前の歴史をこうして語ることができるのは、文字が時間を遡る力をそなえるからで、過去を引き寄せ、未来を呼び込み、頭の中の考えを、他人の心をつくりあげ、男女のなかをやわらげるのもまた文字の力だからである。そうして「夒」は「夔」などとはちがい、元来ただ猿の意であるというところがよい。わたしの想像の中の森では怪物じみた巨大な猿が吠え叫び、ひたすらに駆け続けている。その猿は森を渡り川を越えて大陸の東端へと至り、海に進路を阻まれるのだが、ためらいもなく海へ跳びこむ。巨猿の死体は、蓬萊、方丈、瀛《えい》州よりなる東方三神山なり、それに岱輿《たいよ》、員嶠《えんきょう》をくわえた五神山なりへと変じ、あるいはこのわたしの住み暮らす八洲のどこかの浜辺に打ち上げられて、その肉や骨からうまれた生き物たちが、我が家系の祖となった。

　我らは猿より変化して、いまはこんな姿をしている。これはこれで便利なところもおおいのだが、そろそろまた、おおきな変化のときである。変化をつづけてこなければ、わたしはここまでやってくることもなかっただろうし、とうにほろびていたはずである。ほろびた文字を抜け殻のようにあとにのこして、わたしはこんな姿でここに座っている。石に刻まれた時代がおわり、木簡に竹簡に記された時代がおわり、筆や万年筆で記される時代がおわり、わたしの耳にはタイプライターの打鍵の音がなつかしくひびく。わたしたちの一部はその奔放な表現力を犠牲にすることもかえりみず、繁殖力の獲得を第一義に据え活字への道をつきすすみ、活字としての実体さえ捨て情報的な存在となり光の粒へのりうつり、ついにはみずから光を発する者さえあらわれた。情報処理能力の増大は、ひたすら文字をまなばなくとも気軽に文字を打ちだして変換することを可能とし、いまや数万文字を覚え操り、過去や未来やいまこのときを自由にするのはひとにぎりの博士ではなく、そのあたりにあふれる機械じかけの箱である。

秋津《あきつ》洲《しま》の人々が漢字をうけいれるとき、おおくのものが捨てられた。漢字は意味としてもちいられたし、音としてもつかわれた。我らの言葉のもつ音は、漢字のもつ音とはまたちがった網目を織りなしており、漢字のほうでもそれに応じて形をくずしはじめたが、正式な言葉はやはり、漢字で書くことのできるものだとされつづけた。経文は漢字で書かれるがゆえに正しく、梵語の経典よりも尊い。漢字は我らの言葉にはいりこみ、思考を習慣を組みかえつづけ、我らの言葉にあらたな音をくわえていった。漢字とかなのまじりあった文章はいまとなってはとても自然なならびにみえるが、単に慣れのなせるわざである。実際問題我らの言葉は、こんな種類の文章からそれほど離れたものではないのだ。

If《イフ》一、七 I《アイ》二 meet《ミート》六 him《ヒム》五 in《イン》四 the《ザ》 street《ストリート》三 I《アイ》八 will《ウイル》二十 greet《グリート》十三 him《ヒム》十二 with《ウイズ》十一 a《ア》 kind《カインド》九

look《ルック》十 and《アンド》十四 show《ショウ》十九 him《ヒム》十八 my《マイ》十五 new《ニュー》十六 book《ブック》十七.

あるいはこうだ。

If《モシ》 I《私ガ》 the street《町》 in《ニ於テ》 him《彼ニ》 meet《逢フ》 If《ナラバ》 I《私ガ》 a kind《深切ナル》 look《ヨウスヲ》 with《モッテ》 him《彼ヲ》 greet《アシラヒ》 and《ソーシテ》 my《私ノ》 new《新キ》 book《本ヲ》 him《彼ニ》 show《見セルデ》 will《アロウ》.

これを、

モシ私ガ町ニ於テ彼ニ逢フナラバ私ガ深切ナルヨウスヲモッテ彼ヲアシラヒソーシテ私ノ新キ本ヲ彼ニ見セルデアロウ。

と訓《よ》み下すのは自由だが、それとおなじ程度には、

モシ I ガ the street ニ於テ him ニ逢フナラバ I ガ深切ナルヨウスヲモッテ him ヲアシラヒソーシテ my ノ新キ book ヲ彼ニ見セルデアロウ。

と訓むのだって自由なはずで、ここであらわれる「I」はIというアルファベットのひともじではなく、「I」という形に崩れてうまれたかなであったかもしれず、「the street」はそういう形の漢字であるということだって起こりえた。「モシ I ガ」の文章が奇妙にみえるのは慣れやフォントの問題にすぎず、カタカナが異化を示すもじでもあるせいでもある。ヒラガナはひらがなよりも奇妙なもので、かたかなはカタカナよりもしたしみをしめす。送り仮名がカナであるのは、それがあくまで補助的であり正式ではないという含みをもつ。

もし I が the street において him にあうならば I がしんせつなるようすをもって him をあしらいそうして my のあたらしき book をかれにみせるであろう。

という文章は先とおおくかわるところがないのに、カナの文より紙面になじみ、アルファベットの方にもかなに溶け込もうとする歩みよりがみえてくる。わたしは歌をつうじて、我らの言葉を声を取り戻そうと努力をつづけているのだが、はからずも道はそれてしまっていつのまにやらこんなところへながれついてしまっている。もしもわたしが、かなだけでものをかいたとして、そのかきぶりがひろがったとして、それでもやはりそのもじのならびはみだれたままで、われらのふるいことばのかたったものをあらわすものにはたどりつかない。まったくおなじもじのならびも、おかれるところでいみはかわってなにをいうかもかわるのである。いきものはいきもののみでいきるのではなく、まわりのいきものとのかねあいでくらす。島嶼《とうしょ》に隔離され独自の進化を遂げた生き物を他の土地に移したときに起こるのは、殲滅か全滅かの二択になるのが殆どである。瑞穂国に漢字が移入できたのは目立つ固有種がいなかったからというにすぎない。ある種が定着してしまった場所へ、新たな種を導きいれることは困難である。先の例でも実際には、「the street」なる種の侵入は拒まれ、和種と交雑した「ストリート」なる種が残った。これはアルファベットよりも先に漢字が土地を占めたという事情のせいだ。瀛州が大西洋のどこかをくらげなしただよいたゆたいいたならば、「the street」のような種が先住種となり、「道《タオ》」は「Tao」としてアルファベットと交雑することになり、阿特蘭蒂斯《アトランティス》の言葉、阿語を形成したかもしれない。結局のところ言葉をかえていくためには、既存のものをゆっくりと、当のもじにさえきづかれぬようにひっそりとおきかえていくより方策はない。一時期、特定のもじを駆除するために天敵を導入するという手段が採用されることも流行したが、天敵とされた生き物

な　か

の方では肝心の獲物を襲わず、他の無力なもじを襲って、生態系を破壊するということがまま起こった。

豊葦原《とよあしはら》の人々が文字コードをうけいれるとき、おおくのものが捨てられた。そこにはただ差異だけがあり、文字は数バイトの文字によって指定できるようになり、というのは、有限個の文字が有限個の文字で規定され、それらによってあらゆる文字は指定されることになり、全ての文字はそれで規定することができるとされた。失われたものはおおきかったが、えられたものはさらにおおきく、なんといってもＳＦじみた転送が可能になった。文字たちはつぎつぎと宇宙へとびだし、その領域をひろげていった。やがて宇宙は文字に満たされることになったが、どの文字もどこか似たような雰囲気をただよわせており、それはやっぱり、それぞれの文字が有限個の文字で規定されているせいだった。文字はそれぞれ互いに華美を競いあったが、転送の際にはまたその装飾をはぎとられ、手元には数個の記号がのこるだけということになった。文字たちは自分たちがなにかだいじなものを、自分たちを自分たちとしていたものをどこかで失ったのではないかと考えてはみたものの、圧倒的な利便性の前にはそれもしかたのないことと諦めをつけ、宇宙のいたるところにおいて、同じ顔をした人々が、いま自分が対面している人物はしりあいなのか血縁者なのかはじめてあった相手なのかを判断しようといそがしく頭をはたらかせることがつづいた。

むかしひかしの五条に皇太后かおいてのころ西の対にくらすひとかあつたとうしようもないとしりつつかよいつつけていたか一月の十日にしのんだときにはもうとこかにうつされてしまつたあとたつた　いところはすくにしれたかすかにおそれおおくもしのひこめるようなところてはない　それてもおもいきることはてきなかつたものらしい

一月かまたやつてきてうめのはなかさかりになるころいちねんまえをおもいたしつついえをたすねた　たつてはすわりすわつてはたちしてなかめてみたかいちねんまえとはまつたくちかうありさまてある

おもわすなみたかなかれたしいまはむきたしのゆかのうえへと月かかたむくまてうつふせていた　いちねんまえをおもいかえして

月やあらぬ　春や昔の　はるならぬ　わか身ひとつは　もとの身にして

とうたをよみ夜かほのかにあけてきたのてなくなくいえへかえつていつた

「春」は昔の「はる」ではないが、わたしのこうしてしるす「はる」も昔の「はる」とおなじではない。ただかたちがにているだけである。それでもわたしはわたしであって、すがたをかえてももとのわたしのままである。いまわたしは屏風をみていて、そこにみえているものをこうしてしるしつづけてきた。わたしにその屏風そのもののようすをここでしめすことはできない。わたしがいるのはその中だからで、複数の場面を無数に並べているのだろう屏風の外見を、そのひとつの場面から眺めることは叶わず、金雲のむこうは見通せない。

わたしはいのちのはじめから、ながいながい記録をつづけてきた。それはひとつながりの巨大な書物のすがたをしており、書き進める間に媒体や文字の種類が徐々に変化してしまうほどながくつづいている代物で、石にはじまり電子にいたり、およそ誰にも読みきることのできないようなものへ成長している。その一部は変質し、いまやわたしにも意味がわからないものになってしまった。なかには勝手に自分を書きかえている記録などもあるだろう。わたしは絵のようなものからうまれて文字として身をたて、活字に変じ記号となったが、いまはまた、絵画への道を踏みだそうとしているところだ。わたしはほんのひとつの点が、1ピクセルの差がおおきなちがいをひきおこしうる新たな形をえようとしている。これまで書体と呼ばれてきたものを脱ぎ、ひともじひともじがそれぞれにいきいきとかがやくもじとしてあなたの前にすがたをあらわす日がきっとくるだろう。わたしはようやくこれまで自分がなにをかこうとしてきたのかわかりつつある。

舟先はゆるゆると波を切りつづけ、こうしてながくつづいた帰郷の旅もおわりにちかづき、ゆくてにはなつかしい難波潟がそのすがたをあらわしている。老女が不意に歌をつぶやき、みなが意外に思う頃、わたしのまえにはやはりこのうたの描くけしきが屛風のようにひろがっている。

なにはづに　さくやこのはな　ふゆごもり　いまははるべと　さくやこのはな

わたしはいまあらたな日記にとりかかろうとしているところで、あたまにうかぶかきだしはこうなっている。

むかしをむなありけり。男文字なる歴史というもの、をむなもじにてくつがえすなり。

このふねがぶじみなとへついて、あなたとまたまちであうことができたなら、あちらでかきためてきたおはなしをおめにかけよう。わたしはそのおはなしたちをつしんで、しんせつなるようすをもってあなたにおくることにしたい。ようやくこどものこえとすがたをてにいれることのできたわたしはつぎこそは、じぶんのことばにそだとうとおもう。

引用・参考文献

文字渦

『特別展「始皇帝と大兵馬俑」公式図録』(二〇一五)

緑字

ピエール・ジャネ著「恍惚の心理的諸特徴」(ミシェル・フーコー著『レーモン・ルーセル』所収、豊崎光一訳、法政大学出版局、一九七五)

石川九楊編『書の宇宙　19』(二玄社、一九九九)

ヴィンセント・ピエリボン、デヴィッド・F・グルーバー著、滋賀陽子訳『光るクラゲ　蛍光タンパク質開発物語』(青土社、二〇一〇)

闘字

瀬川千秋著『闘蟋　中国のコオロギ文化』(大修館書店、二〇〇二)

阿辻哲次著『【新装版】漢字學　『説文解字』の世界』(東海大学出版会、二〇一三)

小岸昭著『中国・開封のユダヤ人』（人文書院、二〇〇七）
孟元老著、入矢義高、梅原郁訳注『東京夢華録　宋代の都市と生活』（東洋文庫598　平凡社、一九九六）

梅枝
Murasaki Shikibu, *The Tale of Genji, The Arthur Waley Translation of Lady Murasaki's Masterpiece with a new foreword by Dennis Washburn*, 2010, Tuttle.
徳川美術館編『国宝　源氏物語絵巻』（二〇一五）

新字
エドゥアール・シャヴァンヌ著、菊地章太訳『泰山　中国人の信仰』（勉誠出版、二〇〇一）
アズィズ・S・アティーヤ著、村山盛忠訳『東方キリスト教の歴史』（教文館、二〇一四）

微字

R・H・ファン・フーリク著、中野美代子、高橋宣勝訳『中国のテナガザル』（博品社、一九九二）
谷村好洋、辻彰洋編著『微化石　顕微鏡で見るプランクトン化石の世界』（東海大学出版会、二〇一二）

種字

松長有慶著『秘密集会タントラ和訳』（法藏館、二〇〇〇）
『新国訳大蔵経　インド撰述部　密教部1　大日経』（大蔵出版、一九九八）
『国訳一切経　和漢撰述部　経疏部　第14巻』（大東出版社、一九三九）
『国訳一切経　和漢撰述部　経疏部　第15巻』（大東出版社、一九六五）
岸田知子著『空海の文字とことば』（吉川弘文館、二〇一五）
飯島太千雄著『若き空海の実像』（大法輪閣、二〇〇九）

天書

アンリ・マスペロ著、川勝義雄訳『道教』（東洋文庫329　平凡社、一九七八）

吉川忠夫著『六朝貴族の世界　王羲之［新訂版］』（清水書院、二〇一七）
野口鐵郎、田中文雄、丸山宏、浅野春二編『［講座　道教］第二巻　道教の教団と儀礼』（雄山閣出版、二〇〇〇）
Noam Nisan、Shimon Schocken 著、斎藤康毅訳『コンピュータシステムの理論と実装』（オライリー・ジャパン、二〇一五）

金字

中村元、早島鏡正、紀野一義訳註『浄土三部経』（上）（下）（岩波文庫、一九九〇）
高崎直道監修、桂紹隆、斎藤明、下田正弘、末木文美士編『シリーズ大乗仏教5　仏と浄土　大乗仏典II』（春秋社、二〇一三）
『新国訳大蔵経　インド撰述部　浄土部3　阿閦仏国経他』（大蔵出版、二〇〇七）
『一〇〇〇年忌特別展　源信　地獄極楽への扉』（奈良国立博物館、朝日新聞社、二〇一七）

幻字

ブズルク・ブン・シャフリヤール著、家島彦一訳『インドの驚異譚1　10世紀〈海

のアジア〉の説話集』（東洋文庫813　平凡社、二〇一一）
横溝正史著『犬神家の一族』（角川文庫、一九七二）

かな

木村正中校注『新潮日本古典集成　土佐日記・貫之集』（新潮社、一九八八）
宝賀寿男著『古代氏族の研究⑩　紀氏・平群氏』（青垣出版、二〇一七）
張彦遠著、長廣敏雄訳注『歴代名画記1』（東洋文庫305　平凡社、一九七七）
小松英雄著『古典再入門――『土左日記』を入りぐちにして』（笠間書院、二〇〇六）
小松英雄著『伊勢物語の表現を掘り起こす』（笠間書院、二〇一〇）
『開館二十五周年記念特別展図録　伊勢物語』（和泉市久保惣記念美術館、二〇〇七）
森岡健二著『欧文訓読の研究――欧文脈の形成――』（明治書院、一九九九）

解説──文字の神化論

木原善彦

作品を読み終わる前にこの解説を読もうとしている読者がいらしたとすれば、そのお気持ちはとてもよく分かる。しかしまずはやはり、『文字渦』本文の方をお楽しみいただくのが理想だ。その際、もちろんただ本を広げて読んでも充分にお楽しみいただけるだろう。気軽に手ぶらでバードウォッチングを楽しむように。しかしさらに詳しく鳥を見るためにはきっと双眼鏡が欲しくなる。『文字渦』を読む際、双眼鏡代わりにお勧めするのは、スマホだ。私は普段英語で書かれた小説を読むことが仕事なので、難しそうな単語や知らない文物について随時辞書や百科事典、ネットで調べながら読むことに抵抗はなく、『文字渦』もほぼ同様のスタイルで読んだ（漢字は漢和辞典で）。というのも、「科斗《おたまじゃくし》文字」「七竅《しちきょう》」「三葉結び目の右手型」などの語義も図柄も分からなければ、ビームを出している如来《にょらい》の姿（「四十九化仏阿弥陀聖衆来迎図」）も思い浮かべられないからだ。

ついでにもう一つ、本作はいわゆる連作短編集の形を取っていて、どれでも取り組みやすいものから読むこともできるが、やはり掲載順に読むのが望ましいように思える、ということも言い添えておこう。

アルファベットのような文字は英語で「レター（letter）」というのに対して、日本語や中国語のような文字は「キャラクター（character）」という。中学校でそう習ったとき不思議に思ったのはきっと私だけではないはずだ。アルファベットが「レター」ならその一つ一つが手紙みたいに見えてくるし、私たちが普段読み書きしている文字が「キャラクター」なら、その一つ一つがまるでドラマや漫画の主人公のように動きだしそうに感じられる。

そんな文字＝人物が動き回り、物語を記したのが『文字渦』だ。本作は物語自体にも魔術的《マジック》リアリズムじみた部分があるが、文字で駆動される物語であることに鑑《かんが》みると、文字《もじ》駆《く》リアリズムと名付けてよいかもしれない。

二十世紀前半のシュルレアリスム全盛の頃には「無意識に語らせる」自動書記が流行した。二十世紀後半には、同時代思潮の言語論的転回と並行するように「言語に語らせる」ことを意識したポストモダンの作家たちが活躍する。そして二十一世紀に入り、「文字に綴《つづ》らせる」小説が登場した。しかもそれが、驚くべきことに楽しく読める。日本語が読めない世界中の読書家を歯噛《はが》みして悔しがらせる革新的な作品を、私たちはオリジナルの形で読めるのだ。これほど幸せなことはない。

いや、以上のような「解説」は円城塔の読者が巻末に求めるものとはおそらく異なる。別の方針（ネタバレ御免）で改めて、食レポならぬ読レポのようなものを書いてみよう。

『文字渦』はいくつもの読み方で何重にも楽しむことができる。たとえば「文字渦」の冒頭、主人公を紹介する部分で、「〔その人物の〕名は伝わらない。／あるいは単に『俑』といった。人の『俑』が人型をした『俑』をつくるということになり、若干ややこしい」みたいなノリ突っ込み。あるいは「陪葬坑《ばいそうこう》」のような晦渋《かいじゅう》な語彙《ごい》の中に突如、「団子に点々式〔の泥人形〕」のような口語的表現の混じる落差。あるいは読者の手に虫眼鏡がないと突っ込めない、「嬴《えい》」の字の部品交換によるミクロな連続ボケ（皆さんの身近でも時々齊藤さんや渡邉さんが変身しないだろうか？）。円城塔らしいこうした話芸は誰にでも楽しめる。

そうした語り口とは異なる本作独自の部分でやはり笑えるのは、「金字」で如来の名に添えられるルビだ。燃燈仏《ディーパンカラ》とルビを使いそうなところでディーパンカラ《かたがもえてる》とする例から始まる八十体の如来のリストを読んでいると、世界保健機関が三六一個認めているとされる人体のツボを一つずつ試しながら「笑いのツボ」を探られている心持ちになる（サーガラ・ヴァラ・ブッディ・ヴィクリーディタ・アビジニャとチッタダーラー・ブッディ・サンクスミタ・アビウドガタが私のツボだ）。

同じ「金字」で極楽浄土のパスワードを「南無阿弥陀仏」としている発想には笑う前に感心してしまうが、「闘字」で描写されている遊びがほぼポケモンバトルであることに気づいた読者は感心する前に笑ってしまうだろう。ついでにそこで「進化型と呼ばれることが多いが別に世代交代をしているわけではないので、適切な用語だとは言い難い」と言い添えるのもまるで、ポケモンの世界観で「進化」を理解している子供を理科の教員が真面目《まじめ》に指導しているようで微笑《ほほえ》ましい。

文字遊びと引喩《いんゆ》を含むギャグがカンブリア爆発するのは大量殺字事件を扱う「幻字」だ。『犬神家の一族』で湖から足が出ている有名な場面が文字化してネタになっているだけでなく、めくるめく謎解《なぞと》き部分で続々と披露される妙な漢字たち（どれも実在）、『八つ墓村』に出てくる不気味な双子の老婆《ろうば》みたいな姿をしたお咢《こう》さま、人参果のような伝説的樹木……凝ったネタは列挙すれば切りがない。とはいえ、締めくくりはギャグでは終わらず、「心あまりて、言葉足らず」とある。これは紀貫之（『文字渦』の隠れ主人公である「をむなもじ」の現世版）が在原業平を評した言葉なので、この連作の中で重要な意味を持つ（たぶん）。

同様に下に敷かれた模様が面白く浮かび上がるのは「天書」だが、かつて大ブームとなったインベーダーゲームを知らない人がこの短編をどのように読むのか、私にはまったく想像できない。ひょっとしてパズル的な部分に感銘（「よくこんなことを考えるなあ」）を受けることはできても、コンピュータみたいな演算（NANDゲート）の部分は笑いにくいのではないか。

その点で私にとって難しかったのは「緑字」だ。あまりに歯が立たないので巻末の引用・参考文献を覗《のぞ》くこともしたが、そこには蛍光タンパク質関連の資料が見られ、それが文字の光る原因であることは分かるものの、それ以外のヒントは見当たらなかった。円城塔はインタビューの中でこう言っている。「テキストデータに膨大なメタデータがついていて、履歴も管理しているから〔……〕結果的に1文字も書いていなくてもワードファイルが重くなってしまうわけです。こういう仕組みを知っている人には『緑字』は想像しやすい話なんじゃないかと思います」。なるほど。作家の言葉によって、自分にその作品が理解できなかった理由が分かるのはありがたい（なので本解説末尾には作家自身による覚え書き、インタビュー、対談のタイトルを添えた）。ついでに作家の覚え書きに助けられて理解した点を一つ。「闘字」で語り手が「あんたのそりゃあ〔……〕猿かね」と老婆に問いかけられて、まったく意味が分からず当惑する場面がある。短編を読み終わってもそのやりとりの意味は分からない。しかし後に、その語り手が「徴字」で文字の微化石を収集・研究しているのと同一人物だと分かると、老婆は語り手の胸ポケットに入っていた砂の中に猿型の微化石を見ていたのだと判明する。これについては仮に作者からのヒントがなくても、私よりもっと注意深い読者であれば、「猿のようでも牛のようでも」という老婆の言葉（「闘字」）を、牛型と猿型の徴字の類似が論じられる「徴字」の一節で思い出し、二つの場面を結び付けられるだろう。

猿の微化石の例は息が長すぎて読者の注意力が持続しにくいが、多くの場合は一つの短編の中で謎が解決する。「種字」の主人公・語り手は誰かという問題がその一例だ。日本史や仏教伝来の経緯に詳しい読者なら「醴泉《れいせん》寺」「青龍寺」あたりのヒントですぐに分かるのかもしれない。しかしその人物の名前がはっきり「空枽」と記されたときにも、枽という文字が私たちのよく知る「海」でないために私には分からなかった。だが作家は最後で念押しに「五筆和尚」という別名を決定的ヒントとして与えてくれる。読者はまたそこから話を遡《さかのぼ》り、「五筆和尚」の意味が物語の中で通常とは違う形に読み替えられていることに気づくとともに、空海が日本にいろいろな雑字（「泉」の字を含む）を持ち帰って、それが境部《さかいべ》さんのところに持ち込まれているという一応の歴史の流れが分かる。

文字と歴史という絡《から》みでは「新字」の企《たくら》みはとても笑えない。「新字」の結末では境部石積《さかいべのいわつみ》が則天武后に新しい文字の制定を提言するが、これは既存の漢字に反乱を促し、秩序を転覆するための布石だ。要するに唐が自ら国内に一種のテロ兵器（まさにウイルス的な文字禍）をばら撒《ま》くよう境部石積は仕組んでいる。

そして同じテーマが「かな」にもつながる。「かな」の語り手は紀貫之＝𦤶つらゆきであり、同時に「をむなもじ」だ。私は浅学にして知らなかったが、「男もすなる日記といふものを、女もしてみむとてするなり」という『土佐日記』の有名な冒頭部について、「男文字なる日記といふものを、女文字《をむなもじ》で見むとてするなり」と解釈する読み方がある。かくして女文字であるひらがなが日本の風景と歴史を変える物語となっている。

「かな」のをむなもじはその前に「金字」からアミダ・ドライブ（超光速転生）でやって来たらしく、さらにその前には「誤字」のルビから駆け抜けてきた。「誤字」のルビは自由翻訳ソフトウェア的なものだが、本文からの脱線度合いが途方もない。だが本作品全体の中では、こうして生じる意味のずれ、誤字、既存の文字からの逸脱、虚画《きょかく》における筆の動き、翻訳の力動が文字の生態系を揺るがし、また次の秩序を生む——それはすなわち文字の生命力のようなものだ。

そろそろ紙数が尽きそうだ。さて、「梅枝」の最後に境部さんは「昔、文字は本当に生きていたのじゃないかと思わないかい」と問うが、それに対して読者の皆さんなら何と答えるだろう？　解説が問いかけで終わるのも無責任なので、境部さんの言葉を拝借しつつ恥を忍んで愚答を示そう。「実は文字は今も生きている。ただし文字は常に脱皮しながら生きているので、私たちが目にするのはいつもその抜け殻でしかない。でも文字の本質は今もどこかで生きている。実りある読書のために、私たちは自分の体に実装された〝みのり〟（その場で文字に生命を与えるシミュレータ）を駆動しなければならない」。こんな答えでは鎦《ツー》さんにも境部さんにも笑われるだろうけれど。

本解説執筆にあたって参考にしたウェブページ

・解説 - mojika(Scrapbox)

・『文字渦』著者　円城塔さん　bestseller's interview 第一〇二回（『新刊ＪＰ』）
・文字を巧みに操る２人のＳＦ作家、円城塔×西島伝法が語る「文字の可能性」（『ＵＮＬＥＡＳＨ』）

（令和二年十二月、アメリカ文学者）

この作品は二〇一八年七月、新潮社より刊行された。

川上弘美著
センセイの鞄
谷崎潤一郎賞受賞
独り暮らしのツキコさんと年の離れたセンセイの、あわあわと、色濃く流れる日々。あらゆる世代の共感を呼んだ川上文学の代表作。

川上弘美著
猫を拾いに
恋人の弟との秘密の時間、こころを色で知る男、誕生会に集うけものと地球外生物……。恋する瞳がひきよせる不思議な世界21話。

金原ひとみ著
マザーズ
ドゥマゴ文学賞受賞
同じ保育園に子どもを預ける三人の女たち。追い詰められる子育て、夫とのセックス、将来への不安……女性性の混沌に迫る話題作。

金原ひとみ著
軽薄
私は甥と寝ている――。家庭を持つ29歳のカナと、未成年の甥・弘斗。二人を繋いでしまった、それぞれの罪と罰。究極の恋愛小説。

川上未映子著
あこがれ
渡辺淳一文学賞受賞
水色のまぶた、見知らぬ姉――。元気娘ヘガティーと気弱な麦彦は、互いのあこがれのために駆ける！ 幼い友情が世界を照らす物語。

柴崎友香著
その街の今は
芸術選奨文部科学大臣新人賞受賞
カフェでバイト中の歌ちゃん。合コン帰りに出会った良太郎と、時々会うようになり――。大阪の街と若者の日常を描く温かな物語。

柴崎友香著　わたしが　いなかった街で

離婚して1年、やっと引っ越した36歳の砂羽。写真教室で出会った知人が行方不明になっていると聞くが――。生の確かさを描く傑作。

辻仁成著　そこに僕はいた

初恋の人、喧嘩友達、読書ライバル、硬派の先輩……。永遠にきらめく懐かしい時間が、笑いと涙と熱い思いで綴られた青春エッセイ。

辻仁成著　海峡の光　芥川賞受賞

函館の刑務所で看守を務める私の前に現れた受刑者一名。少年の日、私を残酷に苦しめた、あいつだ……。海峡に揺らめく、人生の暗流。

辻原登著　籠の鸚鵡

強請り、公金横領、ハニートラップ……。バブルと暴力団抗争に揺れる紀州の地に、ワルどもと妖艶な女の欲望が交錯する犯罪巨編！

中村文則著　土の中の子供　芥川賞受賞

親から捨てられ、殴る蹴るの暴行を受け続けた少年。彼の脳裏には土に埋められた記憶が焼き付いていた。新世代の芥川賞受賞作！

中村文則著　遮光　野間文芸新人賞受賞

黒ビニールに包まれた謎の瓶。私は「恋人」と片時も離れたくはなかった。純愛か、狂気か？　芥川賞・大江賞受賞作家の衝撃の物語。

本谷有希子著

ぬるい毒

野間文芸新人賞受賞

魅力に溢れ、嘘つきで、人を侮辱することを何よりも愉しむ男。彼に絡めとられたある少女の、アイデンティティを賭けた闘い。

津村記久子著

とにかくうちに帰ります

うちに帰りたい。切ないぐらいに、恋をするように。豪雨による帰宅困難者の心模様を描く表題作ほか、日々の共感にあふれた全六編。

津村記久子著

この世にたやすい仕事はない

芸術選奨新人賞受賞

前職で燃え尽きたわたしが見た、心震わすニッチでマニアックな仕事たち。すべての働く人の今を励ます、笑えて泣けるお仕事小説。

柳美里著

ゴールドラッシュ

なぜ人を殺してはいけないのか？　どうしたら人を信じられるのか？　心に闇をもつ14歳の少年をリアルに描く、現代文学の最高峰！

綿矢りさ著

ひらいて

華やかな女子高生が、哀しい眼をした地味な男子に恋をした。でも彼には恋人がいた。傷つけて傷ついて、身勝手なはじめての恋。

綿矢りさ著

手のひらの京《みやこ》

京都に生まれ育った奥沢家の三姉妹が経験する、恋と旅立ち。祇園祭、大文字焼き、嵐山の雪――古都を舞台に描かれる愛おしい物語。

安部公房著　他人の顔

ケロイド瘢痕を隠し、妻の愛を取り戻すために他人の顔をプラスチックの仮面に仕立てた男。——人間存在の不安を追究した異色長編。

安部公房著　壁

戦後文学賞・芥川賞受賞

突然、自分の名前を紛失した男。以来彼は他人との接触に支障を来し、人形やラクダに奇妙な友情を抱く。独特の寓意にみちた野心作。

安部公房著　R62号の発明・鉛の卵

生きたまま自分の《死体》を売ってロボットにされた技師の人間への復讐を描く「R62号の発明」など、思想的冒険にみちた作品12編。

安部公房著　砂の女

読売文学賞受賞

砂穴の底に埋もれていく一軒屋に故なく閉じ込められ、あらゆる方法で脱出を試みる男を描き、世界20数カ国語に翻訳紹介された名作。

安部公房著　箱男

ダンボール箱を頭からかぶり都市をさ迷うことで、自ら存在証明を放棄する箱男は、何を夢見るのか。謎とスリルにみちた長編。

安部公房著　笑う月

思考の飛躍は、夢の周辺で行われる。快くも恐怖に満ちた夢を生け捕りにし、安部文学成立の秘密を垣間見せる夢のスナップ17編。

筒井康隆著
笑うな

タイム・マシンを発明して、直前に起った出来事を眺める「笑うな」など、ユニークな発想とブラックユーモアのショート・ショート集。

筒井康隆著
富豪刑事

キャデラックを乗り廻し、最高のハバナの葉巻をくわえた富豪刑事こと、神戸大助が難事件を解決してゆく。金を湯水のように使って。

筒井康隆著
旅のラゴス

集団転移、壁抜けなど不思議な体験を繰り返し、二度も奴隷の身に落とされながら、生涯をかけて旅を続ける男・ラゴスの目的は何か?

筒井康隆著
パプリカ

ヒロインは他人の夢に侵入できる夢探偵パプリカ。究極の精神医療マシンの争奪戦は夢と現実の境界を壊し、世界は未体験ゾーンに！

筒井康隆著
七瀬ふたたび

旅に出たテレパス七瀬。さまざまな超能力者とめぐりあった彼女は、彼らを抹殺しようと企む暗黒組織と血みどろの死闘を展開する！

筒井康隆著
エディプスの恋人

ある日、少年の頭上でボールが割れた。強い〝意志〟の力に守られた少年の謎を探るうち、テレパス七瀬は、いつしか少年を愛していた。

文《も》字《じ》渦《か》

新潮文庫　え－24－2

令和三年二月一日発行

著者　円《えん》城《じょう》塔《とう》

発行者　佐藤隆信

発行所　株式会社新潮社

郵便番号　一六二―八七一一
東京都新宿区矢来町七一
電話　編集部(〇三)三二六六―五四四〇
読者係(〇三)三二六六―五一一一
https://www.shinchosha.co.jp

価格はカバーに表示してあります。

乱丁・落丁本は、ご面倒ですが小社読者係宛ご送付ください。送料小社負担にてお取替えいたします。

印刷・大日本印刷株式会社　製本・株式会社植木製本所

ISBN978-4-10-125772-3 C0193